I0632763

Veröffentlicht von
DREAMSPINNER PRESS

5032 Capital Circle SW, Suite 2, PMB# 279, Tallahassee, FL 32305-7886 USA
www.dreamspinnerpress.com

König der Kochkunst
Urheberrecht der deutschen Ausgabe © 2019 Dreamspinner Press.
Originaltitel: King of the Kitchen
Urheberrecht © 2015 Bru Baker.
Original Erstausgabe. November 2015
Übersetzt von Nora Lys.

Umschlagillustration
© 2018 Brooke Albrecht.
Die Illustrationen auf dem Einband bzw. Titelseite werden nur für darstellerische Zwecke genutzt. Jede abgebildete Person ist ein Model.

Deutsche ISBN. 978-1-64405-402-4
Deutsche eBook Ausgabe. 978-1-64405-401-7
Deutsche Erstausgabe. März 2019
v 1.0

Gedruckt in den Vereinigten Staaten von Amerika.

KÖNIG DER KOCHKUNST

BRU BAKER

Für meinen Vater, der mich nicht nur das Kochen,
sondern auch die Liebe zur Küche gelehrt hat.

VORWORT

WÄHREND DIE Restaurants und Kochshows in *King of the Kitchen* alle fiktiv sind, trifft dies auf die Kochtechniken definitiv nicht zu. Die in diesem Buch zubereiteten Speisen fallen größtenteils unter die weit gefassten, kulinarischen Bereiche Molekularküche und Slow Food.

Auf den ersten Blick haben diese beiden Gebiete nicht viele Gemeinsamkeiten. In der Tat sind sie in vielerlei Hinsicht das genaue Gegenteil. Die Molekularküche nutzt die Naturwissenschaften und oft werden eine Menge Chemikalien eingesetzt, um die traditionelle Küche umzukrempeln und den Gaumen durch einzigartige Aromen und Konsistenzen herauszufordern. Beim Slow Food geht es darum, regionale und ethisch vertretbare Zutaten einzusetzen. Durch diesen Zwiespalt hat das Schreiben so viel Spaß gemacht. Wenn man jedoch etwas tiefer gräbt, merkt man, dass beide Bewegungen von Köchen stammen, die sich dem Handwerk mit Haut und Haar verschrieben haben und sich zum Ziel gesetzt haben, aus Essen mehr als … nun ja … Essen zu machen.

Als Leser müssen Sie kein passionierter Koch sein, um den Kochhandlungen in diesem Buch folgen zu können. Auch diejenigen, die eine Mehlschwitze nicht von einer Steckrübe unterscheiden können, werden nicht den Faden verlieren, weil sich die Kochszenen rasant entwickeln und ziemlich übersichtlich sind.

Einige der in dem Buch verwendeten Techniken mögen ungewohnt sein, wie zum Beispiel mithilfe eines Siphons und einer Patrone Distickstoffmonoxid Kartoffeln in Schaum zu verwandeln (was Espuma genannt wird). Oder der Einsatz eines Vakuumbeutels, um etwas (normalerweise Fleisch) schonend zu garen, in dem man es in einen dünnen Plastikbeutel einschließt, den man dann in ein Wasserbad taucht, dessen Temperatur konstant gehalten wird. Dadurch behält das Essen das ursprüngliche Fett und die Säfte.

Die Gerichte und die verschiedenen Kochtechniken in *King of the Kitchen* bilden größtenteils die Kulisse für die Köche, die sie einsetzen. Duncan ist genauso ausgefallen und verspielt wie die Speisen, die er mit seinen Smokern, Siphons und Chemikalien kocht – Beck dagegen ebenso traditionell und klassisch wie seine einfachen, eleganten Gerichte vermuten lassen. Und als sie zusammenkommen? Sagen wir einfach, dass nicht nur das Essen in der Küche knistert.

PROLOG

Juli 2006

IN DER Küche herrschten Saunatemperaturen und Duncans um den Kopf gebundenes Bandana konnte schon seit Stunden nicht mehr die Aufgabe, seine Stirn trocken zu halten, erfüllen. Seine Füße schmerzten, seine Hände waren eingerissen und obwohl er von Lebensmitteln umgeben war, hatte er seit dem Frühstück nichts gegessen. Die Abendessenszeit lag bereits lange zurück, doch die hektische Aktivität hatte nicht sonderlich abgenommen. Auf engstem Raum wuselten Menschen herum, hetzten mit heißen Pfannen und großen Töpfen hin und her. In welche Richtung er sich auch drehte, Duncan lief Gefahr, einen gefährlich platzierten Behälter umzustoßen.

Es war perfekt.

„Neue Bestellung! Rancher's Omelette. Ohne Zwiebeln, Paprika, Kartoffeln und Fleisch."

Duncan verdrehte die Augen, während er John den Zettel aus der Hand riss. „Sie wollen also im Grunde genommen ein Käse-Omelette? Meinst du nicht, dass du es uns hier drinnen leichter machen könntest, indem du einfach nur aufschreibst, was sie tatsächlich bestellt haben?"

John grinste. „Sie hat das Rancher's Omelette bestellt, Kumpel."

„Ohne drei Viertel von dem, was es überhaupt erst zu einem Rancher's Omelette macht? Hast du ihr gesagt, dass sie auch ein Käse-Omelette nehmen kann und damit 3,75 Dollar spart?"

„Habe ich, aber sie ist nicht diejenige, die bezahlt und sie wollte es ihm aufs Auge drücken."

Das ließ Duncan auflachen. John deutete über seine Schulter zu einem Tisch. Duncan beugte sich aus der Durchreiche und versuchte das Paar möglichst unauffällig zu mustern. Dabei stieß er jedoch eine Teigschüssel um, sodass der Großteil der Schnellrestaurantbesucher aufschaute. So viel zum Thema subtil.

„Die da", erklärte John und zeigte auf einen kleinen, vor dem Fenster stehenden Tisch in der Nähe des Eingangs. Die Frau war groß und schlank mit dunklem, lockigem Haar, das ihr den Rücken hinabfiel. Ihre Kleidung und die an ihrer Stuhllehne hängende Handtasche schrien geradezu vor Geld – ebenso wie der Anzug des Mannes in ihrer Begleitung. Sie entsprachen nicht im Geringsten den typischen Besuchern des Restaurants. Wie Duncan jedoch zugeben musste, sah sie aus wie der Typ Mensch, der eine Sonderbestellung aufgeben würde. Wenn gerade nicht viel zu tun war, vertrieben er und einige andere Küchenangestellten sich die Zeit mit Wetten, ob die Kunden, die durch die Tür kamen, kompliziert sein würden. Er lag fast immer richtig.

„Und was ist mit ihm?", wollte Duncan wissen und deutete mit dem Kinn auf den Mann in ihrer Begleitung. Er konnte ihn nur von hinten sehen, doch mit seinem makellos geschnittenen Haar und seiner stocksteifen Haltung – schwierig auf den wackeligen Stühlen, wie Duncan aus eigener Erfahrung wusste – machte er ebenfalls den Eindruck einer Sonderbestellung.

Duncan blickte auf den Zettel hinunter und versuchte mit gerunzelter Stirn, Johns Sauklaue zu entziffern. Egal wie oft sich das Küchenpersonal auch beschwerte, Johns Handschrift wurde nicht besser. Duncan arbeitete mit Unterbrechungen bereits seit mehr als zehn Jahren in dem Schnellrestaurant und das einzig Konstante waren John und seine schreckliche Handschrift. Auf eine äußerst ärgerliche Art war das irgendwie tröstlich.

„Im Ernst? Zwei gewendete Spiegeleier, Speck und Vollkorntoast?"

Überrascht schaute Duncan von dem Zettel zu dem Mann. Er starrte ihn an, studierte seine Schultern und wünschte sich, er könnte das Gesicht des geheimnisvollen Mannes sehen. Duncans gastronomisches Profiling schlug selten fehl. Verblüffend.

„Sie sind Cousin und Cousine. Er war diese Woche an der Reihe, das Restaurant auszusuchen. Ich habe das Gefühl, sie ist nicht allzu begeistert", sagte John.

„Und hat daher eine Sonderbestellung aufgegeben, die ihn garantiert sauer macht?"

„Das ist es ja. Er ist nicht sauer geworden. Er hat gelacht und ihr gesagt, wenn sie ihm wirklich einen reinwürgen wolle, hätte sie die Eier Benedict bestellen sollen, weil es das Gericht mit der höchsten Gewinnspanne auf der Karte ist."

Duncan runzelte die Stirn. Es stimmte: Die Eier Benedict waren abgesehen von dem Steak mit Spiegelei das teuerste Frühstücksgericht auf der Karte. Das Gericht war jedoch keinesfalls sündhaft teuer. Keiner der Stammgäste bestellte es. Das lag jedoch eher daran, dass deren Vorliebe traditionellen Fleisch- und Kartoffelgerichten galt.

Francie, die andere Kellnerin, die im Moment Dienst hatte, versperrte Duncan den Blick auf den Mann, als sie vorbeilief, um eine Bestellung aus dem Speisenwärmer zu nehmen. Duncan grinste John schelmisch zu, bevor er den Kopf wieder durch die Durchreiche zurück in die Küche zog.

„Duncan", sagte John mit warnendem Unterton.

„Neue Bestellung!", rief Duncan, ihn komplett ignorierend.

Zehn Minuten später erfüllte sich Duncans Wunsch, als ein Teller geräuschvoll auf die Durchreiche schepperte. Abwesend schaute er auf und war kurz davor, John oder Francie wegen ihres groben Umgangs mit dem Geschirr zu tadeln. Dann bemerkte er jedoch, dass es sich nicht um einen der beiden, sondern um den Mann im Anzug handelte. Sogar verwirrt gerunzelt war sein Gesicht schön. Er besaß eine markante, gerade Nase und volle – im Moment verärgert zusammengepresste – Lippen und Augen mit dem interessantesten Blauton, den Duncan je gesehen hatte. Er sah definitiv wie jemand aus, der Sonderbestellungen aufgab. Duncans Wunsch, mehr über ihn zu erfahren, nahm noch zu.

„Das haben wir nicht bestellt."

Duncan blickte auf den Teller mit den Eiern Benedict und setzte ein entwaffnendes Lächeln auf – das, was ihm immer ein gratis Nachschenken und Telefonnummern verschaffte. Er hatte dem Mann zusammen mit dem bestellten Frühstück ein Gratisgericht zukommen lassen. Der Kerl konnte deswegen doch wohl kaum ernsthaft sauer sein?

„Das geht aufs Haus. Wie ich gehört habe, hatten Sie ein besonderes Interesse daran."

Der Mann blinzelte verdutzt, schien sich jedoch schnell wieder zu fangen. Seine Miene verriet Wut.

„Wenn Sie mich beeindrucken wollen, müssen Sie schon mehr bringen als einen Teller mit fettigem Speck und geronnener Sauce Hollandaise. In unseren Restaurants bieten wir keine Eier Benedict an, *Charlie*", erklärte er, während er verächtlich den Namen auf Duncans Kochuniform las und ihn beleidigend in die Länge zog. „Und selbst wenn das der Fall wäre, weiß ich es nicht zu schätzen, dass Sie mich in meiner Freizeit mit ihrem erbärmlichen Vorstoß, ein Bewerbungsgespräch zu ergattern, belästigen."

Duncan blieb der Mund offen stehen. Er schwankte zwischen Empörung und völliger Verwirrung. Wovon sprach der Kerl?

„Hör mal Kumpel, ich wollte einfach nur nett sein", fauchte Duncan, nachdem er sich für Empörung entschieden hatte. Er ließ den Teller auf der Durchreiche stehen und ignorierte ihn – und den Mann – demonstrativ, während er einen neuen Zettel aus dem Rundmagazin zog. „Neue Bestellung! Ein Hamburger Deluxe, einmal Chicken Tenders, eine Spinatfritatta!"

Er wandte sich in Richtung Küche, um mit den Eiern zu beginnen, wurde jedoch plötzlich von einer Hand auf seiner Schulter gestoppt.

„So kannst du nicht mit mir reden, *Kumpel*."

Duncan blickte ihn böse an. „Selbstverständlich, Sir. Der Kunde hat immer recht. Ja, die Eier Benedict waren ein Teil meines komplizierten Plans, mich als Koch in ihrem – was war es noch? – zu bewerben." Demonstrativ musterte er den Anzug des hübschen Mannes. „Bürogebäude? Vielleicht Hotel? Ich muss gestehen, dass es schon immer mein Lebensziel war, eine Tranchierstation am Buffet im Marriot zu bedienen. Woher wussten Sie das?"

Der Mann starrte ihn an und hätte geantwortet, doch die Frau, mit der er hier war – hatte John seine Cousine gesagt? – erschien hinter ihm und legte ihm ungezwungen die Hand auf den Mund.

„Ich entschuldige mich für Becks Benehmen. Charlie, richtig?" Duncan nickte, da es einfacher schien, als sie zu korrigieren. Er war zu beschäftigt, zuzusehen, wie der Mann hinter ihrer Hand vor Wut lautlos tobte. „Im Moment ist er etwas gereizt und hat Ihre Absicht, mit der Sie ihm das Gericht geschickt haben, missverstanden. Er ist daran gewöhnt, nicht bestellte Gerichte an unseren Tisch gebracht zu bekommen, wenn wir essen gehen. Dieser Geste folgt fast immer, dass der Koch aus der Küche kommt und um einen Gefallen bittet oder ihn anquatscht."

Sie schaute Beck fest an. Ihre geformte Augenbraue hob sich herausfordernd, als sie ihre Hand entfernte. Der Mann schnaufte unfreundlich, schrie Duncan jedoch nicht mehr an, sodass dieser beschloss, es als Sieg zu verbuchen.

„Es tut mir leid", stieß Beck hervor. Es klang gezwungen. „Bitte setzen Sie die Eier Benedict auf unsere Rechnung als Wiedergutmachung für das Missverständnis."

Duncan überkam ein vertrauter Anfall von schlechtem Gewissen. Er schaffte es nie, jemandem böse zu sein. In seinem Freundeskreis war das allgemein bekannt und wurde oft ausgenutzt. Doch er *hatte* ihm die Eier als Scherz bringen lassen und hatte jetzt ein schlechtes Gewissen, da er ihnen offensichtlich das Essen ruiniert hatte. Beim näheren Hinsehen bemerkte er, dass der Designeranzug zerknittert war. Der arme Mann schien ihn schon den ganzen Tag zu tragen. Dunkle Ringe verunzierten die Haut unter den strahlend blauen Augen.

„Das ist nicht nötig", verkündete Duncan, nahm den unberührten Teller aus der Durchreiche und stellte ihn zur Seite. John und er hatten in zwanzig Minuten Feierabend, sodass das Gericht nicht ungegessen bleiben würde. Er blickte zu ihrem Tisch und bemerkte, dass keiner von beiden das Essen angerührt hatte. „Es wäre mir eine Freude, Ihnen die gleichen Gerichte noch einmal zuzubereiten. Inzwischen sind sie mit Sicherheit kalt."

Der Mann starrte ihn mit undeutbarem Gesichtsausdruck an, doch die Frau klinkte sich ein.

„Wir hatten einen langen Tag und sind sowieso nicht wirklich hungrig", sagte sie mit einem leichten Lächeln. Sie schob eine Visitenkarte über die Durchreiche. „Ich bin Lindsay. Mir ist klar, dass Sie im Moment keinen Job suchen, aber falls das irgendwann Mal so sein sollte, rufen Sie mich an."

Bei ihren Abschiedsworten wirkte Beck etwas ärgerlich, folgte ihr jedoch schweigend zu ihrem Tisch, zog seine Geldbörse heraus und legte Scheine auf den Tisch. Duncan beobachtete, wie sie gingen. Becks Haltung blieb steif und bedrohlich, bis Lindsay ihren Arm um seinen schlang und sich an ihn schmiegte. Mit einem Mal wurde sein Körper weicher, seine Schultern entspannten sich und sein Gang war nicht mehr so abrupt, während sie den Bürgersteig hinabgingen und aus dem Sichtfeld verschwanden.

Duncan schaute auf die Karte auf der Durchreiche hinab. Beim Lesen weiteten sich seine Augen. Lindsay King, Regieassistentin, *King of the Kitchen*.

„Heilige Scheiße", murmelte er und starrte auf den leeren Bürgersteig. Die Kings waren in der Restaurant- und durch ihre Kochsendung auch in der TV-Welt Legenden. Lindsays Vater, Christian, moderierte die beliebteste Fernsehkochsendung. Außerdem besaß er mehrere exklusive Restaurants. Praktisch bei jedem Gespräch mit seinem Vater hatte Duncan sich Tiraden über das böse King-Imperium anhören müssen.

Die Rivalität zwischen Vincent Walters und Christian King war gewaltig. Das war einer der Gründe, warum Duncan nie zuvor die Chance gehabt hatte, Lindsay kennenzulernen. Oder Beck, den er jetzt, da er einen Namen zu dem Gesicht besaß, als Beck Douglas, Christians rechte Hand erkannte. Selbst ein aufstrebender Koch, hatte er seine Hand bei allen von Christians Restaurants in Chicago im Spiel. Es hieß, dass er aufgebaut wurde, um irgendwann die Restaurants und wahrscheinlich *King of the Kitchen* zu übernehmen, wenn Christian in Rente ging. Duncan hatte noch nie ein Foto von ihm gesehen, da die Artikel, die er über Beck gelesen hatte, immer nur Schnappschüsse der Speisen enthalten hatten. Aber verflucht, er wusste nicht, warum ein Mann mit Becks Aussehen sein Bild nicht überall hinpflasterte. Duncan würde definitiv *King of the Kitchen* schauen, wenn Beck derjenige war, der vor der Kamera stand – auch wenn seine Reizbarkeit offensichtlich der Größe seines Egos entsprach.

Duncans Vater bewegte sich in denselben Gourmetkreisen wie Beck und die Kings. Wegen der Fehde zwischen Christian und Vincent kreuzten sich ihre Wege jedoch kaum. Duncan hatte immer vermutet, dass er sie eines Tages treffen würde, war jedoch davon ausgegangen, dass das auf einer eleganten Gala oder in einem Vier-Sterne-Restaurant passieren würde und nicht in der Küche des Sunrise Café. Bisher war er seiner Weigerung, derartige Veranstaltungen mit seinem Vater zu besuchen, treu geblieben. Ansonsten wäre er dem berühmten Christian und dessen Schützling vermutlich schon früher begegnet. Vielleicht sollte er damit anfangen, einige dieser Einladungen anzunehmen, um eine Ausrede zu haben, Becks herrlichen Hintern zu begaffen.

Duncans Nacken wurde heiß, als ihm bewusst wurde, dass er Beck Douglas gerade einen Teller Imbissbuden-Eier Benedict serviert hatte. Himmel, Beck hatte letztes Jahr als jüngster Koch überhaupt den James Beard Award gewonnen. Dank seines Mentors kannte Beck praktisch jeden in der Gastronomieszene, doch Duncan hatte ihn beleidigt und ihm unterstellt, dass er ein Buffet managte. Perfekt.

„Duncan, ich weiß ja nicht, was du zu dem Kerl gesagt hast, aber er hat zweihundert Dollar als Bezahlung für eine zwanzig Dollar Rechnung auf den Tisch gelegt. Ich sollte dich öfter mit den Gästen reden lassen", sagte John bis über beide Wangen grinsend und stieß Duncan den Ellenbogen in die Seite. „Du hast doch jetzt auch frei, oder? Gönnen wir uns dank Mr Zornige Augenbrauen doch richtiges Essen."

„Mr Zornige Augenbrauen?"

5

„Sie waren sehr beeindruckend", stellte John ernst fest. Bei dieser Untertreibung brach Duncan in beinahe hysterisches Gelächter aus.

„Er arbeitet darauf hin, TV Koch zu werden. Mit Sicherheit gehört dazu auch Unterricht, wie man mit Gesichtszügen Gefühle ausdrückt", erklärte Duncan, während er seine Kochuniform öffnete und mit John zum Büro ging, in dem die Angestellten ihre Sachen aufbewahrten. Das Restaurant war zu klein für einen Mitarbeiteraufenthaltsraum, doch das störte niemanden. Vor allem nicht, da sich die Besitzerin und Geschäftsführerin, Johns Mutter, kaum jemals dort aufhielt und kein Problem damit hatte, dass ihr Büro als Sammellager genutzt wurde. Natürlich würde sich das außer John keiner trauen. Vermutlich war das der Vorteil, wenn man sozusagen zur Familie gehörte.

Duncan hatte während seiner gesamten Highschoolzeit an den Nachmittagen in dem Restaurant gearbeitet und danach soweit möglich in allen Collegeferien im Sunrise Café ausgeholfen. Die Sommer hatte er dank seinem Vater als Praktikant in gehobeneren Restaurants verbracht. In der Küche des Sunrise fühlte er sich jedoch stets am Wohlsten. In ein paar Wochen würde Duncan zurück an die University of Chicago gehen, um seinen Masterabschluss in Biochemie und Molekularbiologie zu machen, was das Ende seiner Zeit in der Küche bedeutete. Für das Herbstsemester hatte er bereits einen Praktikumsplatz in der Forschungs- und Entwicklungsabteilung von Kraft Foods angenommen. Wenn alles gut lief, würde er nach seiner Promotion im Mai dort eine Stelle bekommen.

Er hatte immer noch ab und zu Schichten im Sunrise angenommen, doch dafür hätte er dann keine Zeit mehr. Sein Stundenplan für das nächste Semester war wahnsinnig, um ihm den Weg für die Mindestanzahl an Scheinen im Frühling zu ebnen. Schließlich würde er dann die halbe Woche oben in Madison, Wisconsin, an seinem Praktikumsplatz verbringen.

Nach seinem Abschluss würde es keine Zeit mehr für sechzehnstündige Marathonschichten am Herd geben, angenommen er bekam den Job bei Kraft. Dann müsste er nach Wisconsin ziehen, und obwohl Chicago nur zweieinhalb Stunden entfernt lag, wäre es zu weit, um runterzufahren und Kochschichten zu übernehmen, wenn das Sunrise Café in der Klemme steckte.

Er würde es echt vermissen. Und John.

„Das kann ich verstehen. Er ist attraktiv genug fürs Fernsehen", sagte John, streifte seine eigene Uniform ab und zog ein schäbiges Sweatshirt über. „Also Pizza?"

„Das Essen der Götter", stimmte Duncan zu und stopfte seine bespritzte Kochuniform in den Wäschekorb.

6

1

„ZUM LETZTEN Mal, Vincent: Ich werde in keinem deiner Restaurants arbeiten", erklärte Duncan in jener Mischung aus Kühle und Bestimmtheit, den er bei Gesprächen mit seinem Vater im Laufe der Jahre perfektioniert hatte. Das schreckte seinen Vater jedoch nicht ab. Er sprach einfach weiter, als hätte Duncan ihn nie unterbrochen.

„Nicht einfach nur in *irgendeinem* meiner Restaurants. Wie du weißt, habe ich die Stelle als Chefkoch im Goût für dich freigehalten. Sogar Henrie ist bewusst, dass er nur ein Platzhalter ist, bis du so weit bist. Seit du diese verrückte Idee aufgegeben hast, Wissenschaftler zu werden, bewirbt er sich in anderen Restaurants."

Das Wort ‚Wissenschaftler' triefte vor Verachtung und Duncan biss sich heftig auf die Zunge, um nichts zu erwidern. Für Vincent war es in Ordnung gewesen, dass Duncan einen Universitätsabschluss hatte machen wollen, statt auf die Kochschule zu gehen. Das hatte er schließlich ebenfalls getan – er besaß ein Diplom der Wirtschaftswissenschaften.

Duncans Einschreibung zu einem Doktorandenstudiengang hatte allerdings zu einigem Widerstand geführt. In den Augen seines Vaters stellte das nur eine unnötige Zeitverschwendung dar, bis Duncan seinen rechtmäßigen Platz als seine rechte Hand im Walters-Restaurant-Imperium einnehmen würde.

Nicht dass Duncan jemals das geringste Interesse daran gezeigt hätte. Selbst während seiner Praktika im College hatte er Vincents Restaurants ausgelassen und geglaubt, sein Vater würde die Botschaft verstehen, dass er auch jetzt, als Erwachsener, nicht für ihn arbeiten würde.

Die Hoffnung stirbt allerdings zuletzt und dafür stellte Vincent das klassische Beispiel dar. Sein Kopf steckte so tief im Sand – oder seinem Hintern – dass er Duncans Zukunftspläne ignoriert hatte.

„Vincent …"

Sein Vater lachte. „Duncan, bitte. Du warst … wie lange im Labor? Drei Jahre? Du bist für die Küche geschaffen, mein Junge. Gott hat dir eine Gabe geschenkt und die solltest du nutzen."

Duncan hielt das Telefon ein Stück von seinem Ohr weg und verdrehte übertrieben die Augen in Richtung seiner Mutter. Sie wandte den Blick von der

Sendung ab, die sie gerade sah und lachte liebevoll. Es missfiel ihm sehr, dass sie sich gut mit seinem Vater verstand – dem Mann, der sie verlassen hatte, als Duncan sechs gewesen war, weil für ihn seine Kochkarriere mehr zählte als die Familie.

Der Vorwurf war nicht wirklich fair. Vincent und seine Mutter hatten sich einvernehmlich getrennt. Schuld daran war eher die Tatsache gewesen, dass sich Vincents Karriere nur in einer großen Stadt voranbringen ließ, Duncans Mutter sich jedoch weigerte, ihre kleine Stadt zu verlassen, weil sie sich zu der Zeit um Duncans betagten Großvater gekümmert hatte.

Obwohl die Scheidung in aller Freundschaft erfolgt war, war es hart für Duncan gewesen. Im Erwachsenenalter war Duncan durchaus bewusst geworden, dass seine Eltern beide Schuld an der Scheidung trugen. Immerhin hatte keiner auf die Bedürfnisse des anderen eingehen wollen. Doch zur Zeit der Trennung war er zu jung gewesen, um das zu verstehen und hatte nur gewusst, dass sein Vater verschwunden war und seine Mutter die ganze Zeit weinte.

Es half nicht, dass Vincent nach der Scheidung auf die denkbar schlechteste Weise radikal religiös geworden war. Was für eine Hoffnung auf eine Annäherung es zwischen ihnen beiden auch gegeben haben mochte – sie zerschlug sich, als Vincent gerade zu der Zeit eine fundamentalistische Gemeinde fand, in der Duncan merkte, dass er Jungen ebenso sehr wie Mädchen mochte. Selbst die gemeinsame Leidenschaft für das Kochen hatte nicht ausgereicht, den Graben zu überbrücken, den Vincents ständige Verachtung für Duncans Sexualität aufriss.

„Es waren vier", berichtigte Duncan ihn matt. Er rollte den Kopf von einer Seite zur anderen und betete um Geduld. Oder vielleicht um einen Meteor, der seinen Vater traf. Nein, das war nicht fair. Verdammt. Er verstand, warum sein Vater so beharrlich darauf pochte, dass er für ihn arbeitete. Allerdings wünschte er, Vincent würde das gleiche Verständnis für Duncans Gründe, die so sehr dagegen sprachen, zeigen.

In der Küche kamen sie gut miteinander klar. Besser als gut. Solange sie ihre ganze Aufmerksamkeit auf das Essen richteten, arbeiteten sie so reibungslos zusammen, wie es in einer Profiküche sein sollte. Doch wenn die zweiten Gänge verteilt waren oder sie die Küche verließen? Ein Desaster.

„Wenn ich Tomate sage, sagst du Tomatenmark aus der Dose. Oh nein, halt. Das tust du ja nicht mehr, weil du zu Verstand gekommen bist und nicht mehr in diesem verfluchten Labor für Lebensmittelimitate arbeitest", meinte Vincent abfällig. Erneut betete Duncan um Geduld.

„Vincent, ich weiß das Angebot zu schätzen. Wirklich. Aber ich vertrete Navien im 134°. Sie befindet sich noch einen Monat im Mutterschutzurlaub."

Duncan würde fast alles für Navien tun. Sie war eine gute Freundin und hatte ihn immer bereitwillig vorbeikommen und einen oder zwei Abende lang die Speisezubereitung übernehmen lassen, während seine Seele bei Kraft langsam dahinsiechte. Die letzten drei Monate war er als Küchenleiter für sie in dem unglaublich protzigen Steakhouse eingesprungen und es reizte ihn, weiterzuziehen. Die Speisen waren so langweilig wie das Konzept. Wer benannte ein Restaurant schon ernsthaft nach der Temperatur eines halb durchgebratenen Steaks?

Dem unhöflichen Schnauben nach zu urteilen, teilte Vincent Duncans Meinung. „Hast du nicht schon genug Zeit als reisender Koch vergeudet? Lass dich irgendwo nieder, Duncan."

Duncan gab sich keine Mühe, seinen Seufzer zu unterdrücken. Vincent und er wussten beide, dass Vincent mit „irgendwo" „in einem meiner Restaurants" meinte.

In dem Sommer, in dem er fünfzehn geworden war, hatte er als Spülhilfe und Handlanger in der Küche von Vincents Vorzeigerestaurant angefangen und dort alle Feinheiten des Kochens gelernt. So viel Zeit hatte er seit der Scheidung nicht mehr mit seinem Vater verbracht. Sein Vater war kein schlechter Mann. Nicht wirklich. Auf seine Art liebte er Duncan. Doch Duncan hatte schon früh gelernt: Wenn er einen Platz im Leben seines Vaters haben wollte, musste das zu dessen Bedingungen geschehen. Wahrscheinlich wäre es ihm egal gewesen, wäre da nicht sein Interesse am Kochen gewesen. Das hatte seine Mutter erkannt und ihn mit einem sanften Schubs in Vincents Küchen geschickt, sobald er alt genug war. Der Rest war Geschichte.

Trotz Duncans Überzeugung, dass sie sich auseinandergelebt hatten, kannte er seinen Vater gut.

Vor allem mit Vincents Methode des nie *Zuhörens* war er vertraut. So wie jetzt, als Vincent seine Sticheleien gegen die Küchen fortsetzte, in denen Duncan in letzter Zeit gearbeitet hatte.

„Ich bin zufrieden, aber danke für dein Interesse", sagte Duncan, bevor er zum Todesstoß ansetzte. „Aber wenn du so beunruhigt bist, weil ich nicht sesshaft werde, sollte ich vielleicht doch Christian Kings Angebot annehmen und die Küchenleitung in einem seiner Restaurants übernehmen."

„An dem Tag, an dem du einen Fuß in diese Küche gottloser Heiden setzt, deren Namen du bedauerlicherweise genannt hast, enterbe ich dich", stellte Vincent klar.

Duncan konnte ihn förmlich mit Schaum vor dem Mund vor sich sehen. „Ihr zwei sagt solche Nettigkeiten übereinander. Sein neuester Spitzname für dich lautet ‚dieser religiöse Fanatiker'. Hast du das mitbekommen?"

Obwohl Duncan die Gerichte von Christian genauso wenig mochte wie sein Vater, musste er Christian Respekt zollen, weil der Vincent haargenau *durchschaut* hatte. Dieser Punkt ging an Christian.

„Ich werde nicht zulassen, dass du dich bei diesem Mann austobst", sagte Vincent leise.

Duncan grinste. Normalerweise hatte dieser Satz eine ganz andere Bedeutung. Die Verdammung unterschied sich jedoch nicht. Hasste Vincent seinen Erzfeind etwa genauso sehr wie Duncans Sexualität?

„Ich lege jetzt auf", verkündete Duncan, bevor sein Vater seine Tirade fortführen konnte. Er hob angesichts des verärgerten Gesichtsausdrucks seiner Mutter, als er das Handy auf das Couchkissen neben ihr schleuderte – wohl wissend, dass sie es aufheben würde – eine Augenbraue.

Die fortbestehende Freundschaft seiner Eltern blieb Duncan zwar ein Rätsel, doch er machte sich nicht allzu viele Gedanken darüber. Abgesehen davon, dass sie Vincent Insiderinformationen gab, in welchen Restaurants Duncan arbeitete – was Vincent mithilfe seiner guten Verbindungen auch allein herausfinden könnte – wusste er, dass seine Mutter seinen Wunsch nach Privatsphäre respektierte und nicht viel anderes verriet.

Duncan schlenderte in die Küche, um mit der Zubereitung des Abendessens zu beginnen, während seine Mutter mit Vincent plauderte und Entschuldigungen für Duncans sture Weigerungen fand.

„So schlecht ist er gar nicht", verkündete seine Mutter ein paar Minuten später im Türrahmen stehend. „Ihr zwei streitet, weil ihr euch so ähnlich seid. Ich wünschte, du würdest das einsehen."

Dieses Lieblingsargument gab sie bei jedem Streit zwischen Duncan und seinem Vater von sich und jedes Mal verspürte er einen verdammt schmerzhaften Stich. Duncan weigerte sich, zu glauben, dass er seinem Vater auch nur im Entferntesten ähnelte. Er konnte zugeben, dass sie beide die Leidenschaft für das Kochen und das Talent für die Erschaffung wahrer Meisterwerke in der Küche teilten. Damit endete es jedoch auch schon. Vincent Walters war ein Sklave seines eigenen Ehrgeizes und des Drangs, berühmt zu werden. Duncan dagegen wollte einfach nur kochen. Die Medien zogen ebenfalls gerne diese Vergleiche, doch die ließen sich leichter abtun. Bei den Reportern handelte es sich schließlich um Fremde. Das hier war seine Mutter. Vor allem sie sollte es besser wissen.

„Klar, Ma", sagte er beschwichtigend. Wenn er nicht widersprach, würde sie hoffentlich nicht zu ihrem fünfzig Punkte Vortrag ansetzen, warum es stimmte und dass sich alles klären würde, wenn Duncan Vincent besser kennenlernen würde.

„Du solltest wirklich über das Angebot deines Vaters nachdenken. Ich weiß, dass es dir schwerfällt, es zu erkennen, aber er ist so stolz auf dich."

Duncan rümpfte die Nase und ignorierte seine Mutter, in dem er Zutaten für ein einfaches Hühnchen-Reis-Gericht aus dem Kühlschrank holte. Jeder ging davon aus, dass er als Lebensmittelwissenschaftler und Koch mit Interesse an Molekulargastronomie stets raffiniertes, dekonstruiertes Essen aß. In Wirklichkeit zog er jedoch einfache Gerichte vor. Beim Essen zumindest. Unbestreitbar liebte er den Nervenkitzel, ein klassisches Gericht auseinanderzunehmen, um es auf neue und moderne Art wieder zusammenzusetzen. Doch zu Hause? Er war der Pizza- und Burgertyp.

„Wie ich ihm wieder und wieder gesagt habe, will ich nicht für ihn arbeiten", stellte er klar, während er sich der Essenszubereitung widmete, um seine Wut im Zaum zu halten. Seine Hände zu beschäftigen, half ihm immer, nicht die Beherrschung zu verlieren – einer der Gründe, warum er so gut in Profiküchen arbeiten konnte. Trotz der dort herrschenden aufgeheizten Stimmung gelang es Duncan immer, einen klaren Kopf zu behalten, in dem er sich in die Vorbereitungen und das Kochen stürzte. Außerhalb der Küche sah die Sache ganz anders aus. In Vincents Büro hatte es nicht wenige gewaltige Showdowns zwischen den männlichen Walters gegeben.

„Aber er liebt dich, Duncan. Er will, dass du erfolgreich bist. Ich weiß, dass dir das Herumreisen gefällt, aber das geht jetzt schon beinahe ein Jahr lang so. Er kann dir helfen, voranzukommen. Warum nimmst du ihn nicht beim Wort?"

Dafür hatte er zahlreiche Gründe und die meisten davon war er unzählige Male mit ihr durchgegangen. Letztlich lief es darauf hinaus, dass sie sich wegen seiner Reisen quer durchs Land ängstigte. Sie wollte ihn gerne in der Nähe haben und meist freute er sich auch, wieder zurück in Chicago zu sein. Sein letztes Jobangebot stammte von einem aufstrebenden Bistro in Nappa und war ziemlich verlockend.

Seit das letzte Restaurant, in dem er als Küchenchef gearbeitet hatte, 2014 geschlossen hatte, wanderte er als küchenloser Nomade herum. Es war ein furchtbarer Schlag gewesen, da er erst seit sechs Monaten dort gearbeitet hatte. Davor hatte er drei andere Restaurantjobs überall im Land gehabt. Er war durch verschiedene Restaurants gezogen: von traditionellen französischen Bistros über Lokale, in denen der verrückte Wissenschaftler in ihm mit der echten Molekularküche weitermachen konnte, bis zu Restaurants dazwischen, wie dem Steakhouse. Die einzige Gemeinsamkeit aller Restaurants bestand darin, dass sie *nicht* seinem Vater gehörten.

„Duncan."

Frustriert stieß er den Atem aus und schüttelte den Kopf. Mit diesem Gespräch war er durch.

Er blickte zu seiner Mutter. „Ist dir das nicht klar?"

Duncan biss sich auf die Zunge, um nicht noch mehr zu sagen. In Wirklichkeit galt sein Ärger seinem Vater, nicht seiner Mutter. Sie verdiente seine Wut nicht, doch je mehr sie drängte, desto schwieriger fiel es ihm, sich das ins Gedächtnis zu rufen.

Seine Mutter schnalzte mit der Zunge. Das gleiche Geräusch der Enttäuschung, bei dem er sich als Kind geduckt hatte, wenn er mit einem schlechten Zeugnis oder Berichten über Bestrafungen wegen Schulhofschlägereien nach Hause gekommen war.

„Wag es nicht, den Kopf zu schütteln, Duncan. Du und dein Vater habt beide einen gewaltigen Dickschädel und genug Stolz, um ein Schiff zu versenken." Sie seufzte. Duncans Zorn verdampfte und wurde von Schuldgefühlen verdrängt.

Seine Mutter sah müde und traurig aus. Das war das Letzte, was er wollte. „Lass ihn wenigstens einige Fäden für einen Vollzeitjob ziehen, auch wenn es nicht in einem seiner Restaurants ist. Du weißt, das würde er für dich tun."

„Ich werde diese Woche mit ihm essen gehen, dann können wir miteinander reden", versprach Duncan.

Als sich das Gesicht seiner Mutter erhellte, hob Duncan die Hand und stoppte sie, bevor sie sich dazu äußern konnte. „Nicht um sein Jobangebot anzunehmen. Um in zweifelsfreien Worten zu erklären, warum ich das Angebot *nicht* annehme. Noch einmal: Ich will es alleine schaffen, Ma. Ich will keinen Job bekommen, nur weil ich Vincent Walters Sohn bin. Ich will einen Job bekommen, weil ich ein talentierter Koch mit großartigen Ideen bin. Und ich will nicht wegen irgendetwas in seiner Schuld stehen."

Seine Mutter begann den Tisch zu decken. Während sie die Teller und das Besteck hinlegte, verweilte ihr Blick auf ihrem Sohn. Duncan hatte – abgesehen von den Sommern, in denen er gezwungen worden war, bei Vincent zu leben – seine gesamte Kindheit in diesem Haus verbracht. Er kannte jeden Winkel und wie er wusste, seine Mutter auch. Beide konnten sie sich ohne einen einzigen Fehltritt mit geschlossenen Augen in der kleinen Küche bewegen. Normalerweise war er dankbar für die Fähigkeit, auf diesem engen Raum zusammenzuarbeiten. Im Moment fühlte Duncan sich allerdings in die Ecke gedrängt, als ihn der Blick seiner Mutter festnagelte.

„Ich weiß, dass ich dir einen schlechten Dienst erwiesen habe, weil ich die Angelegenheit nicht vorangetrieben und Vincent nicht gezwungen habe, eine aktivere Rolle in deinem Leben einzunehmen, als du klein warst, Duncan." Duncan versuchte zu protestieren. Auch dieses Gespräch hatten sie schon zuvor geführt und wie er hinreichend klargemacht hatte, gab er ihr keine Schuld. Duncan machte für sein angespanntes Verhältnis zu seinem Vater alleine Vincent verantwortlich und weigerte sich, zu glauben, dass seine Mutter falsche Entscheidungen getroffen haben könnte.

„Können wir nicht das Thema wechseln, Ma?"

Sie ignorierte ihn und machte mit dem Vortrag weiter, den Duncan praktisch auswendig kannte.

„Denn das habe ich, wie mir jeden Tag klarer wird. Ich dachte, ich würde das Richtige für euch beide tun. Ihr seid die beiden Männer, die ich am meisten auf dieser Welt liebe und ich wollte euch beide glücklich machen. Vincent wäre geblieben, wenn ich ihn darum gebeten hätte. Ich weiß es. Er hätte sich uns gegenüber anständig verhalten. Aber damals war er bereits ein aufsteigender Stern und ich konnte nicht zulassen, dass er das für uns aufgibt. Ebenso wenig, wie ich mich überwinden konnte, in dieser gottverdammten Stadt zu leben, die ihr beide so sehr zu lieben scheint. Ich war nicht genug für dich, während du herangewachsen bist. Ich weiß, du meinst, du bräuchtest keinen Vater in deinem Leben. Meiner Meinung nach liegst du damit falsch, aber das spielt keine Rolle."

Mit versteinerter Miene wendete Duncan das Hühnerfleisch in der Pfanne. Wie er wusste, konnte er diesen Streit nicht gewinnen. Stattdessen beschloss er sich auszuklinken und seine ganze Aufmerksamkeit auf die vor ihm liegende Aufgabe zu richten. Während des Kochens spürte er den Blick seiner Mutter auf seinem Rücken, blendete ihn jedoch aus. Es herrschte eine ohrenbetäubende Stille, in der das Brutzeln des Hühnchens in der Pfanne unnatürlich laut wirkte. Er konnte den Schmerz, der von seiner Mutter ausstrahlte, praktisch körperlich spüren, je länger sein Schweigen andauerte. Das Anschweigen – egal wie kindisch es bei einem erwachsenen Mann auch wirkte – war besser, als die Gedanken in seinem Kopf laut auszusprechen.

Der Stolz seines Vaters auf Duncans Leistungen war mehr beruflicher als väterlicher Natur und ließ Duncan kalt. Im Moment reichte es ihm, sich treiben zu lassen … hier und da in Restaurants von Freunden einzuspringen. Bald würde er jedoch einknicken und sich auf die Suche nach etwas Dauerhafterem begeben müssen.

Er hatte einige befristete Verträge mit einer Laufzeit von ein paar Wochen bis zu ein paar Monaten gehabt. Es machte Spaß zu reisen und alte Bekannte wiederzutreffen, mit denen er im Laufe der Jahre zusammengearbeitet hatte. Es besänftigte sowohl die Wanderlust als auch den Drang, in die Küche zurückzukehren, der ihn aus der Forschung und Entwicklung getrieben hatte. Warum sollte er das für einen Vater aufgeben, den er kaum ertragen konnte?

Seine Mutter änderte ihre Taktik. Duncan unterdrückte ein Stöhnen, als er bemerkte, dass sie begann, sich auf ihr Thema einzuschießen. „Kannst du in ihm nicht einfach nur den Restaurantbesitzer sehen anstelle des Vaters? Du kennst ihn, Duncan. Würde er dir diese Position bloß aus Vaterliebe anbieten? Er liebt seine Restaurants und nimmt seine Karriere sehr ernst. Er wäre nicht so erpicht darauf, dass du dich ihm anschließt, wenn er nicht überzeugt wäre, dass du den Job aus eigener Kraft verdient hast."

Duncan hatte seinen Plan, der Küche den Rücken zu kehren und nach seinem Abschluss für einen Konzern zu arbeiten, nicht verheimlicht. Der ganze Zweck eines Abschlusses in Ernährungswissenschaften war immer gewesen, danach als Lebensmittelchemiker in der Forschungs- und Entwicklungsabteilung einer großen Lebensmittelfirma zu arbeiten. Vincent hatte die Neuigkeit, dass Duncan eine Stelle bei Kraft Food annehmen würde, mit grimmiger Resignation aufgenommen. Zuerst lief auch alles gut. Duncan war jeden Tag zur Arbeit gegangen, hatte den Laborkittel angezogen und mit Substanzen experimentiert, die den Geschmack natürlicher Zutaten nachahmten, die Haltbarkeit von Lebensmittel verlängern sollten und was sonst alles notwendig war, um verpackte Nahrungsmittel ansprechender und haltbarer zu machen.

Und er hatte es gehasst. Die Wissenschaft war aufregend gewesen, entsprach jedoch nicht im Geringsten der schweißtreibenden, adrenalingeschwängerten Atmosphäre einer Restaurantküche.

Nachdem er mehr als vier Jahre lang während seines Urlaubs in exklusiven Restaurants in Chicago und New York als Gastkoch gearbeitet und sich auf den Dienstplan des Sunrise Café geschmuggelt hatte, um an den Wochenenden zwölf Stunden am Tag dort zu kochen – und dann am Montagmorgen erschöpft und gestresst im Forschungslabor zu erscheinen – hatte Duncan schließlich eingesehen, dass die Lebensmittelwissenschaft nichts für ihn war und die Stelle gekündigt.

Nachdem seine Mutter im letzten Jahr in Rente gegangen war, hatte John das Sunrise Café übernommen und Duncan eine Vollzeitstelle als Chefkoch angeboten. So sehr es die Zusammenarbeit mit John auch liebte, Rührei und Hackfleisch bildeten auf lange Sicht keine Dauerlösung. Deshalb hatte er sich in die große weite Welt begeben, war mit befristeten Verträgen von Küche zu Küche gehuscht; hatte die Köche, für die er in der Vergangenheit gearbeitet hatte, wissen lassen, dass er sich sozusagen wieder auf dem Markt befand und nach einer eigenen Küche gesucht. Natürlich gehörten immer noch einige Schichten im Sunrise Café dazu. Schließlich lag etwas fast Zen-artiges und Entspannendes darin, gedanklich abzuschalten, während man auf Bestellung Ei um Ei briet. Zumindest galt das für Duncan.

Vincent fasste Duncans Kündigung natürlich so auf, dass Duncan bereit war „nach Hause zu kommen", wie er gerne sagte und begann, die Übernahme des Walters-Restaurant-Imperiums mit immer mehr Nachdruck zu erwähnen. Selbstverständlich erklärte Duncan ihm, er könne sich sein Angebot sonst wohin stecken. Seitdem er den Laborkittel an den Nagel gehängt und mit dem Küchenhopping begonnen hatte, hatte er das unablässig wiederholt.

Es wurde immer schwerer, die Angebote auszuschlagen und das hasste Duncan am meisten. Die Auszeit, die er während seiner Tätigkeit im Labor von den Profiküchen genommen hatte, stellte kein Problem dar. Die Kochkunst war keine schnell wechselnde Branche. Seine Fähigkeiten waren immer noch ausgezeichnet und er besaß immer noch einen guten Riecher für Trends und Food Pairing. Nein, es war sein „Genieß es und dann zieh weiter" Ruf, der ihm vorauseilte. Die bedeutenden Restaurants schienen zu dem Entschluss gekommen zu sein, dass man ihn zwar gut für kurze Zeit beschäftigen konnte, er jedoch als dauerhafter Mitarbeiter nichts taugte.

Duncan machte das Küchensurfen zwar viel Spaß, doch es bot keine zukunftsfähige Karrieremöglichkeit. Er musste einen echten Job finden und das bald. Wegen des Studentendarlehens und der Miete für seine Wohnung – die während seiner Abwesenheit meistens leer stand – steckte er bis über beide Ohren in Schulden. Ein regelmäßiger Gehaltsscheck wäre im Augenblick höchst willkommen.

Nicht dass er das seiner Mutter erzählen würde. Sie würde ihn nur moralisch unter Druck setzen, Vincents großzügiges sechsstelliges Angebot anzunehmen, sodass er sich noch schlechter fühlen würde.

14

Er zwang sich zu einem Lächeln und trug das Huhn auf. Den bekümmerten Gesichtsausdruck seiner Mutter ignorierte er.

„Möchtest du hier essen?" Mit einem Nicken wies er zu dem Tisch in der Ecke. Die Sitzbank musste neu bezogen werden. Aus einem langen Riss – entstanden aus einer Reihe Nadelstiche, als er während seiner Grundschulzeit die Gabel hineingebohrt hatte – quoll die Füllung heraus.

In seiner Kindheit hatten sie die Mahlzeiten immer an diesem Tisch zu sich genommen. Seine Mutter hatte die Zeit genutzt, um mit ihm über seinen Tag zu sprechen und ihn wegen der Hausaufgaben in die Mangel zu nehmen. Jetzt nutzte sie die Mahlzeiten, um ihn wegen seines Vaters und seiner Karriere zu bedrängen. Heute Abend konnte er das einfach nicht ertragen.

Seine Erschöpfung musste ihm deutlich ins Gesicht geschrieben sein, denn seine Mutter zeigte Mitleid. „Deine Sendung kommt gleich. Warum nehmen wir das Essen nicht einfach mit ins Wohnzimmer? Nur dieses eine Mal?"

Duncan verdrehte die Augen. „Es ist nicht meine Sendung, Mom. Es ist einfach nur eine Sendung, die ich mir manchmal anschaue."

Die Lippen seiner Mutter zuckten. „Eine Sendung, die du dir manchmal anschaust also? Und deshalb darf ich sie nicht löschen, bis du sie gesehen hast?"

Das lag nur daran, dass er keinen Kabelanschluss besaß. „Nicht alle davon."

Sie warf ihm einen wissenden Blick zu und stellte ihren Teller auf den Couchtisch. „Na, dein Beck hat in letzter Zeit immer öfter moderiert und füllt langsam meine Watchlist. Du wirst bald einige alte Sendungen löschen müssen. Ich werde mich von deiner Besessenheit nicht davon abhalten lassen, *Law and Order* aufzuzeichnen."

„Lügen und Verleumdungen", murmelte er und griff nach der Fernbedienung. In der Warteschlange befanden sich sechs neue *King of the Kitchen* Folgen und den Angaben nach schien Beck vier davon moderiert zu haben. „Mir gefällt nur seine Begeisterung für den Einsatz frischer Zutaten."

Und der Anblick seines Hinterns in den gut geschnittenen Anzügen, aber das würde er nicht erwähnen. Dem Kichern nach zu urteilen, das seine Verteidigung bei seiner Mutter auslöste, wusste sie das anscheinend bereits.

15

2

„SCHALTEN SIE nächste Woche wieder ein, wenn Christian zurück ist und wir Besuch von einer besonderen Köchin bekommen, die uns die Zubereitung ihres speziellen Nudelgerichts zeigt. Glauben Sie mir, es ist köstlich. Wenn Sie noch nicht die Gelegenheit hatten, in einem Glenda Abram's Restaurant zu speisen, haben Sie etwas verpasst. Aber keine Sorge, wir bringen das ins Reine – hier bei *King of the Kitchen*. Wir werden Ihnen zeigen, wie es Glenda gelungen ist, die Herzen der Nation mit ihren Nudeln zu erobern und wie Sie sie in Ihrer eigenen Küche nachkochen können.

Ich bin Beck Douglas. Danke, dass Sie uns heute in Ihre Küche eingeladen haben!"

Beck grinste in die Kamera. Seine Lippen verzogen sich zu dem sorgfältig einstudierten, jungenhaften Lächeln, dem er seinen Erfolg in Haushalten im ganzen Land verdankte. Sein Gesichtsausdruck war entspannt und er richtete den Blick auf die große Tafel mit dem Countdown neben der Kamera. Nachdem die Anzeige auf null gesprungen und das rote Kameralicht erloschen war, wartete er noch drei volle Sekunden ab und ließ sich dann gegen die Theke sinken. Innerhalb von Sekunden hatte er sowohl sein Lächeln als auch die mitreißende Leidenschaft – sein Markenzeichen während der Sendung – verloren.

„Du hast heute das Intro leicht überzogen."

Beck hielt die Augen geschlossen, seine erschöpfte Haltung blieb unverändert. „Ich musste zusätzliche dreißig Sekunden füllen, weil ein Werbekunde in letzter Minute einen Spot zurückgezogen hat."

„Wer?" Der scharfe Unterton in Christians Stimme ließ wenig Zweifel daran, dass am Ende des Tages jemand keinen Job mehr haben würde. Insgeheim wünschte sich Beck, selbst diese Person zu sein. Natürlich wusste er es besser. Christian baute ihn schließlich seit zehn Jahren als Erben des Imperiums auf. Lindsay war die erste Wahl für eine Ausbildung als Mogul gewesen, hatte sich in der Küche aber als absolute Katastrophe herausgestellt. Daher hatte Beck als Christians Neffe die Stelle als dessen Schützling geerbt. Das war gleichzeitig großartig und schrecklich, weil Beck das Kochen liebte. Er stand nur mit halbem Herzen vor der Kamera, genoss jedoch die Chance, Menschen beizubringen, wie sie in ihren heimischen Küchen großartige Gerichte zubereiten konnten.

Die Trendspeisen, die ihn sein Onkel zu kochen zwang, hasste er jedoch. Christian würde aber nie dulden, dass Beck kündigte und Beck würde außerhalb seiner geheimen Fantasien nicht im Traum daran denken. Im Endeffekt befand er sich genau dort, wo er sein wollte – auch wenn es zulasten seiner Seele ging, von der jedes Mal ein kleines Stück mehr starb, wenn er eine Speise mit Aioli zubereiten musste.

„Agneau", erklärte Beck in gleichmäßigem Tonfall. Er wusste, warum der Spot herausgenommen worden war, hatte sogar die Werbeabteilung gewarnt, dass genau das passieren könnte und daher zur Zeitüberbrückung ein längeres Intro eingeübt.

Die meisten TV-Gesichter verdankten ihren Erfolg als Moderator einer Livesendung einer Kombination aus harter Arbeit und einer natürlichen Begabung. Beck besaß keinen natürlichen Bildschirm-Charme und hatte deshalb doppelt hart für seinen Erfolg arbeiten müssen. Kein Zuschauer würde jemals vermuten, dass Becks sorglose, gelassene Haltung während der Sendung bis ins kleinste Detail geplant war oder dass sich Beck pro fünf Minuten auf dem Bildschirm über eine Stunde vorbereitete. Mit einem Autorenteam plante er im Voraus Scherze und Randbemerkungen. Zusätzlich verbrachte er Stunden über der Herdplatte in der beengten Testküche, um mit dem Entwicklungsteam Rezepte zu perfektionieren und herauszufinden, wie sie sich mühelos zubereiten ließen.

„Haben sie gesagt, warum?" Agneau war von der ersten Stunde an ein Werbeträger gewesen.

Beck öffnete die Augen und er starrte Christian ungläubig an. „Ist die Frage wirklich ernst gemeint? Wie konnten sie ihn *nicht* zurückziehen, nach Felix Cartwrights Äußerung in seinem Gastbeitrag letzte Woche?"

Christians Blick verfinsterte sich. „Dieser unbedachte Kommentar über genetisch veränderte Organismen?"

„Natürlich ‚dieser unbedachte Kommentar über genetisch veränderte Organismen'. Genetisch veränderte Organismen sind im Moment ein heißes Eisen und Agneau hat einen wichtigen Vertrag mit Monsanto. In den von Agneau hergestellten Lebensmitteln ist der Großteil des Mais gentechnisch verändert."

Zu den Dingen, die Beck an der Arbeit für die Sendung hasste – und es gab jede Menge – gehörte der Zwang, sich mit den Lebensmittelgroßhändlern gutzustellen, deren Produkte er persönlich nie kaufen würde. Seit der damals noch relativ unbekannte Christian vor mehr als zwanzig Jahren eine lokale Kochsendung im abgelegenen Teil des Bundesstaates New York moderiert hatte, war Agneau ein Sponsor von *King of the Kitchen*.

Christian legte stets großen Wert auf den Einsatz von Agneau Trockennudeln und anderer verschweißter oder in Dosen befindlicher Zutaten in der Sendung. Zutaten, die in seiner heimischen Küche nie auftauchten. Becks Onkel war im Privatleben der ultimative Lebensmittelsnob, doch beruflich stellte er liebend gerne sein Gesicht für so ziemlich jedes Produkt zur Verfügung, das eine entsprechend hohe Werbegebühr anbot.

„Ich werde mit Rollie sprechen. Mit Sicherheit wird er nach ein paar Runden Golf und einem Nachmittag im Club seine Meinung ändern."

Beck maß ihn mit einem skeptischen Blick. „Felix hat die Weigerung des Unternehmens, die gentechnisch veränderten Produkte zu kennzeichnen, ‚unverantwortlich' genannt und angedeutet, dass Agneaus' gesamte Produktlinie ungesund ist. Ein Golfspiel mit Agneaus' Finanzvorstand wird meiner Meinung nach nicht ausreichen, das Unternehmen zu überzeugen, wieder Werbung in unserer Sendung zu schalten. Genau genommen mache ich mir Sorgen, dass sie dich als prominentes Werbegesicht fallen lassen könnten."

Er schreckte nicht vor Christians vernichtendem Blick zurück, viel fehlte jedoch nicht. Nur die Tatsache, dass er seit Jahren mit diesem Blick bedacht wurde, hielt ihn davon ab, sich zu ducken, wie es die meisten von Christians anderen Angestellten bei seinem heftigen Tadel taten. „Ich muss mir von dir nicht sagen lassen, wie ich meine Angelegenheiten zu regeln habe, Beck." Eine seiner Augenbrauen zuckte und Beck wappnete sich. Christian besaß definitiv eine verräterische Körpersprache, wenn er kurz davor stand richtig loszulegen. Jedes Mal, wenn die Augenbraue zuckte, wusste Beck, dass ihn eine Tirade erwartete. „Wenn ich du wäre, würde ich mir mehr Sorgen um die Fertigstellung der Speisekarte für das Brix machen."

Becks Muskeln spannten sich an und in seinem Magen ballte sich ein Klumpen Furcht zusammen. Christian hatte ihm versprochen, dass er nicht nur dem Namen nach der Chefkoch des neusten Restaurants des King-Imperiums sein würde. Nein, es sollte ganz und gar seins sein. Sein Konzept, seine Speisekarte, sein Management. Er hatte geglaubt, seine Sache gut gemacht zu haben. Schließlich hatten auch die von Christian geforderten Testgruppen alles abgenickt.

„Ich habe Sarah gestern die Speisekarte gegeben. Sie meinte, sie hätte dir Zeit in deinem Kalender freigeräumt, damit du sie prüfen kannst."

„Und das habe ich. Aber jetzt mal ernsthaft, Beck: Das war keine Speisekarte, sondern eine Liebesbekundung eines Schuljungen an biologisch angebautes Essen. Einfach peinlich. Ich mag mir gar nicht vorstellen, was deine Ausbilder aus dem Le Cordon Bleu dazu sagen würden. Du bist doch keine gelangweilte Hausfrau, Beck. Du bist ein klassisch ausgebildeter Koch. Verhalte dich auch so. Sarah wird dir die Änderungen heute noch mailen."

Beck biss sich auf die Zunge und versuchte den Impuls, mit einem bissigen Kommentar zu antworten, hinunterzuschlucken. Niemand gewann jemals einen Streit gegen Christian King – selbst wenn derjenige im Recht war. Trotzdem konnte sich Beck eine Antwort nicht verkneifen.

„Mit einfachen Zutaten zu kochen, bedeutet nicht, dass das Gericht nicht anspruchsvoll ist."

Christian schnaubte. „Nudeln mit Butter?"

„Hausgemachte Kürbisnudeln an brauner Sherrybutter, serviert mit Salbei und gerösteten Kürbiskernen."

„Letzten Endes sind das immer noch Nudeln und Butter. Dafür werden die Leute keinen Preisaufschlag zahlen."

„Du hast gesagt, es wäre mein Restaurant. Du wolltest ein zwangloses, gehobenes Ambiente, bei dem das Hauptaugenmerk auf dem Wein liegt. Genau das habe ich geliefert."

„Es ist dein Restaurant, Beck. Aber über der Tür steht mein Name. Ich habe einen Ruf zu verlieren. Und Christian King serviert keine Nudeln mit Butter. Sarah wird sich bei dir melden. Sorg dafür, dass die Speisekarte bis Freitag in die Druckerei kommt. Schick' den endgültigen Entwurf direkt an Sarah. Sie kann ihn für mich absegnen, während ich das Restaurant in Atlanta überprüfe."

Für gewöhnlich fiel diese Aufgabe Beck zu: quer durch das Land zu reisen und die Dutzenden Restaurants in der Kette seines Onkels zu überprüfen. Keins davon hatte das gleiche Konzept, aber alle Speisekarten wiesen eine Gemeinsamkeit auf: Sie waren alle überladen, entschieden zu trendy und die Preise entsprechend. In anderen Worten: alles, was Beck hasste. Da ihn die Vorbereitungen zur inoffiziellen Eröffnung jedoch genug in Beschlag nahmen und Christian ihm zusätzliche Moderationen bei *King of the Kitchen* übertragen hatte, um Becks eigene „Markenbekanntheit" – wie es Christian, Lindsay und ihr stets präsentes Marketingteam bezeichneten – zu steigern, war die Leitung des Imperiums in Christians Hände zurückgefallen. Zumindest für den Moment. Beck zweifelte nicht daran, dass er zusätzlich seine alten Pflichten wiederaufnehmen müsste, wenn das Brix eröffnet war.

Offensichtlich wartete Christian auf eine Antwort, daher nickte Beck kurz. „Ja, Sir."

Ganz egal, wie viele Anstrengungen Beck in die Speisekarte oder wie viel Knochenarbeit er in das Brix gesteckt hatte, letztendlich war es das Restaurant seines Onkels und nicht seins. Die Hände an den Seiten zu Fäusten geballt, beobachtete er, wie Christian sich mit schnellen Schritten entfernte. Geübt wich er den Kameras aus und verschwendete dabei nicht einen Blick an die Crew. Aber natürlich erwartete das auch keiner. Auf dem Bildschirm kannte man Christian als heitere, freundliche Persönlichkeit, doch jeder, der für ihn arbeitete, wusste, dass er sich die meiste Zeit wie ein kalter, berechnender Mistkerl benahm.

Ganz anders Beck, der sich trotz seiner derzeitigen Niedergeschlagenheit die Zeit nahm, dem Tonassistenten im Vorbeigehen zuzunicken.

Obwohl er sich nichts mehr wünschte, als sich in seinem Büro oben zu vergraben und wegen der neuen Speisekarte zu schmollen, ließ Beck seine Wut nicht an der Crew aus. Das war der größte Unterschied zwischen seinem Onkel und ihm. Becks Erfolg hing von jedem, der mit ihm zusammenarbeitete, ab – von den Produktionsleitern und Chefköchen über die Tonassistenten bis zu den Vorköchen, die um sechs Uhr früh kamen und undankbare Aufgaben erledigten: Wie das Knoblauchschälen und das Hacken einer Tonne *Mise en Place*, damit die Chefköche später am Tag damit weiterarbeiten konnten. Ob er sich nun im Studio oder in einem der Restaurants seines Onkels befand, Beck legte Wert darauf, jeden Angestellten im Vorbeigehen zumindest anzulächeln oder ihm zuzunicken.

Fast hatte er es geschafft, da entdeckte er neben der Tür zum Treppenhaus eine Gruppe Menschen. Seufzend achtete er darauf, sie mit einem Lächeln zu begrüßen, obwohl er nichts lieber wollte, als durch die Tür zu stürmen und die sechs Stockwerke hinauf in sein Büro zu rennen. Die aufgestaute Energie, die er während der Filmaufnahmen immer verspürte, hatte ihn angespannt und kribbelig werden lassen.

„Carlie, du bist eine echt tapfere Frau, dass du ein Baby mit an Christians Set gebracht hast", erklärte er und zog für das genannte Kind eine Grimasse. Das neun Monate alte Baby gluckste begeistert.

„Wir haben vor dem Studio gewartet, bis das Licht ausgegangen ist", sagte sie und setzte sich das Baby auf die Hüfte, weil es begann die Arme nach Beck auszustrecken. „Ich bin schließlich nicht lebensmüde."

Von den heute in der Sendung zubereiteten Sandwiches klebte an seinen Händen immer noch Aioli – ganz ehrlich, wer benutzte denn heutzutage bitte noch Aioli? Christians Anbiederung an den Durchschnittsgeschmack machte Beck fertig. Daher nahm er ihr das Baby nicht ab, sondern beugte sich vor und ließ sich von dem Kind an den Haaren ziehen und das Mikrofon vom Kragen zerren.

„Benton wird mir bei lebendigem Leib das Fell über die Ohren ziehen, wenn du darauf herumkaust", schimpfte Carlie mit ihrer Tochter, nahm ihr das Mikrofon aus den pummeligen kleinen Händen und steckte es in Becks Brusttasche.

„Ist Matt krank?", wollte Beck wissen und verzog übertrieben erschrocken das Gesicht, als das Baby erneut an seinen Haaren zerrte. Sie brach in glucksendes Gelächter aus.

Carlie war Becks Lieblingsbühnenbildnerin. Normalerweise blieb ihr Mann Matt mit ihrer Tochter zu Hause, da er Drehbücher für einen anderen Sender schrieb und von zu Hause arbeiten konnte. Wenn Carlie heute also ihre Tochter mit zum Set brachte, war Matt entweder krank oder gezwungen, an einem Meeting aller Mitarbeiter in seinem Studio teilzunehmen.

Carlie rümpfte die Nase. „Nein, sie stehen kurz vor einer Verlängerung und alle Autoren mussten zu einer Brainstorming-Sitzung. Er hat zu den unmöglichsten Zeiten gearbeitet, um Drehbücher für die nächsten sechzehn Folgen zusammenzubekommen. Sie haben Angst vor der Absetzung der Sendung."

Beck brummte mitfühlend. „So lange hast du also Annabelle?"

Als sie ihren Namen hörte, gluckste das kleine Mädchen erneut. Er streckte ihr die Zunge heraus.

„Tja, ich sollte heute eigentlich gar nicht hier sein. Dann hat aber Christian verärgert angerufen, weil ihm die neuen Vorhänge nicht gefallen. Ich musste also kommen und die alten aus dem Lager wiederbeleben. Wir haben sie … wann? … vor sechs Folgen getauscht und ihm fällt es erst jetzt auf?"

Beck schnaubte. Wahrscheinlich war Christian in den letzten sechs Wochen nicht im Studio gewesen, sodass ihm die Vorhänge nicht hatten auffallen können. Bei Becks Eintritt in die Sendung war er im Hintergrund geblieben. Im Laufe der letzten drei Jahre hatte sein Onkel Beck langsam, aber bestimmt immer öfter in die Moderatorenrolle gedrängt. Er tauchte immer noch oft genug auf und moderierte viele der Sondersendungen und anderer wichtiger Ausgaben, damit die Fans wussten, dass *King of the Kitchen* immer noch seine Sendung war. Das Tagesgeschäft und die niedere Moderation hatte Christian jedoch an Beck und seine Tochter Lindsay übergeben.

„Was hast du mit den Neuen gemacht? Mir haben sie gefallen."

Carlie verzog den Mund. „Das ist ja die Sache. Bei meiner Ankunft hier hatte er bereits beschlossen, dass ihm die Neuen im Grunde doch gefallen."

Nicht allzu überraschend. Christian war ziemlich launenhaft. „Und warum bist du dann immer noch hier?"

Sie hatten drei Stunden lang gefilmt, und wenn sie früh genug gekommen war, um einen Bühnenumbau vorzunehmen, mussten Annabelle und sie schon seit fast vier Stunden im Studio sein.

„Weil er mich gerne in der Nähe haben wollte, falls er seine Meinung ändert."

Beck hob eine Augenbraue. „Falls er seine Meinung mitten in der Aufnahme ändert? Sodass wir entweder die Szenen mit den Vorhängen noch einmal drehen müssen oder das Problem von zwei verschiedenen Gardinen in der gleichen Folge erklären müssen?"

Sie lächelte ihn verkniffen an. „Jupp."

Beck seufzte. „Bring deine Tochter nach Hause, Carlie. Sorg dafür, dass du den ganzen Tag heute bezahlt bekommst und keinen Urlaubstag hierfür vergeudest. Hast du den Rest der Woche frei?"

Sie nickte.

„Wenn er noch mal wegen irgendwas anruft, melde dich bei mir oder Lindsay. Er darf dich nicht bitten, an deinem freien Tag zu kommen, auch wenn wir dann diese Süße hier nicht sehen können." Er drückte Annabelle einen schmatzenden Kuss auf die Wange.

Etwas von der Spannung wich aus Carlies Miene. „Du bist ein Lebensretter. Normalerweise hätte ich ihm gesagt, dass er es sich sonst wohin stecken soll. Aber jetzt, wo Matts Sendung auf der Abschussliste steht ..."

„Du wolltest keinen Rauswurf riskieren. Das verstehe ich. Und das werde ich nicht zulassen, Carlie. Du bist schon länger bei der Sendung als ich. Du solltest ihm sagen dürfen, dass er während deines Urlaubs jemand anderen finden muss, der sich um ein unbedeutendes Problem mit der Bühnenausstattung kümmert."

Er neigte sich zu ihr und küsste sie auf die Wange – sehr viel leiser als bei Annabelle, doch es brachte Carlie ebenfalls zum Lachen.

„Genieß den Rest deines freien Tages. Wir sehen uns, wenn du wieder im Büro bist." Beck legte die gleiche Autorität in seine Stimme, die er bei der Leitung einer Küche einsetzte. Es war kein Vorschlag. Er wollte nicht, dass Carlie ihren Job in Gefahr glaubte, wenn sie sich weigerte, mit dem Baby im Schlepptau an ihrem freien Tag zur Arbeit gezerrt zu werden.

„Danke, Beck." Sowohl sie als auch Annabelle winkten ihm zu, als er sich seinen Weg ins Treppenhaus bahnte.

Erst nachdem die Tür lautstark hinter ihm ins Schloss gefallen war, hörte er auf zu lächeln. Das Filmen war anstrengend. Beck liebte den Umgang mit Menschen und die Gespräche mit ihnen, doch in eine Kamera zu sprechen, war sehr viel schwieriger. Die meisten Menschen hassten Livesendungen. Beck hätte allerdings lieber jeden Tag eine moderiert, anstatt stundenlang immer wieder die gleichen Zeilen durchzugehen und die gleichen Dinge zu tun, bis sie endlich Christians Zustimmung fanden.

Sein Charme auf dem Bildschirm mochte vorgetäuscht sein, doch in Bezug auf reale zwischenmenschliche Beziehungen verfügte Beck Douglas über außerordentlich großen Charme und setzte ihn, falls nötig, auch rücksichtslos ein. Und das war auch gut so. Wenn Lindsay und er der Crew und deren Leben nicht so viel Aufmerksamkeit schenken würden, hätte der Großteil schon vor Jahren gekündigt. Sie blieben mit Sicherheit nicht aus Loyalität gegenüber Christian.

King of the Kitchen bildete ein wenig originelles Wortspiel mit Christians Nachnamen, doch Christian schien es als Legitimation zu betrachten. Er scheute keine Mühe, aggressiv und fordernd zu sein. Als er im Laufe der Jahre seinem Imperium immer mehr Produkte und Restaurants hinzugefügt hatte, war es noch schlimmer geworden.

Einen Moment lang genoss Beck die Stille im Treppenhaus. Dann holte er tief Luft und stieg in den ersten Stock. Niemand in dem Gebäude nahm die Treppe, sodass sie für Beck so etwas wie einen Rückzugsort darstellte; vor allem, wenn seine Zeit nicht für einen Fitnessstudiobesuch gereicht hatte.

Er ließ den Kopf von einer Seite zur anderen rollen, dehnte sich, steckte die Krawatte in den Gürtel und rannte los.

3

SADIE SCHAUTE den an seiner Fliege herumfummelnden Duncan mit gerunzelter Stirn an. Wie alle engen Freunde hatten auch sie im Laufe der Jahre gelernt, still miteinander zu kommunizieren. Und im Moment schrie sie vor Enttäuschung.

Duncan wusste, dass es nicht an seinem Anzug liegen konnte – sie hatte ihm vor Jahren bei der Auswahl des Smokings geholfen und ihn genötigt, ihn für die heutige Eröffnung in die Reinigung zu geben. Er war wunderbar geschnitten und da er ihn auf Vincents Kosten und nicht seine eigenen gekauft hatte, stammte er von einem Designer. Sadie hatte auf einen klassisch geschnittenen bestanden, der nie aus der Mode kommen würde. Dafür war Duncan jetzt dankbar. Leider gehörte der Zwang, eine schwarze Fliege zu tragen, zum Job. Wenn man in der Oberliga kochen wollte, musste man die Partys der Oberliga besuchen und das bedeutete Smokingpflicht.

„Duncan", sagte sie mit einem lauten Seufzer. Duncan folgte ihrem Blick hinab zu seinen Füßen.

„Ach, komm schon, Sadie."

Er ließ seine Zehen in den abgenutzten Converse Schuhen wackeln. Er würde heute Abend sogar die grünen tragen, da sie zu den smaragdgrünen Manschettenknöpfen passten, die ihm Vincent geschenkt hatte, als sein Name vor einigen Jahren in Zagat's 30 unter 30 Liste erschienen war.

„Ich weiß, dass du ein sehr anständiges Paar Cole Haan Schuhe besitzt, die perfekt zum Smoking passen", stellte sie mit zusammengekniffenen Augen fest.

„Außerdem sind sie perfekt unbequem", murmelte er. „Nun mach mal nicht so einen Wirbel, Sadie. Es ist schließlich nur eine Restauranteröffnung. Ich würde nicht mal eine schwarze Fliege tragen, wenn dein Chef nicht so ein …"

Sadies Hand schoss hervor und legte sich auf seinen Mund. Um das Maß vollzumachen, leckte er daran und grinste, als sie sie angewidert zurückzog.

„Das war nicht sein Wunsch. Er wollte es ganz ungezwungen, aber Christian hat auf den formellen Rahmen bestanden."

Duncan verzog das Gesicht, streifte jedoch widerwillig die Chucks ab, als sie ihm die Anzugschuhe aus dem Schrank brachte. Während er ein Paar passende Socken fing, das sie ihm an den Kopf warf, bemerkte er voller Schadenfreude, dass sie dringend poliert werden mussten. Sadie konnte ihn zwar zwingen, sie zu tragen, doch er würde den ganzen Abend mit einem Lächeln und der Gewissheit darauf hinabblicken, dass sie kaum akzeptabler waren als seine Chucks.

Nicht dass irgendjemand in der Medienwelt überrascht wäre, wenn Duncan in Chucks erschien. In einem Secondhand-Laden in Madison hatte er sich einen Maßanzug besorgt, den er voller Entzücken bei Events trug. Die Sneakers stellten dabei ein Muss dar und oft kombinierte er sie mit einem weichen Filzhut.

Vincent war nicht begeistert gewesen, als er Duncan zum ersten Mal gebeten hatte, sich formell zu kleiden und sein Sohn in dem lila Anzug zusammen mit seinen grauen Converse Sneakern sowie einer Krawatte mit einem zwar dezenten, jedoch nicht zu übersehenden Regenbogen erschienen war. Duncan wusste nicht, welcher Teil seines Outfits dafür sorgte, dass seinen Vater fast der Schlag getroffen hatte. Er hätte jedoch gewettet, dass es die Krawatte war, die ihn um den Verstand gebracht hatte. Von den vielen ausgefallenen Flaggen, die Duncan kannte, fiel es seinem Vater am schwersten, die mit dem Regenbogen zu akzeptieren.

Schwungvoll band sich Duncan die Schuhe zu und stand mit einer Verbeugung in Sadies Richtung auf. In ihrem Seidenkleid sah sie umwerfend aus und so sollte es auch sein. Auch wenn Christian Kings Name über dem Restaurant stand, war es ihr Abend.

„Wollen wir?", fragte er und hielt ihr den Ellenbogen hin.

Sie verschickte eine kurze Nachricht, steckte das Handy in ihre Clutch und ergriff seinen Arm. „Wir wollen. Und du kannst dir das Grinsen aus dem Gesicht wischen. Corbin hat immer ein Ersatz-Schuhputzset im Auto. Er traut dir nicht zu, es ordentlich hinzubekommen und wird sich daher um deine Schuhe kümmern."

Mist.

„Bist du sicher, dass ich nicht die Chucks tragen kann? Kein Mensch wird auf meine Schuhe achten, wenn ich neben dir strahlender Schönheit stehe."

Sie verdrehte die Augen. „Nein. Beck würde mir den Kopf abreißen, wenn du mit diesen Schuhen dort auftauchst. Als du das letzte Mal so etwas Lächerliches getragen hast, drehten sich die Hälfte der Berichte am Folgetag um dich, deinen humorvollen Modegeschmack und deine Geringschätzung für die Gastronomiewelt, statt von der Eröffnung selbst."

Nun, das konnten sie sich dieses Mal nicht leisten. Duncan sah Beck Douglas' Wutanfall förmlich vor sich, sollte er bei seiner eigenen Eröffnung in den Hintergrund gedrängt werden. Nicht dass das Restaurant tatsächlich ihm gehörte – wie jeder wusste, war er nur Christians Lakai und lediglich dem Namen nach der Chefkoch des Brix. Die Speisekarte hatte vermutlich Christian erstellt und die gesamte Dekoration und harte Arbeit war von Sadie gekommen. Das Restaurant war eher ihres als Becks – zumindest in Duncans Vorstellung.

Er stieß einen schicksalsergebenen Seufzer aus und nickte. „Manchmal ist es echt ermüdend, die Stilikone einer Generation zu sein", spottete er.

Seine Vorliebe für skurrile Kleidung und seine lässige Einstellung standen im krassen Gegensatz zu seiner Art und Weise der Küchenleitung. Dieser Kontrast und der große Unterschied zwischen den traditionellen französischen Speisen seines Vaters und seinen eigenen Meisterwerken der Molekularküche hatte ihn zu einem Liebling der Medien werden lassen. Das Interesse an ihm hatte in seinen Teenagerjahren begonnen. Damals hatte sich die Geschichte, dass Vincent seinen Sohn in seinen Restaurants das Kochen lehrte, offenkundig als rührselig herausgestellt. Duncan verstand nicht, was beeindruckend an einem Mann sein sollte, der seiner Karriere zuliebe die Frau, die er liebte, verlassen und sein Kind im Stich gelassen hatte. Vermutlich war es das: Dass Vincent seinen Fehler eingesehen hatte und ihm bewusst geworden war, wie leer sein Leben ohne seinen Sohn war (mal im Ernst, wie kam die Presse bitte auf so etwas?) und Duncan unter seine Fittiche genommen, ihn in der gastronomischen Familie willkommen geheißen und öffentlichkeitswirksam seine Zuneigung gezeigt hatte. Seine Kochbegabung war dabei alles andere als hinderlich gewesen. Bevor ihm bewusst wurde, was passierte, stand Duncan mit einem Mal im Mittelpunkt des Medien- und nationalen Interesses. Das beinhaltete Berichte in den Klatschspalten darüber, was er bestellte, wenn er mit Freunden ausging. Jedes Mal, wenn er in einer neuen Küche anfing, bestanden die Kochzeitschriften auf Interviews.

Selbst sein Unvermögen, sich langfristig in einer Küche niederzulassen, betrachteten die Medien mit nachsichtiger Zuneigung. Genau genommen war es ziemlich widerwärtig. Seine Unfähigkeit, sich zu binden, wurde durch dieselbe rosa Brille betrachtet. Duncan war mit niemandem länger als ein paar Wochen zusammen, was, wie die Presse gerne scherzhaft kommentierte, kürzer war als die Zeit, die er in den meisten Küchen gastierte. Ihrer Meinung nach ein weiterer Beweis, dass Duncan ebenso wie sein Vater seine Karriere über seine Beziehung stellte.

In Wahrheit lieferte es den Beweis, dass er sich auf nichts festlegen konnte. Keine Person. Keinen Job. Nicht einmal eine Karriere, obwohl er inzwischen bereits länger als Koch arbeitete, als er es als Lebensmittelwissenschaftler getan hatte. Das hatte sich also vielleicht von allein erledigt.

Nachdem in mehreren Zeitschriften doppelseitige Fotostrecken mit seinem unkonventionellen Gala-Outfit – das nach Meinung der Mode-„Experten" ein Zeichen seiner erfrischenden, jugendlichen Unverfrorenheit darstellte und in dem sie einen Trend zur Kombination von Chucks mit formeller Kleidung sahen – erschienen waren, hatte er seine Überzeugung aus dem Fenster geworfen und einen Deal mit dem Teufel, also seinem Vater gemacht und Vincents Geld für einen teuren Frack und den ganzen dazugehörigen Schnickschnack springen lassen. Im Gegenzug würde sich Duncan anpassen und in der Öffentlichkeit mehr wie der gehorsame Sohn und weniger wie der kulinarische Rebell verhalten. Das hatte einem zweifachen Zweck gedient: Zum einen hatte es etwas Druck von ihm genommen. Schließlich war Duncan nicht allzu interessant, wenn er nicht gegen die Regeln seines Vaters rebellierte oder dessen Ruf befleckte. Zum Zweiten war Vincent aus lauter Freude darüber zu der öffentlichen Bekanntgabe bereit gewesen, dass Duncan und seiner Meinung nach Duncans Karriere am besten gedient wäre, wenn er während der Collegeferien in anderen Küchen in die Lehre ging. Bis dahin war niemand gewillt gewesen, ihn Vincent abzuwerben, sodass sich dadurch eine Menge Türen für ihn geöffnet hatten.

Er trug immer noch den gleichen Smoking. Sadie hatte jedoch darauf bestanden, die Fliege und Weste durch solche zu ersetzen, die, – wie sie nachdrücklich behauptete – zurzeit mehr *en vogue* waren. Da es Duncan nicht kümmerte, hatte er es vorgezogen, sich von ihr wie eine Puppe ankleiden zu lassen, statt ihren Argumenten lauschen und sie abwägen zu müssen.

Bei ihrer Ankunft rannte Corbin aufgeregt im Restaurant herum, entkorkte Weinflaschen und optimierte hektisch die Cocktails, die am Abend gereicht wurden. Er trug einen Frack, der Duncans sehr ähnlichsah. Duncan dachte insgeheim, dass sie durch die aufeinander abgestimmten Fliegen und Westen wie Trauzeugen aussahen. Allerdings war er so schlau, diese Entdeckung für sich zu behalten. Sadie würde es nicht lustig finden und Corbin war so schrecklich vernarrt in sie, dass er ihn wahrscheinlich genau in dem Moment, in dem die Worte Duncans Mund verließen, verpetzen würde.

Gott, er liebte seine Freunde. Selbst wenn sie ihn zwangen, mit Investoren und blöden Gastronomen zu plaudern – in frisch polierten Schuhen.

„Bist du sicher, dass ich hier sein sollte? Ich bin Beck Douglas nur ein einziges Mal begegnet und glaub' mir, es ist nicht gut gelaufen."

Sadie schnalzte missbilligend mit der Zunge. „Du hast jedes Recht hier zu sein, Duncan. Dein Name hätte auch auf der Gästeliste gestanden, wenn du nicht mein persönlicher Gast wärst. Beck und du seid beide Promis der Gastronomiewelt. Es wäre schlechte Presse gewesen, dich nicht einzuladen."

„Und Vincent nicht? Wenn ich eine Berühmtheit bin, ist er dann keine?"

Sadie wischte seine Frage mit einer genervten Handbewegung beiseite. Ihr Kleid umschmeichelte sie wie Wasser und war so unverkennbar teuer, dass Duncan wusste, sie konnte es nicht selbst bezahlt haben. Zweifellos ein Vorteil ihres neuen Jobs als Beck Douglas' neuestes Mädchen für alles, wie Duncan sie gerne bezeichnete. Sie schwor Stein und Bein, dass die Arbeit für Beck nicht den Albtraum darstellte, der es Duncans Überzeugung nach sein musste.

„Alle wissen von der Fehde zwischen Vincent und Christian. Genauso gut, wie sie wissen, dass Beck und du die netteren, liebenswürdigeren Varianten der beiden seid."

Bei dem Vergleich rümpfte Duncan die Nase.

„Christian bin ich nie begegnet, aber wenn Beck die nettere Version von ihm ist, dann sollten besser alle sehr, sehr besorgt sein."

„Duncan, du hast ihn ein Mal getroffen und da hatte er einen schlechten Tag. Meinst du wirklich, ich würde für ihn arbeiten, wenn er das Monster ist, als das du ihn darstellst?"

Duncan erwiderte ihren Blick und zuckte mit den Schultern. „Wenn das Geld stimmt, vermutlich schon."

Sadie stieß ein Schnauben aus und Duncan grinste. In den letzten Monaten hatte er Sadie oder Corbin nicht oft gesehen, weil sie beide fieberhaft auf die Eröffnung des Brix hingearbeitet hatten. Als er sich umschaute, überkam Duncan eine Woge des Stolzes, dass Sadie für den Prunk ringsherum verantwortlich war. Sie hatte unermüdlich Stunden mit den Innenarchitekten und Bauunternehmern verbracht, um den Gastraum zu gestalten, da sich Beck völlig auf die Küche und Speisekarte konzentriert hatte. Natürlich hatte er jedoch alles absegnen müssen. Im Grunde gingen der ansprechende Speiseraum und die tadellose Bedienung auf Sadies Geschick als Restaurantleiterin zurück.

Das Restaurant war im Wesentlichen eine Weinbar, die die ganze Bandbreite an hochwertigen Speisen anbot. Bis jetzt hatte jedoch noch nichts auf den opulenten Silbertabletts Duncan beeindrucken können. Es handelte sich um die vorhersehbaren Trendspeisen – gut ausgeführt, aber trotzdem langweilig. Den wahren Star der Eröffnung am heutigen Abend bildete der Wein, was keine Überraschung darstellte. Mit der Zusammenstellung einer sowohl innovativen als auch spannenden Weinliste hatte Corbin einen eindrucksvollen Job als Sommelier des Brix hingelegt.

Für die Eröffnungsfeier hatte Corbin mit JT, dem Barchef, zusammengearbeitet und eine Verkostungsauswahl von Weinen und Bieren mit ansteigendem Süßegrad erstellt. Ein Spiel mit dem Restaurantnamen, da sich „Brix" auf die Skala zur Messung des Zuckergehalts in Getränken bezog. Duncan hatte beide angebotenen Getränke sehr genossen, obwohl er die prahlerische Verkostungsauswahl, die die meisten trendigen Lokale anboten, für gewöhnlich nicht ausstehen konnte.

„Werden sie auf der endgültigen Speisekarte stehen?"

Sadie zuckte mit den Schultern und folgte Duncans abruptem Themenwechsel mit Leichtigkeit. Sie waren seit dem College befreundet und Duncan war sich durchaus bewusst, dass es einen besonderen Typ Mensch brauchte – nämlich einen mit nahezu unendlicher Geduld – um derart lange mit ihm befreundet sein zu können. Die Freundschaft mit John währte am längsten. Das lag allerdings daran, dass Duncan ihn im Kindergarten als Ersatzbruder für sich beansprucht hatte.

„Ich glaube schon. Heute Abend benutzen wir Plastikbecher, aber Corbin hat mir eine Bestellung für Mini-Sommelier Gläser gegeben, die vermutlich für Wein- und Bierverkostungen gedacht sind. Sie sind wirklich hübsch."

„Klingt, als würden sie auch gut zur Einrichtung passen."

Der gesamte Raum war wie eine Flüsterkneipe in der Prohibitionszeit gestaltet. Ein Motto, bei dem die Gefahr der Übertreibung bestand, sodass es trivial wirkte. Sadie und der Rest ihres Teams hatten es jedoch bewundernswert hinbekommen.

„Ich habe sie wegen ihres alchemistischen Aussehens ausgesucht", erklärte Sadie kichernd und warf Duncan einen verschmitzten Blick zu. Er wäre nicht allzu überrascht, einige dieser Weingläser im Becherglas-Stil in seinem Weihnachtsstrumpf zu finden. Sadie und er waren sich im Chemiekurs für Studienanfänger an seinem ersten Tag auf dem Campus begegnet und seit diesem Tag beste Freunde. Jedes Weihnachten gelang es ihr, ihm mindestens ein Geschenk mit Bezug zur Chemie unterzujubeln, um ihren Insiderwitz zu pflegen. Die Bechergläser wären perfekt dafür. Irgendwie hoffte Duncan, dass sie ein paar für ihn gestohlen hatte.

„Ich bin begeistert von dem, was du hier geschaffen hast", sagte Duncan und trat näher, um ihr ins Ohr zu sprechen. Die dröhnende Geräuschkulisse erschwerte eine normale Verständigung.

„Ja, ich habe alle Bestellungen ausgeführt, doch das gesamte Konzept stammt von Beck", schwärmte Sadie. Duncan hätte beinahe laut aufgestöhnt. Sadie und Corbin waren beide völlig hingerissen von Beck Douglas. Duncan konnte nicht begreifen, wie zwei ansonsten gute Menschenkenner derart hingerissen von einem solchen Idioten sein konnten.

Fast neun Jahre waren vergangen, seit Beck in das Sunrise Café geschlendert war und seine Ego-Explosion gehabt hatte, doch die Empörung in Duncans Erinnerung war immer noch frisch. Der verbitterte, zornige Mann, mit dem er in dem Schnellrestaurant gesprochen hatte, ließ sich nur schwer mit dem freundlichen, charmanten Adonis im Fernsehen in Einklang bringen. Duncan wusste es allerdings besser. Sicher, Beck hatte ein riesiges Trinkgeld für die Kellner hinterlassen. Das zeigte allerdings vermutlich nur, dass er es gewohnt war, Menschen wegen seines schlechten Benehmens zu bestechen, als dass man ihn unter 'nette Kerle' einordnen konnte.

„Da bin ich mir sicher", sagte er und trank noch einen Schluck aus dem Bierglas in seiner Hand.

„Das stimmt, Duncan. Christian hat ihm zwar in groben Zügen vorgegeben, was er wollte, doch Beck hat das alles wirklich zum Leben erweckt. Du hättest die Originalspeisekarte sehen sollen. Du hättest sie geliebt, sie …"

„Aber, aber, Sadie. Man verrät dem Feind keine Geheimnisse", erklang eine kultivierte Stimme über Duncans Schulter. Er wusste, auch ohne sich umzudrehen, dass es sich um Beck handelte. Er klang genauso charmant und vornehm wie im Fernsehen.

„Ich verstehe nicht, wie ein arbeitsloser Souschef dein Feind sein könnte", schnaubte Duncan und nahm dann einen weiteren großen Schluck von seinem Bier. Er musste seinen Mund beschäftigen, bevor er noch etwas sagte, das sich nicht zurücknehmen ließ. Beck mochte ein gigantisches Arschloch sein, allerdings ein sehr attraktives. Seine seidige Stimme löste Regungen in Duncan aus, die er nicht zulassen wollte. Das war einer der Gründe, warum er die Sendung schaute. Das und die Tatsache, dass Beck auf dem Bildschirm wie ein großartiger Kerl wirkte. Er war offen und freundlich, die Gäste konnten gut mit ihm reden. Genau das Gegenteil der

Erfahrung, die Duncan im wirklichen Leben mit ihm gemacht hatte. Das faszinierte ihn ebenso wie Becks simple Bestellung damals.

„Ich sehe hier keinen Souschef", stellte Beck fest und schaute sich demonstrativ um. „Alles was ich sehe, ist das gastronomische Ausnahmetalent Duncan Walters."

„Ich war kein großes Ausnahmetalent, als du mir vor einigen Jahren einen Teller Eier Benedict vors Gesicht gehalten hast", erwiderte Duncan und legte herausfordernd den Kopf schräg. Er konnte genau den Moment bestimmen, in dem es Beck dämmerte.

„Charlie, oder?"

Duncan grinste erfreut. „Ich hatte einige Kochuniformen und auf keiner stand mein eigener Name. Irgendwie, als würde man Bowling Hemden aus dem Secondhand-Laden tragen. Paradox."

„Paradox", wiederholte Beck mit perplexer Miene. „Wie sich in einem zwielichtigen Schnellrestaurant unters gemeine Volk zu mischen?"

„Mir gefällt das Ambiente", erklärte Duncan leichthin. Es war ein vertrauter Seitenhieb. Jedes Mal, wenn ein Koch herausfand, dass Duncan gelegentlich gerne als einfacher Koch arbeitete, rümpften sie die Nase. Duncan begriff nicht, warum. Im Laufe der Jahre hatte er schließlich jede Menge praktische Erfahrungen gesammelt. Mit Sicherheit mehr als in den protzigen Küchen, in denen er gearbeitet hatte, bevor man auf ihn aufmerksam geworden war.

Sadie drängte sich mit einem Räuspern zwischen sie. Duncan hatte nicht einmal mitbekommen, wie sehr sie sich während des Austauschs von Beleidigungen genähert hatten.

„Beck, ich weiß nicht, ob du Duncan bereits offiziell vorgestellt worden bist. Duncan, das ist Beck", erklärte sie mit warnendem Unterton. „Das hier ist sein Restaurant."

„Es ist sehr nett", erklärte Duncan gepresst und erhielt ein beifälliges Nicken von Sadie für seinen Versuch, sich zivilisiert zu verhalten.

Beck ging jedoch nicht auf den Wink ein. Er stand so kerzengerade aufrecht, dass Duncan die Versuchung überkam nachzuschauen, ob sich in dem adretten, blauen, dreiteiligen Anzug immer noch ein Bügel befand. Der große Beck Douglas war anscheinend zu vornehm für einen schwarzen nullachtfünfzehn Smoking. Nicht dass er sich dadurch optisch eingefügt hätte – jemand, der so attraktiv war wie Beck, würde herausstechen, ganz gleich, was er trug.

„Bist du inzwischen in einem Restaurant gelandet, Duncan? Wie ich gehört habe, ist dein Vater ganz begierig darauf, dich in eins von seinen zu holen. Obwohl ich nicht sicher bin, ob das eine Stufe die Leiter hinauf von dieser Schnellrestaurant-Spelunke bedeuten würde."

Anders als Becks erste Beleidigung traf diese einen wunden Punkt bei Duncan. Er biss jedoch die Zähne zusammen und zwang sich, passiv zu bleiben. Mit Sicherheit wusste Sadie, wie sehr ihn die höhnische Bemerkung getroffen

29

hatte, doch sie rückte nur einen Bruchteil näher zu ihm. Der Stoff ihres von ihrem Körper erwärmten Seiden-Etuikleids strich gegen seine Hand. Duncan war nicht sicher, ob sie ihn trösten oder daran erinnern wollte, dass sie sich in Becks Restaurant befanden – Beck, der ihr Chef war – und er deshalb keine Szene machen sollte.

Duncan schürzte die Lippen und strich sich mit der Hand nachdenklich über das Kinn. „Vincents Restaurants sind also Spelunken? Zu was macht das dann diesen Ort? Sein Vorzeigerestaurant besitzt mehr Michelin Sterne als alle von Christians Restaurants zusammen und Christian hat verdammt viele Restaurants. Was sagt dir das, hm?"

Trotz der schwierigen Vergangenheit mit seinem Vater und der Bitterkeit, die er gegenüber Vincents Lebensentscheidungen verspürte, würde er keinesfalls Unterstellungen hinnehmen, dass Vincent nicht erfolgreich war. Das war er. Er hatte keine Kochschule besucht, jedoch mehr Auszeichnungen und Ehrungen erhalten als die meisten klassisch ausgebildeten Promiköche. Mit Sicherheit mehr als Christian, der auf die gleiche noble, überteuerte Schule wie Beck gegangen war.

Die Presse fand Gefallen daran, Christian und Vincent als sich wohlgesonnene Rivalen hinzustellen, doch das waren sie nicht. Sie hatten während ihres Aufstiegs in der gastronomischen Welt beide bei den gleichen Köchen gelernt und auch damals schon hatte es jede Menge Neid und Streit zwischen ihnen gegeben. Als ihre Restaurant-Imperien gewachsen waren, hatte es sich nur noch mehr aufgeschaukelt – so sehr, dass jede Begegnung in Gebrüll und Beleidigungen geendet hatte.

Die beiden konnten nicht lange im selben Raum sein, ohne dass die Fetzen flogen. Eigentlich genauso wie bei Duncans Aufeinandertreffen mit Beck. Nur mit wesentlich mehr Anfeindungen und Schimpfwörtern.

„Keine Antwort darauf?", fragte Duncan.

„Das war unangebracht und dafür entschuldige ich mich. Ich respektiere Vincent und seine Fähigkeiten als Koch", erwiderte Beck steif. Sadie entspannte sich neben Duncan. Duncan wartete. Er wusste, dass der nächste Schlag gleich kommen würde. „Du dagegen kochst in einem Schnellimbiss. Daher kannst du wohl kaum etwas von seinem Ansehen für dich beanspruchen ... ganz egal, was die Medien meinen."

Duncan kniff die Augen zusammen. „Das ist ein großes Wort: ,Ansehen'. Bist du sicher, dass du die Bedeutung kennst? Schließlich beruht deine ganze Ausbildung auf ausgefallenen französischen Soßen und nicht so banalen Dingen wie dem Wortschatz."

Das Aufblitzen in Becks Augen verriet Duncan, dass er einen Treffer erzielt hatte. Aus irgendeinem Grund verspürte er jedoch statt Stolz Schuldgefühle. Damit hatte er ihm einen Schlag unter die Gürtellinie versetzt und das fühlte sich falsch an. Duncan stieß frustriert den Atem aus und schüttelte den Kopf.

Normalerweise war er nicht so streitlustig. Irgendetwas an Beck schien ihn dazu herauszufordern.

„Es tut mir leid. Freunde? Oder zumindest sich tolerierende Bekannte?" Duncan hob fragend eine Augenbraue. Beck schien die aufrichtige Entschuldigung die Sprache verschlagen zu haben. „Dein Restaurant hier ist echt toll. Es ist wunderschön. Alles Gute, nette Gäste und so weiter. Glückwunsch." Duncan hob seine inzwischen leere Bierflasche. „Danke für die Drinks."

Er nickte Beck zu, verbeugte sich vor Sadie und schickte sich an, davonzugehen. Bevor er jedoch auch nur einen Schritt machen konnte, schloss sich eine Hand um seinen Ellenbogen und stoppte ihn. Duncans Körper erstarrte, als er spürte, wie Beck sich vorbeugte, um ihn daran zu hindern. Was war das mit Beck und seiner Vorliebe nach Personen zu greifen? Bei ihrer letzten Begegnung hatte er das ebenfalls getan. Duncan fragte sich einen Moment, ob es Becks Gewohnheit war, jeden den er traf anzufassen oder ob Duncan etwas Besonderes war.

Nicht dass es Duncan etwas ausmachte, Becks Hände auf sich zu spüren, wenn auch lieber aus einem anderen Grund. Duncan stand so dicht neben Beck, dass dessen Atem gegen sein Ohr kitzelte, als er zu sprechen begann. Ein alles andere als wütender Schauder glitt Duncans Rücken hinab.

Er konnte Sadie in der Nähe herumflattern und die Hände ringen sehen, bekümmert über das, was passieren würde. Von irgendwoher war Corbin aufgetaucht, ebenso JT, der Barkeeper, und trotz ihrer entspannten Körperhaltung, schienen beide bereit zu sein, in Aktion zu treten und falls nötig einen Kampf zu beenden.

Duncan holte tief Luft. Ihm war bewusst, dass alle Blicke in dem überfüllten Restaurant auf ihnen ruhten. Er hätte wetten können, dass mehr als nur ein paar Handys sie filmten. Zumindest würden innerhalb einer Stunde körnige Standfotos von Duncan Walters und Beck Douglas in den Klatschspalten erscheinen. Er konnte sich die Schlagzeilen vorstellen, sollte es tatsächlich zum Kampf kommen. Zu diesem Zeitpunkt wussten die Leute nur, dass Duncan und Beck ein persönliches Gespräch führten, das langsam etwas hitzig wurde. Die Medien würden das Ganze schon genug ausschmücken, da mussten Duncan und Beck ihnen nicht noch zusätzlich einen richtigen Knüller liefern.

Und wirklich, trotz der Tatsache, dass Beck auf Duncan herumhackte, verdiente er es nicht, dass die Eröffnung seines Restaurants – auch wenn es eigentlich Christian gehörte, wusste doch jeder, dass es Becks Baby war – davon überschattet wurde, dass er und Duncan die berühmte King-Walters-Rivalität eine Stufe höher auf die einer körperlichen Auseinandersetzung gehoben hatten.

„Ich bin nicht auf einen Streit aus. Ich hab's kapiert. Du bist gestresst wegen der Eröffnung und stehst unter Adrenalin und ich habe mich wie ein Arschloch benommen. Lass es gut sein", bat Duncan leise, hob die Hände und legte sie vorsichtig auf Becks Brust. Er würde nicht versuchen, ihn wegzustoßen, wollte

Beck jedoch klarmachen, dass seine Nähe nicht willkommen war. Das Letzte, was Duncan wollte, war ein Kampf. Er hasste Kämpfe und davon abgesehen wusste er, dass Beck ihn wegputzen würde. Durch Becks dünnen Anzug hindurch konnte Duncan den prallen Bizeps und den steinharten Brustkorb spüren. Die meisten der anderen Köche, die Beck kannte – er selbst eingeschlossen – waren vergleichsweise fit. Das mussten sie auch sein, da sie den ganzen Tag stehen und in einer drückend heißen Küche herumflitzen mussten. Becks Körper gab dem Begriff „fit" allerdings eine völlig neue Bedeutung. Duncan ertappte sich abwesend bei der Frage, wie Beck angesichts seines straffen Zeitplans Zeit zum Trainieren fand.

„Wenn du weiterhin in Betriebe von anderen Leuten marschierst und sie beleidigst, dann könntest du einen finden, auch wenn du keinen suchst", murmelte Beck.

„Ich habe nichts gesagt, was du mir nicht auch an den Kopf geworfen hast", erwiderte Duncan. Er hatte keine Lust, zum Sündenbock des Streits gemacht zu werden. Beck konnte genauso gut austeilen wie einstecken. Es war nicht Duncans Schuld, dass er einen verbalen Schlag nicht genauso gut hinnehmen konnte wie Duncan selbst.

Beck zögerte, trat dann jedoch zurück und ließ Duncans Arm los. Duncan widerstand dem Drang, mit der Hand über den verknitterten Stoff zu fahren. Schließlich wollte er keine Aufmerksamkeit auf die Tatsache lenken, dass Beck ihn fest umklammert und seine Hand keineswegs freundschaftlich auf seinen Arm gelegt hatte.

„Ich habe mitbekommen, wie du dem Reporter von *Epicurean Adventures* erzählt hast, dass das Essen langweilig wäre", knurrte Beck durch zusammengepresste Zähne. „Die Gastronomiewelt respektiert dich und deine Meinungen, ob ihre Bewunderung für dich nun berechtigt sein mag oder nicht – und meiner Meinung nach ist sie das definitiv nicht – deine Worte zählen."

Beck schloss kurz die Augen und holte tief Luft. Duncan erkannte, dass es ihm nicht leichtfiel, so ehrlich zu sein und das wusste er zu schätzen. Und ja, er hatte George gegenüber erwähnt, dass das Essen langweilig wäre …, weil das stimmte. Doch er hatte damit nicht Becks Restaurant schaden wollen.

„Er ist ein alter Freund", erklärte Duncan und verzog die Lippen zu einem kleinen, entschuldigenden Lächeln. „Der Reporter von der *Epicurean Adventures*. Genau genommen habe ich ihm geholfen, den Job zu bekommen. Er weiß, dass alles, was ich ihm sage, inoffiziell ist. Es sei denn, er bittet mich ausdrücklich um einen Kommentar. Und selbst dann verweise ich ihn üblicherweise an jemanden weiter oben in der Nahrungskette und lasse ihn mit Vincent sprechen. Schließlich ist es seine Meinung, die zählt, nicht meine. Ich bin nur ein ungebildeter, einfacher Koch. Schon vergessen?"

Duncan sah, wie die Kampfeslust aus Becks Haltung verschwand. Ohne den Zorn, der seine Gesichtszüge erhellt hatte, wirkte er müde. „Du bist sehr viel mehr als ein einfacher Koch, Duncan."

Duncan zuckte unbekümmert mit den Schultern. „Ich gebe nicht allzu viel auf Fachbegriffe. Einfacher Koch, Souschef, was auch immer. Letztendlich sind wir doch alle kaum mehr als Kochgehilfen, die dem Befehl des Chefkochs unterstehen."

Spielerisch stieß er mit der Schulter gegen Becks und entlockte ihm ein widerwilliges Lächeln.

Sadie erschreckte sie beide, als sie nähertrat und ihnen den Arm um die Taille schlang. „Beck, du musst dich wirklich wieder unter die Gäste mischen. Duncan, ich bringe dich rüber an die Bar, wo JT dich im Blick hat. Es fehlt gerade noch, dass du eine Schlägerei anfängst. So wie bei Tylers Hochzeit."

„Du warst das?", wollte Beck wissen und musterte Duncan abschätzend von oben bis unten.

„Hey, ich sehe vielleicht nicht allzu Furcht einflößend aus, aber ich kämpfe mit dreckigen Tricks. Ich bin drahtig, aber stark", erklärte Duncan grinsend. Das war natürlich eine komplette Lüge. Der andere Kerl war einfach nur gestolpert und Duncan hatte den Sturz abgefangen. Die Menge hatte das Durcheinander von Gliedmaßen für einen Kampf gehalten und Duncan war es zu unwichtig gewesen, um es richtigzustellen. Doch er hatte nicht mitbekommen, dass Beck auf der Hochzeit gewesen war. Merkwürdig.

„Stark genug, um Gary zu Fall zu bringen? Der Mann ist gebaut wie ein Berg."

„Außerdem war Gary stockbesoffen, daher würde ich da nicht allzu viel hineininterpretieren", warf Sadie schlagfertig ein und führte sie beide von der Menschenmenge weg nach hinten in Richtung Küche.

„Zerstör nicht meinen Ruf, Sadie", schmollte Duncan, während er gehorsam Platz auf dem Barstuhl nahm, zu dem sie ihn dirigierte. „Du Rufzerstörerin, du."

Sadie lachte. „Duncan, glaub mir. Ich bin ziemlich sicher, dass du in Hinblick auf die Zerstörung deines Rufs selbst dein größter Feind bist."

„Du brauchst einen Drink, Chef." JT war ihnen durch die Menge gefolgt und schenkte ihnen allen ein fröhliches Lächeln, bevor er eine unverschämt teure Flasche Glenlivet durch die Luft wirbelte und etwas daraus in ein Schnapsglas kippte. Beck knurrte ihn wortlos an, nahm jedoch das Glas und kippte es in einem Zug herunter. Es gelang ihm beinahe, seine Grimasse zu verbergen.

„Zurück in die Höhle des Löwen", murmelte Beck, nickte den Dreien zu und schlängelte sich dann zurück durch die Menge. Sein offensichtliches Widerstreben überraschte Duncan erneut.

Er hätte gewettet, dass es Beck Douglas gefiel, sich unter die Gäste zu mischen und sie zu bezaubern. Beck drehte lächelnd und plaudernd seine Runde durch den überfüllten Raum, stoppte, um für Fotos zu posieren und mit den Reportern ebenso wie mit den Gratulanten zu sprechen. Dabei trug er stets ein

Lächeln im Gesicht, das nichts von der Erschöpfung verriet, die Duncan zuvor in seinem Gesicht entdeckt hatte.

Beck Douglas war ein Buch mit sieben Siegeln, das für Duncan mit jedem Kapitel, das er aufschlug, spannender wurde.

4

WIE ERWARTET waren die Klatschspalten voll mit Tratsch über Becks und Duncans freundschaftliche Konfrontation bei der Eröffnung des Brix am Abend zuvor. Beim Anblick des Fotos, das Lindsay ihm geschickt hatte, konnte sich Beck das Lächeln nicht verkneifen. Es handelte sich um den – offensichtlich aus einiger Entfernung mit der Handykamera aufgenommenen – Bildausschnitt eines unscharfen Schnappschusses.

Er zog seinen Laptop hervor und begann die Links zu durchsuchen, die einer von Lindsays Untergebenen in aller Frühe zusammengestellt hatte. Beck war erst ungefähr eine Stunde vor Morgengrauen von der Eröffnung nach Hause gekommen und sofort ins Bett gefallen, ohne sich damit abzugeben, Hemd und Anzughose auszuziehen. Sie waren fast irreparabel zerknittert. Als ihm aufging, wie lasterhaft er aussehen musste, lachte er auf. Oftmals wurde der Job eines Restaurantbesitzers mit einer besonders anstrengenden Geliebten verglichen, weil beide die gesamte Freizeit und Energie beanspruchten. Obwohl Beck nie zu den Weicheiern gehört hatte, konnte er diese Ansicht nachvollziehen.

Ein zufälliger Beobachter würde bei seinem Anblick wahrscheinlich einige ganz andere Vermutungen über sein Leben anstellen – so wie er da am Küchentisch in seiner sonnigen Essecke saß: Kaffee trinkend und durch die Klatschspalten scrollend, mit zerzaustem Haar, der Kragen des zerknitterten Hemds offen. Das war in seinen Augen besonders ironisch, da sein hektisches Leben keine Zeit für irgendeine Art Liebesgeschichte ließ – weder eine heiße Affäre noch die Wahre.

Die Schlagzeilen über seine Auseinandersetzung mit Duncan reichten von dicht an der Wahrheit bis zu lächerlich. Die widersinnigsten ließen Beck in seinen Kaffee kichern.

„Die neuen Romeo und Julia? Gastronomieerben der verfeindeten King- und Walter-Imperien im intimen Zwiegespräch bei Brix Eröffnung", gehörte zu seinen Lieblingsschlagzeilen. Der dazugehörige Text war zum Totlachen und voller Anspielungen und Spekulationen, dass er in Duncan verliebt sei und sie ihre geheime Affäre vor Vincent und Christian verheimlichten, die sie sonst auseinanderreißen würden.

Die Presse unterschätzte ganz eindeutig Christian und seinen Hang zum Drama, wenn sie auch nur eine Sekunde davon ausgingen, dass er eine Beziehung zwischen Beck und dem Sohn seines Erzfeindes nicht mit offenen Armen begrüßen würde. Wie Christian gerne zu sagen pflegte: „Diese Art Publicity kann man nicht kaufen." Beck hatte bereits mehrere E-Mails von Christians Sekretärin erhalten – alle noch ungelesen, denn obwohl es nach 13:00 Uhr war, war es für ihn immer noch Vormittag. Außerdem öffnete man E-Mails von Christian besser nicht ohne reichlich Koffein zur Stärkung. Er bezweifelte, dass auch nur eine davon keine Rüge enthielt.

Die meisten anderen Artikel kamen der Wahrheit näher. Sie enthielten Spekulationen, dass sich die King-Walters-Fehde auf die nächste Generation übertragen hatte und sie wurden als eine Art gastronomischer Hatfields und McCoys dargestellt. Die Medien dachten, dass sich Christian und Vincent, so wie die berühmten sich bekriegenden Familien aus den Appalachen, sich nicht einmal mehr an den Grund für ihre langjährige Feindschaft erinnern konnten. Beck wusste es besser. Sein Onkel konnte – und würde – zu einer ellenlangen Liste gigantischer Verfehlungen ansetzen, sobald sich die Möglichkeit dazu bot.

Er trank seinen Kaffee aus und stellte die Tasse in die Spüle. Der begleitende tiefe Seufzer unterstrich den täglichen Wechsel von Freizeit zur Arbeit. E-Mails von Christians Sekretärin gehörten zweifelsohne in die Arbeitszeitkategorie.

Wie ihm beim Öffnen des beigefügten Artikels auffiel, unterschied er sich von den von Lindsays Assistentin geschickten. Erst einmal verriet die Zeile mit dem Verfassernamen, dass er von einem der anerkannteren Autoren der Lebensmittelindustrie verfasst worden war. Außerdem stammte er von der Website einer der führenden Zeitschriften.

„Thronfolger geraten in Streit. Fortsetzung der Kochfehde?"

Beim Überfliegen des Textes ärgerte sich Beck über die herablassende Haltung des Autors zu Duncans Referenzen. Es war allgemein bekannt, dass Duncan ebenso wie sein Vater keine klassische Kochschule besucht hatte. Allerdings hatte er mehr als eine Dekade in einigen der besten Küchen der Welt gekocht. Außerdem war Vincent Walters, einer der derzeit weltweit bekanntesten Köche, sein Tutor gewesen.

Beck hatte die Kochschule nicht besucht, weil er wollte, sondern weil er es *musste*, um erfolgreich zu sein. Er war zwar in der Küche aufgewachsen, hatte jedoch nicht den gleichen Vorteil wie Duncan gehabt, alles von seinem berühmten und talentierten Mentor beigebracht zu bekommen. Christian erwartete zwar Großartigkeit und würde sich mit nichts Geringerem als Perfektion zufriedengeben, hatte jedoch nicht die Zeit gehabt, selbst mit Beck zu arbeiten. Als Beck dann das entsprechende Alter für eine Lehre in einer professionellen Küche erreicht hatte, war gerade Christians Fernsehsendung angelaufen. Zusätzlich hatten sich seine Restaurants durch Franchising überall im Land ausgebreitet und er sich immer mehr vom Koch zum Promi gewandelt. Beck war daher gezwungen gewesen, von den Chefköchen in Christians Imperium zu lernen.

Der Besuch der Kochschule war eine Notwendigkeit gewesen und zwar eine, die Beck gehasst hatte. Er bevorzugte einfaches Essen, hatte jedoch gewusst, dass der Schlüssel zum Erfolg beim Kochen mit einfachen Zutaten in dem

Wissen lag, wie man damit umging. Das bedeutete, dass er die Zubereitung aller ausgefallenen französischen Soßen, mit denen ihn Duncan in der vorigen Nacht aufgezogen hatte, hatte studieren müssen. Seit der Kochschule hatte Beck keine *Sauce á l'orange aigre-douce* mehr hergestellt. Der Punkt war, dass er wusste, wie es funktionierte. Die dort erlernten Techniken waren unbezahlbar. Zumindest für ihn. Zweifellos hatte Duncan den handwerklichen Teil des Kochens ebenso gut wie er gemeistert, wahrscheinlich sogar noch besser. Die Tatsache, dass Duncan seine Fähigkeiten in einer Küche, statt in einem Klassenraum erworben hatte, spielte keine Rolle.

Zumindest nicht für Beck. Trotz seiner Sticheleien wegen Duncans fehlender klassischer Kochausbildung verfügte der Mann über langjährige Erfahrung. Der Mann war kein Idiot und alles andere als ein einfacher Koch, egal wie gerne Beck das auch unterstellte.

Tatsächlich verspürte Beck Neid wegen Duncans Ausbildung. Er selbst hatte das College nicht einmal ernsthaft in Betracht gezogen, weil Christian von ihm den Besuch der Kochschule erwartet hatte. Ein Jahr lang hatte er unmenschliche Stunden als jede nur erdenkliche Art Hilfskoch in Christians Küchen gearbeitet, bevor er als für die nächste Stufe bereit erachtet und unverzüglich in der Schule seines Onkels, Le Cordon Bleu in Paris, eingeschrieben wurde. Beck hätte ein Studium am beinahe ebenso prestigeträchtigen Culinary Institute of America vorgezogen. Da Christian jedoch für die Kosten aufgekommen war, wurde es abgeschmettert, bevor Beck auch nur eine Bewerbung gedruckt hatte.

Beck wusste, dass er seinem Onkel zu viel Einfluss auf sein Leben zugestand. Seine wenigen engen Vertrauten hatten es ihm immer und immer wieder gesagt. Doch so sehr er sich auch dank Christians Erwartungen aufrieb, Beck wollte dort sein. Er wollte mit ihm zusammenarbeiten, mit dem Ziel, eines Tages *an seiner Seite* zu arbeiten – dort, wo er das King-Imperium bedeutend ändern konnte.

Obwohl er den Großteil der Gerichte, die sie in der Sendung kochten, hasste, bot ihm die Arbeit bei *King of the Kitchen* eine Plattform, die Amerikaner in Sachen Ernährung aufzuklären und das liebte er. Und ja: Meistens kochte er Dinge, die nicht seinen Vorlieben entsprachen. Ab und zu bekam er aber tatsächlich die Gelegenheit, etwas Gutes zu tun – wie zum Beispiel Felix Cartwright nicht zu unterbrechen, wie es Christian als Moderator getan hätte –, als dieser anfing, über Genmanipulation zu reden. Klar, danach hatte Beck etwas Ärger am Hals gehabt, aber das war es wert gewesen. So wie es das wert war, wann immer er eines seiner eigenen Rezepte in der Sendung kochen konnte.

Beck fragte sich, wie es wohl war, Vincent als Vater und Mentor zu haben. Beck hatte gelesen, dass Vincent trotz seiner Verbundenheit zur traditionellen Küche immer offen für Duncans unkonventionelle Herangehensweise an das Essen gewesen war. Duncans Leidenschaft für die Molekularküche lag Welten von Vincents technischer und präziser französischer Speisenzubereitung entfernt, doch bei Interviews äußerte Vincent nichts als Lob für die Neuheiten seines Sohnes.

Bis zum vorigen Abend war Beck nicht bewusst gewesen, dass Duncan damals der Koch im Sunrise Café gewesen war. Er hatte allerdings Duncans Karriere verfolgt. Ehrlich gesagt war er neidisch auf Duncan. Er konnte verschwinden, wann er wollte, um in einer Kaschemme wie dem Sunrise Café zu kochen. Solche Möglichkeiten besaß Beck nicht. Er musste immer funktionieren, stand stets unter Christians Beobachtung als auch der der Gastronomiewelt. Beck musste den Erwartungen gerecht werden und gnade ihm Gott, wenn er das nicht tat. Die Freiheit zu besitzen, so zu kochen, wie Duncan – von der Übernahme der Herdplatten in einem Schnellimbiss bis zu den Experimenten der Molekularküche, die selbst die härtesten Kritiker verblüffte und erfreute – lag außerhalb seiner Vorstellungskraft. Wenn eine von Duncan präsentierte Speise eine schlechte Kritik bekam – und in der Sparte, in die seine Gerichte fielen, traf das in der Mehrzahl der Fälle zu – tat Duncan es mit einem Lächeln ab und kehrte der Kochwelt, die seine Ausdauer und Hingabe an Experimente bewunderte – den Rücken.

Wenn Beck jedoch eine schlechte Kritik bekam, war das etwas ganz anderes. Für ihn stand viel mehr auf dem Spiel. Und das nicht nur, weil Christian sein Chef und Mentor war. Beck kochte keine innovativen Speisen wie Duncan. Christian wollte, dass sich das King-Imperium auf die Klassiker konzentrierte. Trends gegenüber waren sie nicht abgeneigt, aber erst, nachdem sich diese bewährt und die Zustimmung der Gäste gefunden hatten. Zu den von Beck gekochten Speisen gehörten keine festen Soßen oder Gegenüberstellungen von verschiedenen Temperaturstufen oder Geschmacksrichtungen. Das wollte er auch gar nicht. Er bewunderte Duncans Einfallsreichtum und das Talent, das man für die Zubereitung der unorthodoxen Dinge benötigte, die Duncan in der Küche austüftelte, wenn er der Molekularküche frönte. Doch das war nicht Becks Ding. Allerdings auch nicht die Speisen, die er gezwungenermaßen kochen musste. Duncan hatte die Speisekarte des Brix als langweilig und vorhersehbar bezeichnet und damit recht gehabt.

Beck wollte bei der Speisenzubereitung nicht zwangsläufig flüssigen Stickstoff einsetzen, um Soßen schockzufrieren oder mit chemischen Reaktionen zu experimentieren. Diese Art Küchen-Alchemie überließ er gerne Duncan und seinen Kollegen. Dennoch wollte Beck innovative Speisen kochen. Sein Wunsch war es, eine Vorreiterrolle einzunehmen und einen Pfad weg von den trendigen, lächerlichen Gerichten hin zu wirklichen Speisen zu bereiten. Sich selbst hatte er nie in eine Kategorie eingeordnet. Er hielt es für sinnlos, sich einer speziellen Bewegung anzuschließen, da er ganz genau wusste, dass Christian ihm niemals gestatten würde, etwas außerhalb der Norm zu tun. Allerdings besaß er eine besondere Vorliebe für die Slow-Food-Bewegung.

Als Cartwright in der Sendung die Gründe, die gegen genmanipulierte Lebensmittel sprachen, erläutert hatte, hatte Beck ihn still angefeuert. Er kochte nicht gerne mit genveränderten Zutaten und mied sie, wann immer es möglich war. Christian hasste das, was er als Becks „Mikromanagement" bezeichnete. Immer wenn Beck in einem neuen Restaurant des King-Imperiums anfing, legte er besonderen Wert auf die Verwendung möglichst vieler regionaler Lebensmittel. Sollte er sein ganz und gar eigenes Restaurant eröffnen, würde Beck so viele regionale Produkte anbieten wie möglich: vom biologisch angebauten Gemüse zu traditionell hergestelltem Käse, Fleisch und Broten. Essen musste in Ruhe genossen werden und Beck glaubte fest, dass es auch so zubereitet und gekocht werden sollte: mit Respekt und Sorgfalt, um den natürlichen Geschmack hervorzubringen, statt ihn mit fetten Soßen und Gewürzen zu überdecken.

Das „Ping" einer neuen E-Mail ließ ihn auf seinen Laptop blicken. Er verzog das Gesicht, als er bemerkte, dass sie ebenfalls von Christian stammte. Dieses Mal war sie wichtig genug, um von Christian persönlich und nicht von seiner Sekretärin zu stammen. Das konnte nichts Gutes bedeuten.

Beim Öffnen zuckte Beck zusammen, als hätte sein Onkel die Worte in dem für ihn typischen beleidigenden, herablassenden Tonfall laut ausgesprochen. In wenigen knappen Sätzen kam Christian direkt zur Sache. Erst nach kurzem Zögern klickte Beck auf den enthaltenen Link eines beliebten Onlinemagazins. Die Website war sehr angesehen – alles, was dort berichtet wurde, würde ernst genommen werden. Scherzhafte Rivalität war eine Sache, doch zweifellos hatte der Wortwechsel zwischen Duncan und ihm eine Grenze überschritten. Das war ihm schon währenddessen bewusst geworden und Duncan mit ziemlicher Sicherheit ebenfalls, weshalb sie sich bei dem anderen entschuldigt hatten. Wegen Duncans üblicher guter Laune – außer in Becks Gegenwart – und seinem Dackelblick, wusste Beck, dass Duncans Entschuldigung nicht aus Reflex erfolgt war. Duncan besaß ein ausgesprochen ausdrucksvolles Gesicht und nach den schärfsten Hieben hatte seine Miene äußerst schuldbewusst gewirkt.

Diese Entschuldigungen hatten es nicht in den Artikel geschafft, stattdessen aber einige Zitate ihres feindseligen Geplänkels. Christian verlangte zu erfahren, ob sie der Wahrheit entsprachen. Sollte das nicht der Fall sein, drohte er damit, die Rechtsabteilung von der Leine zu lassen. Doch Beck wusste ohne einen zweiten Blick, dass sie stimmten. Er kam als unglaubliches Arschloch rüber. Duncan erging es nicht viel besser. Am belastendsten war jedoch das dazugehörige Foto mit der Überschrift: „Kampf der Köche? Erben von Restaurant-Imperien bei Brix Eröffnung kurz vor Schlägerei."

Das Foto stammte nicht von einer Handykamera. Es wies nicht die körnige Unschärfe der anderen auf, sondern verfügte über eine professionelle Schärfe. Wahrscheinlich ein Schnappschuss des Website-Fotografen, der die Eröffnung abgelichtet hatte. Beck hätte vermutlich damit rechnen sollen. Gestern Abend hatten sich zahlreiche professionelle Fotografen im Brix aufgehalten. Er bezweifelte, dass dies das einzige Foto zu der Geschichte war.

Und während die Handyschnappschüsse aus merkwürdigen Winkeln stammten und glücklicherweise verschwommen waren, bestand bei diesem kein Zweifel, dass Becks Hand alles andere als freundschaftlich auf Duncan lag. Das Bild war so scharf, dass Beck die Falten auf Duncans Ärmeln hätte zählen können. Niemand würde beim Anblick dieses Fotos von einer freundschaftlichen Neckerei ausgehen. So hatten die meisten Klatschseiten ihre Konfrontation gedeutet.

Becks angespanntem Gesichtsausdruck nach schien er nur zehn Sekunden davon entfernt zu sein, Duncan zu schlagen. Der schlankere Mann wirkte jedoch ebenso gereizt und verärgert. Sie waren fast gleich groß, doch Beck besaß einige Kilo mehr Muskelmasse. Obwohl sie beide schuldig waren, kam Beck als Raufbold rüber.

„Großartig", zischte Beck, als das Telefon auf der Theke klingelte. Das mussten entweder Christian oder Lindsay sein. Alle anderen Bekannten würden immer noch ihren Rausch ausschlafen – so wie er das auch tun sollte. Er beschloss, dem Schicksal ins Auge zu blicken und nahm ab, ohne auf die Nummer zu schauen.

„Beck Douglas."

Am anderen Ende erklang gedämpftes Lachen, dann herrschte eine Sekunde lang Schweigen. „Natürlich meldest du dich so am Telefon. Warum auch nicht? Schließlich bist du Beck Douglas. Warum sich mit einer Begrüßung oder Höflichkeitsfloskeln gegenüber uns Normalsterblichen abgeben?"

Beck stieß den Atem aus. Sein Magen machte einen Hopser vor etwas, das Begeisterung gefährlich nahekam.

„Will ich wissen, woher du meine Nummer hast, Duncan?"

„Beck, dir ist schon bewusst, dass wir den gleichen Bekanntenkreis haben, oder? Ich habe die Eröffnung als Gast von einigen davon besucht, erinnerst du dich?"

Beck schluckte. Er fühlte sich unangenehm an Duncans Seitenhieb vom Abend zuvor erinnert. „Ich dachte, ich hätte keine Freunde. Sie sind doch alle nur Angestellte, stimmt's?"

Duncan gab ein frustriertes Geräusch von sich und Beck hörte, wie er den Hörer abdeckte und eine kurze, aber hitzige Diskussion mit jemandem im Hintergrund führte. Beck konnte nicht verstehen, was Duncan sagte oder mit wem er sprach, doch es klang nicht freundlich.

„Hör auf zu schmollen und komm zum Brunch vorbei", forderte ihn Duncan auf, nachdem er das Ding, mit welchem auch immer er den Hörer abgedeckt hatte, entfernt hatte. „Wir müssen darüber reden, wie wir mit dieser ganzen medialen Aufmerksamkeit umgehen."

„Ich wusste gar nicht, dass wir vorhaben, überhaupt damit umzugehen", fauchte Beck. Unerklärlicherweise verspürte er Verärgerung, weil Duncan ihn nur zum Brunch einlud, um zu überlegen, wie sich ihr Ruf als Medienlieblinge retten ließ.

„Tja, das haben wir aber. Campbell meint, es wäre besser, wenn wir zuerst miteinander reden, statt mit meinem Vater und deinem Onkel. Dem stimme ich zu."

Beck runzelte die Stirn. Duncan redete doch nicht von *seinem* Campbell? Dem Campbell, der seit ihren gemeinsamen Windeltagen sein bester Freund war. Er würde es doch bestimmt wissen, wenn Campbell mit Duncan befreundet war, oder? Er hatte sich bei Campbell so oft über Duncan beschwert, dass dieser oft genug die Möglichkeit gehabt hätte, den Mund aufzumachen.

„Campbell? Campbell Grange?"

„Wie viele Campbells kennst du denn? Es ist ja nicht gerade ein gewöhnlicher Name. Ja, der Campbell", erwiderte Duncan genervt. „Seit er hier ist, wurde er schon mehr als ein dutzend Mal von Christian kontaktiert – halt die Klappe, Campbell. Das ist nicht wirklich eine Übertreibung – und mir hat mein Vater vier Nachrichten hinterlassen. Ich habe sie alle gelöscht, ohne sie anzuhören. Campbell meint, wir brauchen eine Strategie und ich vertraue Campbell."

„Du kennst *meinen* Campbell?"

„Um Gottes willen, Beck. Ja! Campbell Grange. Mittlerer Name Allen. Arbeitet bei der King Corporation als Regisseur und Wirtschaftsanalytiker, verbringt jedoch die meiste Zeit unten in den Testküchen, um mit der Sous-Köchin Joanna zu flirten."

Beck vernahm Campbells unmissverständliches Knurren, gefolgt von Duncans spitzen Aufschrei.

„Das war unnötig", murmelte Duncan vermutlich an Campbell gewandt. Beck verspürte Mitleid. Campbell und er waren zusammen mit Lindsay, der gemeinsten Kneiferin der Welt, aufgewachsen. Campbell hatte bereits in frühester Kindheit von ihr gelernt, wie man Vergeltungsschläge ausführte. Seine Kniffe waren brutal.

„Habe ich das richtig verstanden? Du willst, dass ich zu dir komme und mit dir und Campbell – anscheinend ein so enger Freund von dir, dass er bereits so früh an einem Samstagmorgen bei dir ist – bespreche, was wir wegen dieser Artikel unternehmen wollen?"

„Du musst wissen, dass ich Campbells erste Wahl als Hundesitter bin, wenn er verreisen muss. Snuggles bleibt immer bei mir, wenn Campbell durchs Land zockelt und die Bücher in sämtlichen von Christians Restaurants prüfen muss. Wie wir genau wissen, muss er das oft und darf mich daher nicht verärgern." Duncan verstummte. Vermutlich erdolchte er Campbell gerade mit Blicken, weil er immer noch verärgert über den Kniff war. „Im Übrigen ist es nicht morgens, es ist schon fast halb zwei. Und er ist hier, weil wir samstags immer gemeinsam frühstücken, selbst wenn das manchmal erst mittags ist, weil wir uns in der vorigen Nacht ganz, ganz furchtbar betrunken haben."

„Stopp mal, Campbell hat einen *Hund*?"

41

Duncan verfiel in ungläubiges Stottern. Beck ließ ihn noch eine Sekunde zappeln, dann brach er in Lachen aus. Duncan aufzuziehen kam ganz von selbst, und Beck fiel es schwer, zu widerstehen. Den normalerweise nicht um Worte verlegenen Duncan sprachlos zu machen, war ein zusätzlicher Bonus.

„Okay, du hast mich erwischt", erklärte Duncan ergeben. Beck konnte Campbell im Hintergrund lachen hören. „Komm einfach her. Ich schicke dir meine Adresse und du tauchst in einer Dreiviertelstunde hier auf. Andernfalls ist die Frittata verkohlt und meine Laune wird noch schlechter als ohnehin schon."

5

„ER MACHT sich auf den Weg.“

„Ich habe dir ja gesagt, dass er kommt“, erklärte Campbell und lachte schnaubend auf, weil Duncans Antwort lediglich aus dem Rausstrecken seiner Zunge bestand.

Duncan hatte nicht übertrieben, als er Beck erzählt hatte, dass Campbell fast jeden Samstag zum Frühstück kam. Sie hatten sich vor drei Jahren durch Corbin kennengelernt und sie beide vereinte die tiefe und beständige Liebe für Frühstücksspeisen. Campbell gehörte zu den wenigen Menschen, die wirklich verstanden, warum ihm die Arbeit als Imbissbudenkoch gefiel. Campbell war kein Koch, kochte jedoch leidenschaftlich gerne. Er hatte genickt und ruhig gesagt „Eier sind großartig“, und war somit umgehend zu Duncans Freund fürs Leben geworden.

Für gewöhnlich aßen sie bei Duncan, aber nur, weil er sich über Campbells schlecht ausgestattete Küche beklagte. Duncan traf keine Schuld, dass er an einen gewissen Luxus gewöhnt war, wie zum Beispiel die Profi-Espressomaschine, die er im Moment des Brühvorgangs liebevoll tätschelte. Campbell blickte ihn an, als wäre er verrückt. Dabei sollte der Mann wirklich nicht überrascht sein, schließlich stellte das Tätscheln von Geräten bei Duncan nichts Ungewöhnliches dar.

Obwohl die Mehrzahl von Duncans Freunden Köche waren, gestattete er Campbell als einzigem in seiner Küche zu kochen. Niemand sonst verstand, dass es sich um ein Privileg handelte, wenn Duncan zurücktrat, um einem anderen seine geliebten Töpfe und Pfannen zu überlassen. Campbell behandelte sie jedoch immer mit dem Respekt, den sie verdienten. Außerdem ließ sich Duncan nur von ihm ein Spiegelei zubereiten. Duncans Meinung nach zählte das – richtig zubereitet – zu den perfektesten Speisen auf dem Planeten. Traurigerweise schafften es nicht einmal die meisten der ihm bekannten, mit Michelin Sternen ausgezeichneten Köche durchweg genau jenen Moment abzupassen, in dem das Eigelb weder völlig flüssig noch völlig fest war. Campbell jedoch gelang es.

„Muss ich noch irgendetwas über Beck wissen, bevor er hier auftaucht? Über die Art, wie er seinen Kaffee trinkt? Seine Haltung in Sachen Speck: knusprig oder eher saftig? Und am Wichtigsten, steht er auf die Spice Girls?“

Campbell lachte. „Er ist nicht so kühl, wie du denkst, Duncan. Genau genommen ist er ein echt toller Kerl. Ich wäre nicht mit ihm befreundet, wenn er ein Arschloch wäre.“

Diese Erwiderung konnte Duncan langsam nicht mehr hören. Er warf Campbell einen ausdruckslosen Blick zu, der zu weiterem Gelächter führte.

„Okay, du hast recht. Ich wäre auch mit ihm befreundet, wenn er ein Arschloch wäre. Ich scheine ja einen bestimmten Typ zu bevorzugen und dabei handelt es sich um den Typ Arschloch", erklärte Campbell mit fröhlichem Lächeln.

Duncan versetzte ihm einen Klaps mit dem Pfannenwender. Dann verzog er das Gesicht, als ihm klar wurde, dass er ihn jetzt würde abwaschen müssen. „Rede weiter", forderte er ihn auf.

Campbell schaute ihn erbost an, gehorchte jedoch. „Seine erste Tasse Kaffee am Morgen trinkt er unglaublich süß und mit Unmengen Milch. Danach trinkt er ihn dann den ganzen Tag über nur noch schwarz. Seine Meinung zu Speck hängt davon ab, wie er angerichtet ist …"

„Wie es sein sollte", sagte Duncan nickend.

„… und er stand auf den Style von Ginger Spice, als wir jünger waren. Seine ganz große Schwärmerei galt allerdings einem der Kerle von 98 Degrees. Frag mich nicht welchem – für mich sahen sie alle gleich aus."

Duncan überlegte einen Moment lang und nickte dann zustimmend. „Wahrscheinlich einer der Lachey Brüder. Solide Wahl. Es lag am Bizeps", erklärte er. Bei der Erinnerung an seine Lieblingsboyband der Neunziger hoben sich seine Mundwinkel zu einem schwachen Lächeln.

Campbell schüttelte seinen Kopf in – wie Duncan es gerne bezeichnete – gutmütiger Verärgerung. Er hatte keine Ahnung, warum Campbell es mit ihm aushielt. Schließlich schien er bei jedem Zusammensein zwischen dieser und echter Verärgerung zu schwanken. Doch irgendwie funktionierte die Dynamik zwischen ihnen. Schätzungsweise brauchte jemand, der so eng mit einem komischen, regelbesessenen Kauz wie Beck zusammenarbeitete von Zeit zu Zeit eine Aufheiterung. Vermutlich benötigte Campbell dafür ihn. Sie alberten entweder herum oder arbeiteten schweigend zusammen. Genau das brauchte Duncan gelegentlich. Und sie redeten nie über Beck. Das war Regel Nummer eins, nachdem Campbell Duncan einmal fast einen Kopf kürzer gemacht hätte, als der Beck beiläufig beleidigt hatte.

Duncan griff nach seinem Handy und begann Spotify nach Boybands zu durchsuchen. Campbell unterbrach seine Pläne für ein Willkommensständchen für Beck jedoch, indem er in die Hände klatschte und in Richtung Küche lief. „Frittata?"

Duncan warf einen sehnsüchtigen Blick auf sein Handy, legte es aber zur Seite. Er hatte eine feste Regel bezüglich elektronischer Geräte in der Küche. Zum einen war es unhygienisch – die meisten Menschen hatten überhaupt keine Ahnung, wie viel Schmutz sich an ihren Telefonen und anderen Apparaten befand. Als Mikrobiologe hatte Duncan jedoch gesehen, was für einen ekelhaften Mist Telefone aufnahmen. Manchmal sogar wortwörtlich. Zum anderen sollte man sich in der Küche nicht ablenken lassen. Die Wahrscheinlichkeit, ein teures technisches Gerät in die Spüle oder den Suppentopf fallen zu lassen, war zu groß.

Er kannte viele Köche, die beim Kochen zu Hause gerne Musik hörten. Er gehörte jedoch nicht dazu. Ihm gefiel die Stille. Sie stellte eine angenehme Erholung von den lauten Küchen dar, in denen er so viel Zeit verbrachte.

Campbell verstand das. Das war ein weiterer Grund, aus dem er in Duncans Küche geduldet wurde.

Sie arbeiteten schweigend zusammen. Duncan durchstöberte den Kühlschrank nach Resten, die er dann pflichtbewusst an Campbell weiterreichte. Dieser hatte sich mit einem von Duncans Lieblingsmessern hinter dem Schneidbrett platziert. Genau so sah wahre Freundschaft aus: Jemand anderen in seine Küche zu lassen, war eine große Sache, doch nicht einmal seine Mutter durfte seine Messer anfassen.

Da er sich in den letzten Wochen nicht oft zu Hause aufgehalten hatte, war die Ausbeute äußerst gering. Zum Glück gehörten Frittatas zu der nachsichtigen Sorte. In einer Folge von *King of the Kitchen* hatte Beck sie als „Kühlschrank-Klett" bezeichnet. Obwohl es Duncan missfiel, einem TV-Koch in irgendeiner Sache zuzustimmen, lag Beck in diesem Fall absolut richtig. Welkes Gemüse? Rein damit. Fast abgelaufene Molkereiprodukte? Alles bestens. Frittatas waren großartig. Nur wenige Speisen eigneten sich dermaßen gut zum Abbau des Restebergs. Frittatas zählten zu Duncans bevorzugten.

Campbell öffnete einen Behälter und verzog angesichts des flauschigen Inhalts das Gesicht. Duncan rümpfte die Nase und warf ihn – Tupperware hin oder her – in den Mülleimer.

„Du solltest …"

Campbell verstummte, als Duncan die Augen zusammenkniff. Wenn möglich verwendete er Sachen wieder und tat sein Möglichstes, den Müll in allen Restaurants, in denen er arbeitete, zu minimieren. Die Grenze bildete das Säubern von schimmeligem Zeugs. Dafür würde er beim nächsten Einkauf im Supermarkt an der Ecke auf eine Plastiktüte verzichten und es ökologische Wiedergutmachung nennen.

Schulterzuckend machte sich Campbell wieder daran, den Schinken zu schneiden, den Duncan Anfang der Woche von seiner Mutter mitgebracht hatte. Seine gesamten Kochfähigkeiten hatte er von seinem Vater geerbt. Seine Mutter schaffte es kaum Wasser zu kochen und würde sich von Fertigmahlzeiten ernähren, wenn Duncan sie ließe. Bei jedem seiner Aufenthalte in der Stadt begab er sich einmal in der Woche auf die einstündige Fahrt zu ihrem Haus, um ihr ein anständiges Essen zu kochen und einige leicht in der Mikrowelle zu erwärmende Gerichte für den Rest der Woche zuzubereiten. Da ihr die Wasabi-Soja-Marinade auf dem Schinken nicht geschmeckt hatte, hatte er ihn wieder mit nach Hause genommen.

Zuletzt nahm Duncan die Eier und begann sie in eine Schüssel aufzuschlagen. Mit einer Gabel schlug er sie schaumig. Dann würzte er sie leicht – ein häufiger Fehler von Köchen bestand darin, die Eier zu überwürzen. Der Eigengeschmack der Eier ließ sich so schnell überdecken – und stellte sie beiseite, um eine Pfanne auf dem Herd zu erwärmen.

Campbell kratzte die gehackten Zwiebeln und den Knoblauch hinein, sobald das Öl zu sieden begann. Der aromatische Duft des Gedünsteten erfüllte die kleine Küche. Duncans Überzeugung nach roch es im Himmel nach gedünsteten Zwiebeln. Oder nach Speck.

Apropos, damit fing er besser auch an. Er mochte ihn gerne knusprig, was in bestimmten Kreisen einem Frevel gleichkam. Einmal hatte er beinahe einen Restaurantkritiker zum Weinen gebracht – nicht im positiven Sinne – weil er einen Speckschaum hergestellt und ihn auf der Speisekarte als Speck aufgeführt hatte. Es war nicht gut ausgegangen und er hatte eine wichtige Sache gelernt: Für eindeutige Bezeichnungen auf Speisekarten zu sorgen. Besonders wenn es sich um so heiß geliebte Dinge wie Speck handelte.

Duncan schob sich an Campbell vorbei – der mit erfahrenen Handgriffen mit dem Dünsten des Gemüses begonnen hatte – und nahm seine riesige gusseiserne Bratpfanne von ihrem Ehrenplatz neben dem Herd. Die schwarze Pfanne hatte er vor einigen Jahren auf einem Garagenflohmarkt entdeckt. Trotz der absolut nervenaufreibenden Heimfahrt in der U-Bahn E 1 war sie es wert gewesen. Sie besaß eine perfekte Patina, vermutlich dank einer Großmutter, die höchstwahrscheinlich jahrelang jeden Tag drei Mahlzeiten darin zubereitet hatte, bevor der Idiot, von dem er sie gekauft hatte, sie geerbt und für fünf Dollar verkauft hatte. Dieser Kerl war der Angeschmierte, denn eine Pfanne aus Gusseisen mit perfekter Patina ließ sich nicht mit Gold aufwiegen.

Die Mehrheit ging davon aus, dass die Pfanne heiß sein musste, da das viele im Speck enthaltene Fett ausgelassen werden musste. Damit lagen sie allerdings falsch. Das Geheimnis von auf dem Punkt knusprig gebratenem Speck bestand darin, in einer *kalten* Gusseisenpfanne zu beginnen. Dafür benötigte man zwar etwas mehr Geduld, doch es lohnte sich auf jeden Fall. Nachdem er den Speck sorgfältig platziert hatte, schaltete er den Herd ein.

„Hast du Parmesan?", wollte Campbell wissen, den Kopf fast vollständig im Kühlschrank verschwunden.

Duncan warf einen kurzen Blick in die Pfanne mit dem dünstenden Gemüse und stellte mit einem zufriedenen Nicken fest, dass Campbell den Schinken hinzugefügt und alles in einer gleichmäßigen Schicht angeordnet hatte.

„Ich habe gereiften Mizithra."

Campbell zog den Kopf aus dem Kühlschrank und starrte ihn verständnislos an. Mit einem Schnauben ging Duncan um ihn herum, langte in die Käseschublade und tauchte schließlich mit einem kleinen Stück harten, weißen Käses wieder auf.

„Eine Art griechischer Parmesan", erklärte er und nahm die Microplane Reibe von ihrem Platz an der Hängeleiste. Nachdem er eine großzügige Portion in die Eier gerieben hatte, rührte er noch einmal kurz mit der Gabel durch und schüttete dann alles über die Mischung in der Pfanne. Es zischte und blubberte. Mit einem heftigen Schütteln sorgte er dafür, dass sich die Eier gleichmäßig verteilten.

„Wenn es wie Parmesan ist, warum dann nicht einfach Parmesan kaufen?", fragte Campbell und schielte auf den Käse, den Duncan auf der Theke hatte liegen lassen.

„Weil ich Mizithra wollte und keinen Parmesan?"

Mit ziemlicher Sicherheit machte Campbell unverschämte Gesten, doch da er mit dem Rücken zu ihm stand, um den Speck zu wenden, konnte es Duncan nicht mit Sicherheit sagen. Er fing an, einen riesigen Berg Toast zu machen – schließlich *hatten* sie einen Kater und der schrie geradezu nach einer Überdosis Kohlenhydrate – und behielt die Eier genau im Blick, bis sie leicht gestockt waren und unter den Bratrost konnten.

Genau in dem Moment, in dem er die Ofentür schloss, klingelte es an der Tür. Er bedeutete Campbell, sie zu öffnen. Schließlich war er Becks Freund. Außerdem grillte Duncan nicht gerne Dinge in seiner Küche, ohne sie genau im Auge zu haben.

Sie aßen in kameradschaftlichem Schweigen. Alle drei spürten sie immer noch die Auswirkungen ihres Katers, sodass sie die Stille eher als angenehm und nicht als peinlich empfanden. Nachdem auch die letzten Teller weggeräumt waren, ging Beck allerdings sofort zum Geschäftlichen über. Duncan konnte den genauen Moment benennen, in dem sich Beck in Beck Douglas verwandelte. Das beinhaltete, dass sich seine Schultern strafften und sein Gesicht einen verkniffenen Ausdruck annahm. Duncan gefiel der Wechsel überhaupt nicht.

„Ich denke, wir müssen lediglich eine Erklärung abgeben, dass die Kommentare aus dem Zusammenhang gerissen worden sind", sagte Beck, nachdem er alle Ausdrucke durchgeblättert und auf Duncans Laptop durch einige neue Texte gescrollt hatte, die seit ihrer Essenspause aufgetaucht waren.

Beck hatte sein Tablet mitgebracht, aber Duncan hatte sich geweigert, ihm das Wi-Fi-Passwort mitzuteilen. Teils aus Gehässigkeit, teils weil er eine Entschuldigung brauchte, um dicht neben ihm zu sitzen. Die gemeinsame Nutzung des Laptops funktionierte, hatte jedoch die Konsequenz, dass dem armen Campbell keine andere Wahl blieb, als sich auf Becks andere Seite zu quetschen. Beck fragte nicht, warum Campbell sich nicht zwischen sie gesetzt hatte. Duncan wusste nicht, ob es ihm einfach nicht aufgefallen war oder er tatsächlich neben Duncan sitzen wollte.

Becks warmer Oberschenkel direkt neben seinem lenkte ihn ab und er hatte Probleme, sich zu konzentrieren. Daher rutschte er etwas zur Seite und versuchte, seine Libido unter Kontrolle zu bekommen. Das hier war wichtig. Herzchen um Becks Namen konnte er auch später noch in sein Notizbuch zeichnen.

„Eine Erklärung? Wer sind wir? Exxon, die die Havarie der Valdez erklären?", schnaubte Duncan und schüttelte den Kopf. „Meiner Meinung nach bestätigen wir ihre Worte nur, wenn wir ihnen Aufmerksamkeit schenken. Selbst wenn wir ‚nein, nein, das war nicht das, was geschehen ist' sagen … wenn wir eine Erklärung abgeben, sieht es so aus, als hätten sie richtig gelegen."

„Sie haben richtig gelegen, Duncan", erklärte Beck seufzend. „Wir beide haben diese Dinge tatsächlich von uns gegeben. Ich weiß, dass Christian hören will, dass ich falsch zitiert wurde, aber das stimmt nicht. Und ich werde nicht lügen und sagen, dass es so war."

Duncan hob eine Augenbraue. „Brrr, ganz ruhig, Brauner. Ich habe nicht gesagt, dass wir lügen sollen. Ich sage nur, dass wir, falls wir eine Pressekonferenz oder irgendeine andere Art öffentliche Erklärung abgeben, das Gesagte dadurch noch verschlimmern."

„Ihr müsst die Story ändern", warf Campbell ein. Duncan warf ihm einen Blick über Becks Schulter zu und lächelte ihn an.

Beck hob verärgert die Hände. „Ich habe doch gerade gesagt, dass wir nicht lügen werden! Wir können die Story nicht ändern."

„Doch nicht so", erklärte Campbell. Sein gelassener Tonfall hatte einen stählernen Unterton angenommen. Das gehörte zu den Dingen, die Duncan an Campbell schätzte: Er war ein Bär von einem Mann. Die Menschen respektierten ihn jedoch nicht wegen seiner Größe, sondern weil er eine ruhige Autorität ausstrahlte. Beck brauchte eindeutig jemanden wie Campbell, der ihn erdete. Duncan konnte verstehen, warum sie so enge Freunde waren.

„Wir müssen ihren Fokus auf etwas anderes lenken", schlug Duncan vor und rümpfte die Nase, als Beck die Augen verdrehte.

„Man kann es schwerlich als Plan bezeichnen, darauf zu hoffen, dass irgendwelche großen Ereignisse passieren, die von uns ablenken. Ich weiß, dass wir für die Mainstreampresse nicht bekannt genug sind, doch es steht in allen Kochzeitschriften. Sogar einige der reinen Klatschseiten haben es aufgegriffen – vermutlich wegen *King of the Kitchen*."

„Ich sage ja nicht, dass wir auf andere Ereignisse warten sollen", stellte Duncan kopfschüttelnd klar. Campbell grinste. Da er das für ein gutes Zeichen hielt, fuhr Duncan fort. „Ich meine damit, dass wir die Kontrolle über den Verlauf der Story übernehmen. Klar haben uns eine Menge Leute in aller Öffentlichkeit streiten sehen. Und ja, du hast mich angefasst – unabhängig davon, wie harmlos das auch war, Beck … schau mich nicht so an – könnte möglicherweise der Eindruck einer körperlichen Auseinandersetzung entstanden sein. Aber wenn wir einfach genau das Gegenteil von dem, was sie erwarten, tun, verpufft die Story, bevor sie überhaupt Fahrt aufgenommen hat."

Campbell musste Becks wachsende Frustration gespürt haben, denn er ergriff das Wort. „Geht aus. Sorg dafür, dass du mit Duncan in der Stadt gesehen wirst, Beck. Geht in die angesagtesten Läden essen, für die ihr jetzt noch Reservierungen bekommen könnt. Trefft euch irgendwo auf einen Drink. Himmel, füttert gemeinsam die Tauben im Park. Was auch immer. Aber tut es vor aller Augen und mit einem Lächeln."

„Verstehst du? Auf die Art brauchen wir nicht zu sagen ‚wir sind eigentlich Freunde, es war nur ein freundschaftliches Streitgespräch, das aus dem Zusammenhang gerissen wurde'. Wir *zeigen* es ihnen."

Beck schielte leicht und Duncan stellte fest, dass er endlich einen Ausdruck gefunden hatte, mit dem Becks Gesicht nicht hübsch aussah. Es war beruhigend, dass jemand so Attraktives wie Beck Douglas manchmal auch ein wenig hässlich aussehen konnte; wenn auch nur beim skeptischen Glotzen.

„Aber wir sind keine Freunde."

„Wenn du nicht aufhörst, das ständig zu wiederholen, bin ich irgendwann doch noch verletzt", sagte Duncan und legte sich die Hand aufs Herz. „Du schreibst nie, rufst nie an. Immer wenn ich vorschlage, dass wir ausgehen, fällt dir ein, dass du dir viel dringender die Haare waschen musst. Ist das alles etwa nur einseitig, Beck? Wirst du mich hier in meiner Wohnung dahinsiechen lassen, während ich mich nach dir verzehre?"

Falls sie in Zukunft öfter gemeinsam abhängen würden, befürchtete Duncan das tatsächlich. Trotzdem täuschte er weiterhin Unschuld vor.

„Ach leckt mich doch alle beide." Beck starrte sie an. „Der Plan ist lächerlich."

„Nein, ist er nicht", warf Campbell ein. „Denk darüber nach. Niemand würde auch nur mit der Wimper zucken, wenn wir beide diesen Streit gehabt hätten. Wir müssen versuchen, sie zu überzeugen, dass Duncan und du nicht die Erzfeinde seid, die die Kochwelt gerne aus euch machen würde."

Spöttisch sagte Beck: „Wir sind keine Erzfeinde. Wir kennen uns ja nicht einmal."

„Ganz genau!" Ein triumphierendes Grinsen erschien auf Campbells Gesicht. „Ihr kennt euch nicht. Definitiv hasst ihr euch nicht. Ihr habt nicht die Absicht, Christians und Vincents Fehde weiterzuführen. Stimmt's? Was habt ihr also zu verlieren?"

Duncan bemerkte, wie Beck ihn abschätzend musterte. Er schien die Pros und Contras – sich mit ihm in der Öffentlichkeit zu zeigen, gegen die schlechte Publicity, falls sie die Situation nicht in den Griff bekamen – abzuwägen. Duncan unterdrückte den Drang, eine Faust siegreich in die Luft zu recken, als Beck resigniert aufseufzte.

„Na gut", murrte Beck und verschränkte die Arme vor der Brust. Die reine Feindseligkeit. „Aber wir müssen einige Grundregeln festlegen."

„Grundregeln? Welcher Art? Dass wir nur in Fünfsternerestaurants essen und in der Öffentlichkeit nichts trinken dürfen, das nicht im Fass gereift ist?"

Campbell quittierte Duncans Antwort mit einem Schnauben, doch Becks eisiger Gesichtsausdruck hatte sich nicht geändert. Ihm war es eindeutig ernst.

„Über Punkte, die tabu sind, Duncan. Es ist mir egal, was du bestellst oder trinkst, solange du dich nicht hemmungslos besäufst und erwartest, dass ich dich nach Hause schleppe."

Duncan sah das Bild förmlich vor sich, wie er betrunken über Becks Schulter hing. Er würde sich jeden Gedanken, von Beck nach Hause gebracht zu werden, verbieten – so entstand Wahnsinn. Oder zumindest eine sehr unpassende Erektion.

„Das ist eine gute Idee", erklärte Campbell und zog ein Notizbuch und einen Stift aus der Tasche. „Zweifellos solltet ihr nicht über Duncans Vater oder Christian reden. Ich nehme an, eure Restaurants sind ebenfalls tabu?"

Beck nickte bestätigend. „Das Gleiche gilt für die Fernsehsendung."

„Und keine Seitenhiebe wegen der Kochschule", erklärte Duncan mit einem vielsagenden Blick in Becks Richtung.

„Das ist doch schon mal ein guter Anfang. Ich werde es euch beiden mailen. Wenn ihr euch an neutrale Themen haltet, werdet ihr gut klarkommen."

Duncan wusste nicht, welche Themen da noch übrig blieben. Seine Karriere war sein ganzes Leben und das galt für Beck sicherlich ebenso. Wenn sie sich nicht über ihre Restaurants unterhalten konnten, was blieb da noch? Irgendwie bezweifelte er, dass Beck viel Freude an einem Gespräch über die Indie-Musikszene hätte, die Duncan mochte. Duncan dagegen brachte ganz sicher nicht genügend Interesse für die Sportarten auf, die Beck möglicherweise ausübte, um ein Gespräch zustande zu bringen.

„Damit bleibt … was? Über dich zu tratschen?", fragte Duncan und fing sich damit einen Hieb von Campbell ein.

Beck schaute ihn missbilligend an. „Ich bin sicher, selbst jemandem mit deinem Hintergrund wird ein interessanteres Gesprächsthema als Campbell einfallen. Der Nährwert von Hot Pockets Mikrowellengerichten, vielleicht?"

„Hey! Du verstößt bereits gegen die Liste."

„Was?" Beck klang beleidigt. „Tu ich nicht."

„Tust du wohl! Das war eine Stichelei gegen meine mangelnde Kenntnis der gehobenen Küche."

„Habe ich nicht! Das zielte auf deine Unfähigkeit im Allgemeinen, nicht deine Bildung. Im Übrigen würde kein Koch, der etwas auf sich hält, dieses Shirt tragen."

Duncan blickte auf sein weiches Baumwoll T-Shirt hinab. Es gehörte zu seinen Lieblingskleidungsstücken. John hatte es ihm vor einigen Jahren zum

Geburtstag geschenkt. Über einer großen Essiggurke standen die Worte „I'm kind of a big dill" – „Ich bin eine ziemlich große Nummer".

„Was stimmt nicht mit dem T-Shirt?"

Beck starrte ihn fassungslos an. „Was nicht stimmt mit deinem T-Shirt? Bist du fünf?"

Sie hörten erst auf zu zanken, als Campbell den Kopf auf die Tischplatte schlug.

6

ZUM DRITTEN Mal innerhalb von zwanzig Minuten verfluchte Beck die Tatsache, dass Campbell Zugang zu seinem Kalender besaß. Das erleichterte allerdings die Planung des gemeinsamen Sporttrainings und ihrer Kneipentouren, da Campbell üblicherweise alle Freizeitaktivitäten von Beck organisierte. Genau betrachtet war das echt traurig. Beck verfügte über so gut wie kein gesellschaftliches Leben, das Campbell nicht miteinschloss. Es blieb nicht viel Zeit für Aktivitäten außerhalb der Arbeit übrig – vor allem nicht, seit Beck praktisch zwei Vollzeitjobs ausübte. Die Vormittage verbrachte er mit den Vorbereitungen und Filmaufnahmen für *King of the Kitchen* und dem Papierkram für Christians Restaurant. Viele Abende schwirrte er durch die drei Restaurants in Chicago – nach Eröffnung des Brix inzwischen vier – um bei jedem Engpass einzuspringen. Er fragte sich, was Duncan gestern Abend von ihm gedacht hätte. Beck hatte trotz seiner zweijährigen Kochschulausbildung lediglich als Hilfskoch in Christians beliebtestem Nobelrestaurant gearbeitet. Duncan hätte sich beim Anblick eines Kochs der gehobenen Küche, der Möhren hackte und Soßen passierte, totgelacht. Beck hatte jedoch kein Problem damit, sich die Ärmel hochzukrempeln und einzuspringen, wo immer er helfen konnte.

In Bezug auf die Essenszubereitung besaß er keinen Stolz, wohl aber, wenn Duncan ihn bei ihrem ersten PR-Termin sitzen ließ.

Campbell hatte ihr erstes – Beck weigerte sich standhaft, es ‚Kumpeltreffen‘ zu nennen, ganz egal wie penetrant Duncan auch bohrte – Treffen in einer angesagten Bar nahe des Sportzentrums angesetzt. Einmal im Monat spielten Beck und Campbell dort Racquetball mit Christian und Georges Lapin, einem weiteren Koch der Sendergruppe, die *King of the Kitchen* ausstrahlte. Wenn Duncan nicht bald auftauchte, hätten sie keine Zeit mehr, zusammen etwas zu trinken, ehe Beck zu seinem Spiel davonrasen musste.

Doch andererseits war das vielleicht gar nicht so schlimm. So ungern Beck es auch zugab, bei der Vorstellung, sich ohne Campbell als Schiedsrichter mit Duncan zu treffen, verspürte er doch etwas Angst. Irgendetwas an Duncan reizte ihn. So sehr er sich auch bemühte, Beck schien es nicht vermeiden zu können, bei dem anderen Mann ins Fettnäpfchen zu treten. Die meisten Menschen würden Beck als charmant bezeichnen und an der Pflege dieses Images arbeitete er hart. Duncan gehörte allerdings mit Sicherheit nicht zu diesen Menschen.

Beck schaute gereizt zur Tür und wünschte, er könnte Duncan zwingen, zu erscheinen. Er kam sich wie ein Idiot vor, wie er hier an der Bar sitzend auf ihn wartete. Der Barkeeper war zweifellos nicht erfreut, dass er immer noch an dem ersten Gin Tonic seit seiner Ankunft nuckelte und kostbaren Platz an der Bar in Beschlag nahm.

„Ich wurde hinten aufgehalten, tut mir leid!"

Beck fiel zwar vor Überraschung nicht von seinem Barhocker, als Duncan ihm von hinten auf die Schulter schlug. Es hätte jedoch nicht viel gefehlt. Er drehte sich um und warf dem in einer Schürze und mit verlegenem Gesichtsausdruck vor ihm stehenden Duncan einen bösen Blick zu.

„Ich war gerade wegen einer Besprechung in der Nähe und bin etwas früher hier gewesen. Dann hat mich Abe entdeckt und in die Küche gezerrt. Der Souschef hat eine Blinddarmentzündung, sodass heute Abend Personalmangel herrscht. Ich habe ihnen geholfen, den Happy Hour Andrang zu überstehen."

Beck hatte nicht einmal gewusst, dass die Bar auch Essen anbot. Jetzt bemerkte er dank Duncans Hinweis, dass an allen um die Bar herum in Nischen stehenden Tischen Menschen saßen und aßen.

„Wie auch immer. Jetzt gehöre ich ganz dir", sagte Duncan und glitt auf den mithilfe von Becks Sakko frei gehaltenen Hocker. Von den anderen Gästen der überfüllten Bar hatte Beck dafür böse Blicke kassiert.

Beck konnte ein ungläubiges Schnauben nicht verhindern. Das ließ Duncans Grinsen jedoch nur noch größer werden. Er spürte seine Wangen heiß werden. Seine Schwärmerei für Duncan siegte über das jahrelange Fernseh- und Medientraining, das die Tendenz zum Erröten beinahe hatte beseitigen können.

„Nun, das ist interessant", stellte Duncan gedehnt fest, sodass Becks Ohren ebenfalls zu brennen begannen.

Er griff auf seinen besten Verteidigungsmechanismus zurück: kühle Arroganz. „Den Großteil der Zeit, die ich mir für unsere Verabredung freigehalten habe, musste ich allein hier verbringen. Daran ist nichts allzu Interessantes", fauchte Beck.

Sein abweisender Tonfall schien Duncan jedoch überhaupt nichts auszumachen. Er saß so milde lächelnd da, als würde Beck mit ihm über das Wetter plaudern oder den neu verpflichteten Spieler, der den Rest der Saison für die Bears über das Spielfeld brettern würde.

Duncan schien ihn immer aus dem Gleichgewicht zu bringen. Die einzige Art einer Erwiderung bestand für Beck aus Sarkasmus und Verärgerung. Das untergrub zwar den ganzen Plan, war jedoch besser, als dass Duncan Becks Zuneigung bemerkte.

Der Barkeeper stellte eine Flasche Lagerbier vor Duncan. Das Lächeln, das er ihm schenkte, war bei Weitem freundlicher als das, das Beck bei seiner Ankunft erhalten hatte. Beck versuchte nicht neidisch zu sein, konnte jedoch nicht verhindern, dass eine heiße Woge der Eifersucht durch seinen Magen sauste, als

Duncan dem Barkeeper zuzwinkerte und einen komplizierten Handschlag mit ihm austauschte.

Becks Blick musste die Aufmerksamkeit des Mannes erregt haben, denn er wandte sich zu ihm und deutete auf das leere Glas: „Noch einer, Kumpel?"

Beck schüttelte den Kopf. „Ich muss gleich noch Racquetball spielen."

Duncan schnaubte. „Gib ihm ein Glas Wasser mit Limone, Gage." Bevor Beck protestieren konnte – für wen hielt sich Duncan eigentlich, dass er für ihn bestellte? Und wie gut kannte er diesen Barkeeper? – beugte sich Duncan dicht zu ihm und flüsterte verschwörerisch: „Wir müssen schließlich den Schein wahren, stimmt's? Wir können doch nicht in aller Freundschaft zusammen etwas trinken und ich bin der Einzige mit einem Getränk."

Beck spürte Duncans Atem heiß an seinem Ohr. Der entspannten Sitzhaltung auf dem Barhocker nach zu urteilen, hatte er schon einige Drinks zu sich genommen. Mit Sicherheit jedoch nur, um den Schein zu wahren, denn in der Küche war Duncan stets der vollkommene Profi. Bei der Arbeit würde er niemals trinken. Beck fragte sich, warum Duncan ein solches Theater spielte.

„Du hast nur noch zehn Minuten. Dann wirst du dir jemand anderen suchen müssen, der dir Gesellschaft leistet, während du dich am Nachmittag betrinkst", murmelte er.

Statt wie von Beck erwartet beleidigt herumzufahren, beugte sich Duncan näher zu ihm, zog ihn mit einem Arm in eine unbeholfene Umarmung und begann an seinem Hals zu kichern. „Lächle, sonst schießt der Kerl in der Ecke ein Foto, auf dem wir schon wieder streiten", murmelte er.

Offensichtlich war das der Grund für die Vorführung. Obwohl Beck gewusst hatte, dass Duncan nicht grundlos an ihm kleben würde, verspürte er doch etwas Enttäuschung, weil es lediglich zum Schein gewesen war.

Nachdem er sein Unbehagen heruntergeschluckt hatte, erwiderte Beck die merkwürdige Umarmung und schubste Duncan dann fröhlich auf dessen eigenen Barhocker zurück. „Scheint, als hätte ich etwas verpasst", erklärte er mit gespielter Heiterkeit. Er schien jedoch überzeugend gewesen sein, denn Duncans verkrampfte Schultern lockerten sich etwas, als er es sich wieder auf seinem Hocker gemütlich machte.

Aus dem Augenwinkel beobachtete Beck, wie Duncan sein Bier hinunterkippte. Es sah obszön aus, wie sich die vollen Lippen um den Flaschenhals schlossen, bis zu der Art, wie sich seine Kehle beim Schlucken bewegte. Beck riss seinen Blick los und konzentrierte sich auf das Glas, das der Barkeeper vor ihn gestellt hatte. Das wissende Grinsen des Kerls, der mit hochgezogener Augenbraue in Duncans Richtung nickte, gefiel Beck nicht. Er wollte sich nicht mit dem Mann darüber austauschen, wie widerwärtig heiß Duncan beim Trinken eines Bieres doch aussah. Himmel, er wollte überhaupt nicht solche Gedanken über Duncan haben. Im Moment konnte er überhaupt keine Ablenkungen gebrauchen. Seine Karriere befand sich an einem wichtigen Punkt und sich auf Duncan einzulassen, würde nur Ärger bedeuten.

„Du wirst mich umbringen, aber es ist wirklich nicht meine Schuld", sagte Duncan ohne Einleitung und riss Beck damit aus seiner internen Debatte.

Becks Finger schlossen sich fester um das Glas Wasser. Absichtlich ließ er eine Sekunde verstreichen, bevor er antwortete. „Was hast du jetzt wieder getan?"

„Ich habe gar nichts getan und es ist wichtig, dass du das weißt." Duncan trank den letzten Rest seines Bieres und knallte die Flasche auf die Bar. Der Barkeeper protestierte, als Duncan sein Portemonnaie hervorkramte und einen Zwanziger daneben warf, doch Duncan winkte ab. „Ich weiß, dass meiner aufs Haus geht. Das ist für seine Drinks und das Ertragen seiner finsteren Miene. Ich schulde dir was, Mann."

Beck sah finster zu, wie Duncan aufstand, den komplizierten Handschlag wiederholte, den Barkeeper dieses Mal jedoch zum Schluss umarmte. Es hätte eigentlich merkwürdig wirken müssen, da sich die Bar zwischen ihnen befand. Duncan gelang es jedoch, es anmutig aussehen zu lassen.

„Mein Zeug ist im Büro. Komm mit nach hinten", forderte er Beck auf.

„Ich muss …"

„Ja, ich weiß. Es dauert … wie lange? Ein paar Minuten zu Fuß bis zum Club?"

Trotz seiner Verwirrung glitt Beck vom Barhocker und folgte Duncan in den hinteren Teil des Restaurants. Mehrere Leute riefen Duncan Begrüßungen zu, als sie sich durch die Schwingtüren in die Küche schoben. Er winkte jedoch nur und führte Beck nach hinten in ein kleines Büro.

„Ich dachte, wir würden alle bisher erreichte gute Presse wieder zunichtemachen, wenn ich es dir dort draußen erzähle. Du musst wissen, dass Christian meinen Vater angerufen hat", stieß Duncan in einem Atemzug, fahrig gestikulierend, hervor. „Unsere Bemühungen reichen anscheinend nicht aus, um den äußeren Schein zu wahren. Daher haben sie beschlossen, einzugreifen. Mir wurde befohlen, mit dir Racquetball zu spielen."

Beck kniff die Augen zusammen. „Christian spielt nie mit jemand anderem ein Doppel als mit Georges."

„Tja, heute wird er mit dir spielen. Gegen mich und Vincent."

Duncan klang ebenso begeistert, wie Beck zumute war, doch das hinderte Beck nicht daran, auf ihn loszugehen. Er hasste Christians Einmischungen. Vor allem, wenn es sich um etwas derartig Unbedachtes wie diese Aktion handelte. Es bestand keine Chance, dass sich Vincent und Christian ohne Explosion im gleichen Raum aufhalten konnten. Sie waren noch schlimmer als Duncan und er.

„Hast du überhaupt schon mal einen Racquetschläger in der Hand gehalten?"

Duncan zog eine Tasche hinter dem Schreibtisch hervor und griff nach dem an der Seite hängenden Schläger. Mit weit aufgerissenen Augen fragte er: „Man hält ihn am breiten Ende, stimmt's?"

Becks Lippen hoben sich zu einem widerwilligen Lächeln. „Ist das jetzt der Zeitpunkt, an dem du mir mitteilst, dass du eine Racquetball Koryphäe bist?"

Bei Duncans teuflischem Grinsen machte Becks Magen einen Satz. „Nun, ich bin nicht in der olympischen Mannschaft oder so."

„Es gibt keine olympische Racquetball Mannschaft."

„Ganz genau." Duncan zwinkerte ihm zu und Beck musste laut auflachen. Die Spannung, die ihn stocksteif hatte werden lassen, ließ nach und er spürte, wie er sich entspannte. Vielleicht konnten Duncan und er tatsächlich Freunde werden.

„Voll reingetappt", gab er kleinlaut zu.

Duncan hob seine Tasche hoch, führte Beck zurück durch die Küche und zum Nebeneingang hinaus. „Hör auf zu flattern, mein Herz. Sollte Beck Douglas doch einen Sinn für Humor haben? Ich dachte, das wäre nur das Resultat guter Drehbuchautoren."

Beck hasste es, wenn Duncan seinen Namen betonte, als wäre er ein Imperium, kein Mensch. Es nervte ihn jedes Mal, wenn das jemand tat, doch noch mehr, wenn es von Duncan kam. Allerdings wäre es kaum hilfreich, Duncan das mitzuteilen. Die Sticheleien würden nur noch zunehmen, wenn Duncan mitbekam, dass es ihm etwas ausmachte.

„Ist das ein Eingeständnis, dass du dir meine Show anschaust?"

Duncans Antwort erfolgte zu schnell, um wahr zu sein. „Nein."

„Tust du doch!" In Becks Brust breitete sich Freude aus. Er hatte sich schon sehr lange nicht mehr so leicht und sorglos gefühlt. Die Leute auf dem Bürgersteig drehten sich nach ihnen um, während sie sich gut gelaunt kabbelten und Beck interessierte es nicht im Geringsten. Ausnahmsweise machte er sich keine Gedanken über sein Image. „Wahrscheinlich hast du sie alle aufgenommen und schaust sie dir in Endlosschleife an."

„Als ob ich Lust hätte, dir bei der Pannacotta Zubereitung zuzusehen."

Es hatte nicht zu Becks bevorzugten Gerichten für eine Nahaufnahme gehört und das Rezept war fantasielos gewesen. Das änderte jedoch nichts an der Tatsache, dass Duncan die neueste Sendung gesehen hatte. „Ha! Woher willst du das wissen, wenn du doch angeblich nicht eingeschaltet hast?"

Anklagend zeigte Beck mit dem Finger auf ihn, doch Duncan schlug ihn zur Seite. „Halt die Klappe."

„Gib es zu! Du bist ein Fan!"

„Steck noch mal den Finger in mein Gesicht und er ist ab", warnte Duncan.

„Du willst doch nicht, dass dein Lieblingsfernsehkoch einen Finger verliert."

Duncan schaute sich um. „Allen Jones ist hier?"

„Je heftiger du es abstreitest, desto wahrer ist es", erklärte Beck süffisant.

Beck hielt Duncan die Tür zum Club offen und nutzte die Gelegenheit, diskret dessen Hintern zu begutachten. Duncan trug eine anscheinend nur durch Feenstaub und Hoffnung zusammengehaltene Jeans. Der Stoff war weich und ausgefranst, wie es nur wiederholtes Waschen und die Zeit schafften, egal wie sehr sich die Hersteller auch bemühten, das zu kopieren. Er vermutete, dass die Risse in Oberschenkelhöhe von Duncans Jeans nicht kunstvoll von einer Maschine hineingeritzt worden waren, sondern er sie gerne getragen und strapaziert hatte.

Dieser Gedankengang würde zu nichts Gutem führen, daher war es ganz gut, dass Vincent und Christian in der Lobby auf sie warteten. Vincents angespanntem Gesichtsausdruck und den harten Linien um Christians Mund nach zu urteilen, war es bisher so gut zwischen ihnen gelaufen, wie Beck prophezeit hatte.

„Ihr seid also erfolgreich gewesen? Ihr würdet nicht lächeln, wenn es euch nicht gelungen wäre, in der Bar gute Publicity zu bekommen."

Beck zuckte bei Christians kühler Bemerkung zusammen, erhob jedoch keine Einwände. Sein Onkel sollte nicht merken, dass er sich die Freundschaft zu Duncan tatsächlich wünschte. Dann würde er einen Weg finden, das irgendwie zu seinem Vorteil zu nutzen. Beck benötigte nicht noch mehr Einmischung von Christian.

Duncans Lächeln war etwas dünner geworden und Beck fragte sich, ob all die Fortschritte, die sie in der letzten halben Stunde gemacht hatten, dank Christians Kommentar zunichtegemacht waren.

„Wir leben, um zu dienen", sagte Beck gepresst.

„Sollen wir auf den Court? Wir haben den Platz nur noch vierzig Minuten gebucht", fragte Christian. Sein Lächeln wirkte so falsch, dass der Anblick schmerzte.

„So viel Zeit werden mein Sohn und ich kaum benötigen, um dich und deinen Schützling zu besiegen", erklärte Vincent. Sein Grinsen ähnelte auf unheimliche Weise dem, das Duncan oft aufsetzte.

„Um ehrlich zu sein, habe ich mich gefragt, ob wir uns nicht besser anders aufteilen", warf Duncan ein. „Ich meine, hier geht es schließlich darum, den sogenannten Riss zwischen unseren Familien zu kitten, oder?"

Beck starrte Duncan mit offenem Mund an, der äußerst selbstzufrieden lächelte. Dieser hinterhältige Mistkerl. „Was ist daraus geworden, mich mit all deinem olympischen Können zu schlagen?"

Schulterzuckend erwiderte Duncan: „So verlockend der Gedanke auch ist, dir einen Tritt in den Hintern zu verpassen – und es ist übrigens ein sehr netter Hintern – habe ich mir gedacht, dass es in der Presse besser rüberkommt, wenn Christian und Vincent ein Team bilden und es mit der jüngeren Generation aufnehmen. Sympathischer geht's doch gar nicht, oder?"

Christian schien protestieren zu wollen, doch Vincent griff den Vorschlag sofort begeistert auf. „Wenn du meinst, dass wir euch schonen, nur weil ihr jünger seid und über weniger Erfahrung verfügt, werdet ihr euch noch umschauen."

Bei der höhnischen Bemerkung seines Vaters änderte sich Duncans Lächeln und wirkte verkniffen. „Warum denn jetzt auch damit anfangen, was, Vincent?"

Das hatte offensichtlich gesessen, so wie sich Vincents Körper straffte. Beck hatte noch nie Zeit mit den beiden Walters gemeinsam verbracht, doch sie waren überhaupt nicht wie vermutet. Vincent schwärmte immer in den höchsten Tönen von Duncan. Daher hatte Beck geglaubt, sie hätten eine großartige Beziehung zueinander. Doch hier mit ihnen zu stehen und die in Wellen von ihnen ausgehende Spannung zu spüren, ließ ihn das infrage stellen. Jede seiner Mutmaßungen über Duncan war widerlegt worden.

„Ich bin es gewohnt gegen Christian zu spielen, daher bin ich dabei", stimmte Beck zu und versuchte, die Stimmung in angemessenere Bahnen für einen öffentlichen Ort zu lenken.

„Dann sehen wir uns auf dem Spielfeld", erwiderte Christian und wischte einen unsichtbaren Fussel von seiner blütenweißen Shorts. Vincent und er trugen bereits beide ihre Racquetball Sachen. Er warf einen angewiderten Blick auf Duncans Jeans. „Beeilt euch."

Beck fragte sich, ob Duncan und er sich beim Umziehen vielleicht lieber abwechseln sollten, damit einer von ihnen als Puffer zwischen Vincent und Christian fungieren konnte. Bevor er es vorschlagen konnte, öffnete Vincent jedoch den Mund.

„Ich laufe zum Platz und sorge dafür, dass sie ihn nicht an jemand anderen vergeben." Mit einem höhnischen Grinsen – die Brust aufgeplustert wie ein Pfau – verkündete er in Christians Richtung: „Du kannst so lange im Café warten. Ich glaube, sie bieten auch dieses bessere Leitungswasser an, das du verhökerst."

Christians Gesicht lief puterrot an. „Ich stelle meinen Namen nur für die allerbesten Marken zur Verfügung", fauchte er. „Nicht, dass du das beurteilen könntest."

Als Vincent einen Schritt auf sie zutrat, griff Beck seinen Onkel am Arm. „Ich glaube, beim Hereinkommen habe ich Arnie im Café gesehen. Als ich letzte Woche hier war, hat er um ein Angebot für einige küchenfertige Gerichte aus dem Brix gebeten, die er hier verkaufen will. Vielleicht solltest du mit ihm darüber reden. Wir treffen uns in fünf Minuten auf dem Spielfeld."

Duncan gluckste. „Ja, hebt es euch für das Spiel auf, alte Männer."

Christian blickte finster, hob jedoch die Hände und entfernte sich. „Ich freue mich immer, neue Geschäftsprojekte zu besprechen."

„Erweiter oder stirb, ist das nicht dein Motto?", murmelte Vincent. Als sich Duncan jedoch bedrohlich räusperte, drehte er sich um und ging den Gang hinunter zu den Spielfeldern.

„Das hier ist echt eine ausgesprochen schlechte Idee", stellte Duncan fest.

Der Fotograf aus dem Restaurant befand sich direkt auf der anderen Seite des Fensters. Daher schlang Beck den Arm um Duncans Schulter und lächelte ihn vergnügt an. „Schlimmer geht gar nicht", stimmte er mit zusammengebissenen Zähnen zu.

7

„ER HAT gesagt, dass es ihm leidtut." Duncans Meinung nach bestand sogar die Möglichkeit, dass sein Vater die Worte ernst gemeint hatte. Es könnte das erste Mal gewesen sein, dass Vincent sich entschuldigte und es auch tatsächlich meinte.

„Er hat Christian die Nase gebrochen!" Duncan hatte diesen verärgerten Tonfall von Beck während ihrer wenigen Zusammenkünfte oft genug gehört, um ihn sich plastisch vorstellen zu können, auch ohne Beck vor sich zu haben.

Das Racquetball Spiel war von Anfang an schlecht gelaufen. Sowohl Vincent als auch Christian hatten viel zu aggressiv gespielt. Es hatte Spaß gemacht, zuzusehen, wie sich die beiden Männer in eine lächerliche Raserei hineinsteigerten – bis zu dem Zeitpunkt, an dem Vincents Schläger bei einer besonders harten Rückhand in Christians Gesicht schmetterte. Er hatte geschworen, dass es ein Unfall gewesen sei und Duncan hatte ihm sogar geglaubt. Größtenteils.

Duncan hielt es für ein gutes Zeichen, dass Beck sich sogar die Mühe gemacht hatte, ihn aus dem Krankenhaus anzurufen, um ihn über die neuesten Entwicklungen zu informieren. Er hätte es Beck nicht verübelt, wenn er nach Vincents Nummer nichts mehr mit ihm hätte zu tun haben wollen.

„Es sind sogar schon Fotos online", erzählte Beck. Seine Stimme klang erschöpft und resigniert. Das war jedoch nach zwei Stunden Warten an Christians Seite in der Notaufnahme zu erwarten. Der Mann konnte selbst die gelassenste Person unter den besten Umständen auf die Palme bringen. Und sich die von seinem schlimmsten Rivalen gebrochene Nase richten lassen zu müssen, stellte bestimmt nicht den besten Umstand dar.

„Ich habe sie gesehen. Campbell schickt mir unentwegt Links." Die Berichte bestanden alle aus reinen Spekulationen, doch das spielte kaum eine Rolle. Der Fotograf, der Duncan und Beck in der Bar beobachtet hatte, hatte sie übers ganze Gesicht lächelnd auf dem Weg zu den Umkleiden fotografiert und danach anscheinend noch gewartet. Der Schnappschuss von Christian, der mit einem ins Gesicht gepressten blutigen Handtuch ins Auto stieg, war bereits von mehreren Nachrichtenagenturen und einer großen Anzahl Food-Blogs übernommen worden.

„Er hat eine Erklärung abgegeben, dass es ein Unfall war. Aller Wahrscheinlichkeit nach werden dein Vater und er behaupten, dass sie sich gelegentlich zum Spielen verabreden und dies das erste Mal war, dass jemand verletzt wurde."

Es entsprach dem, was Beck und er taten, wirkte jedoch wesentlich unaufrichtiger. Duncan kannte die Geschichte hinter der Fehde nicht, wusste jedoch, dass Vincents und Christians Feindschaft echt war. Sie unterschied sich von seinem und Becks spielerischem Flirten. Selbst wenn einer von ihnen zu weit ging, bemühten Beck und er sich, nach den Regeln zu spielen. Für Vincent und Christian existierten keine derartigen Regeln.

„Warum macht es ihnen überhaupt etwas aus? Ich hätte nicht geglaubt, dass es einen von ihnen kümmert, wenn alle von ihrem Hass aufeinander erfahren."

Beck seufzte. „Laut Christian ist das unsere Schuld. Jetzt, da wir mit drinhängen, hat die Presse ein neues Interesse an ihrer sogenannten Fehde entdeckt und sie fangen an, in einem schlechten Licht dazustehen. Der neue Plan für uns alle lautet daher, miteinander klarzukommen und so zu tun, als wäre das Kriegsbeil begraben."

„Der Plan hat nur einen Haken: Ich komme mit keinem von ihnen klar." Er hatte kein Problem damit, Unstimmigkeiten mit Beck auszubügeln. Darauf wies er allerdings nicht hin. Schließlich war das ziemlich offensichtlich und falls nicht, wollte er es nicht ansprechen. Beck schien zwischen Zustimmung und Ablehnung hin- und herzuschwanken und Duncan wollte ihn nicht in die Enge treiben und eine Wahl treffen lassen. Er hatte das Gefühl, dass Ablehnung den Sieg davontragen würde. „Was sollen wir also tun? Weitere Kumpeltreffen?"

Beck gab ein schmerzerfülltes Geräusch von sich. „Ich habe dich doch gebeten, sie nie wieder so zu nennen."

Glucksend erwiderte Duncan: „Aber wir sind doch Kumpel … gehen zusammen aus. Ein Kumpeltreffen eben."

„Ich bin kein Kumpel", fauchte Beck. „Und nein, das reicht nicht mehr. Lindsay und Campbell haben einen anderen Plan ausgeheckt und zu unserem Unglück hat Christian ihn bereits abgesegnet."

Duncan gefiel sein Tonfall nicht. „Was für einen?"

Becks Schweigen war kein gutes Zeichen. „Nun?", drängte Duncan. In seinem Magen ballte sich immer mehr Angst zusammen, je länger das Schweigen andauerte.

„Ich weiß es ehrlich nicht. Sie wollen es uns gemeinsam sagen. Du sollst morgen um sieben ins Studio kommen. Ich schicke dir die Adresse."

„Da kann ich nicht. Meine Schicht in der Rio Bar beginnt um sechs." Abes Koch würde mindestens einige Tage ausfallen, sodass die Küche irgendwie seine Schichten verteilen musste. Duncan hatte zugesagt, einige zu übernehmen, da er sich im Moment – jetzt, da Naviens Mutterschutz beendet war – sowieso zwischen zwei Jobs befand.

„Morgens, Duncan. Sieben Uhr vormittags."

Das war völlig lächerlich. „Arbeitest du heute Abend nicht?"

Beck schnaubte ungeduldig. „Doch."

„Du wirst also bis Gott weiß wann im Brix arbeiten und dann um sieben Uhr im Studio am anderen Ende der Stadt sein?"

„Genau das mache ich jeden Montag, Dienstag und Mittwoch."

Duncan fragte sich, ob Becks Stimmungsschwankungen vom Schlafmangel herrührten. Der Mann leitete die meisten von Christians Restaurants. Obwohl Duncan ihn gerne mit seiner Detailversessenheit aufzog, wusste er, dass das eine Menge Arbeit bedeutete. Und jetzt, da auch noch das Brix in seinen Zuständigkeitsbereich fiel, bezweifelte Duncan, dass er vor Mitternacht Feierabend machte. Ein paar Stunden später kehrtzumachen und zurückzufahren, war Wahnsinn.

„Angenommen, ich tauche auf – und dahinter steht ein großes Fragezeichen. Ist dir eigentlich klar, wie früh das ist? Himmel ... egal ... Mal angenommen, ich komme in dein protziges Studio ... Warum will mich Christian dort haben?"

„Das hat er nicht gesagt. Ich soll nur dafür sorgen, dass du zum wöchentlichen Meeting der Regisseure da bist."

Beck klang zu resigniert, um nicht wenigstens eine Vermutung zu haben. Duncan glaubte jedoch nicht, dass er ihm im Moment auch nur eine Spekulation entlocken könnte. Offensichtlich war er müde und wenn er arbeiten musste, fing sein Abend gerade erst an. Duncan wollte nicht noch mehr Stress hinzufügen. Merkwürdig, dass er früher Spaß daran gehabt hatte, ihn auf die Palme zu bringen und ihm jetzt dabei behilflich sein wollte, wieder *herunter*zukommen. Vielleicht mit einer Flasche Wein oder guter Schokolade bei einem Film auf Netflix. Duncan hatte noch nie zuvor den Wunsch verspürt, das mit jemandem zu tun. Ehrlich gesagt war es ein klein wenig beängstigend.

Duncan beschloss, dieses Mal kein Arschloch zu sein. Es war nicht Becks Schuld, daher ließ er ihn vom Haken.

„Gut. Vielleicht nimmt Campbell mich mit. Ich arbeite nicht bis in die Puppen, um dann noch die U-Bahn zu nehmen."

„Lindsay meinte, sie würde ein Auto schicken. Campbell und ich fahren normalerweise zusammen und du wohnst am anderen Ende der Stadt. Außerdem weiß sie von Campbell, wie gut du morgens funktionierst. Ich traue dir nicht zu, dort alleine hinzufinden. Zieh was Seriöses an."

Duncan vernahm die Abschätzung in Becks Stimme, konnte jedoch nicht dagegen protestieren. Er hasste Vormittage. Campbell wusste das besser als die meisten anderen, da er meistens dafür verantwortlich war, wenn Duncan vor neun Uhr aus dem Bett kam. Diese Vormittage verliefen selten gut.

„Das ist nur fair", stimmte Duncan zu und vernahm ein ersticktes Lachen am anderen Ende. Er fühlte sich etwas besser, nun da er Becks Stimmung etwas gehoben hatte. Trotzdem war es etwas, auf das er sich nicht freute. „Es wird mir nicht gefallen, stimmt's?"

„Keinem von uns."

DUNCAN WUSSTE, dass Beck davon ausging, dass er entweder das Meeting verpasste oder mit zerzausten Haaren und Knitterfalten vom Bettlaken im Gesicht erschien. Das Auto sollte ihn um 6:30 Uhr morgens abholen. Das war nur fünf Stunden, nachdem er nach seiner Schicht in der Bar nach Hause gekommen war. Zum Glück war es ein Wochentag. An einem der gut besuchten Abende am Wochenende hätte er bis in die frühen Morgenstunden dortbleiben müssen. Am Wochenende gab es nach 23:00 Uhr nur eine drastisch gekürzte Speisekarte in der Bar. Freitags und samstags wurden jedoch bis 2:00 Uhr morgens trotzdem noch einfache Tapas und andere Snacks serviert.

Duncan war ohne Probleme rechtzeitig am Auto – dank der Hilfe dreier extra lauter Wecker und Schadenfreude. Zu beweisen, dass Beck falsch lag, stellte eine starke Motivation dar. Erst als Duncan auf dem Rücksitz saß, einen Becher außergewöhnlich starken Kaffees in der Hand, wurde ihm bewusst, dass Becks abfällige Bemerkungen vermutlich von Anfang an genau darauf abgezielt hatten.

Immerhin hatte er Becks Aufforderung, sich herauszuputzen, nicht befolgt. Oder vielmehr hatte er das, aber auf seine eigene Art und Weise. Er war in seine schönste Jeans geschlüpft und trug über seinem Lieblingsmottoshirt ein gut geschnittenes Sportsakko. Beim Durchwühlen seines Schranks hatte er sogar ein Paar Chucks gefunden, das keine von Johns Zeichnungen aufwies. Beck würde zweifellos die Augen verdrehen, doch immerhin war der Stoff nicht mit Penisabbildungen übersät.

Sogar die Haare hatte er sich gebürstet.

Duncan nippte an seinem zu heißen Kaffee und ignorierte, dass seine Zunge versengt wurde, um so viel Koffein wie möglich in sein System zu bekommen. Wenn Christian King nur im geringsten Vincent ähnelte – und darauf hätte Duncan nach der sehr ungemütlichen halben Stunde Racquetball Spiel mit den beiden viel Geld gewettet – könnte er es brauchen. Mit Beck zu streiten, machte Spaß, mit Christian zu streiten, würde eine ganz andere Geschichte werden.

Immerhin würde Vincent aber nicht dort sein. Duncan hatte sich bei Lindsay rückversichert, als sie wegen der Einzelheiten zu seiner Abholung angerufen hatte. Sie war genauso verschwiegen wie Beck bezüglich der Details über das Meeting gewesen, schien jedoch wesentlich fröhlicher zu sein als Beck. Das verhieß nichts Gutes.

Als ihn das Auto am Studio absetzte, hatte er den Großteil seines Kaffees ausgetrunken. Eine Rezeptionistin aus der Lobby hatte ihn sogar nach oben begleitet und beim Betreten des Gebäudes mit Namen begrüßt. Seiner Meinung nach war das etwas zu viel des Guten und leicht abgefahren.

Duncan zog gerade in Erwägung, sich auf die Suche nach noch mehr Koffein zu begeben, als sich die Aufzugstür öffnete und Beck heraustrat.

Bei Duncans Anblick stoppte er. „Du machst wohl Witze", stieß er mit finsterem Blick aus. „Das willst du doch hoffentlich nicht wirklich tragen?"

Duncan blickte auf das Shirt hinab. „Was, das Shirt? Es ist eins meiner Lieblingsteile."

Darauf war der Umriss einer Flasche zusammen mit den Worten: „I cook with wine, sometimes I even add it to the food" – „Ich koche mit Wein und manchmal gebe ich ihn sogar ins Essen" zu sehen.

„Es ist albern. Du siehst wie ein Idiot aus." Da die Worte keinen verletzenden Unterton besaßen, fühlte sich Duncan nicht beleidigt. Beck hatte sich mit einem seiner feinen Hemden und maßgeschneiderten Anzüge herausgeputzt. Wahrscheinlich besaß er Dutzende davon: fertig gebügelt und bereit, sofort in den Schrank geräumt zu werden. Das war zwar überhaupt nicht Duncans Ding, aber er wusste zu würdigen, wie gut es Beck stand. Der heutige hellgraue Anzug und das helle lavendelfarbene Hemd betonten die grünen Sprenkel in seinen Augen und ließen seine breiten Schultern noch verlockender aussehen.

Duncan warf sich übertrieben in Pose. „Das ist meine Art des Herausputzens."

Beck sah nicht überzeugt aus. „Ich habe dich im Smoking gesehen, Duncan."

„Ein unvergesslicher Anblick, was?", spottete Duncan. Begeistert sah er Becks Wangen leicht rot anlaufen.

„Weil ich so überrascht war, dass du etwas besitzt, das nicht von Gap stammt", rechtfertigte sich Beck, doch seine Lippen verzogen sich zu einem kleinen Lächeln.

„Ich bitte dich. Als ob man so etwas Schönes bei Gap finden könnte." Duncan schnaubte verächtlich.

„Vielleicht hätte Gap das Zitat nicht verhunzt", schoss Beck zurück. Da die Falten um seinen Mund jedoch nicht mehr ganz so ausgeprägt waren, machte ihm ihre Schäkerei vermutlich Spaß. Duncan hatte große Lust, das noch weiter zu erforschen.

„I love cooking with wine. Sometimes I even add food" – „Ich liebe es, mit Wein zu kochen. Manchmal füge ich sogar Essen hinzu", zitierte Duncan. „Siehst du? Ich kenne es."

Beck verdrehte die Augen. „Und es falsch auf dem T-Shirt stehen zu haben, ist dann eine Art ironisches Statement?"

Duncan grinste. „Nein, nur ein Fehldruck. Aber ich mag das Shirt trotzdem."

„Das glaube ich", murmelte Beck. Als sich eine Tür weiter hinten im Gang öffnete und einen Moment später Christian herauskam, verkrampften sich seine Schultern sichtbar. Mit einem Mal waren alle Anzeichen von Humor aus Becks Miene verschwunden und durch unbeteiligte Professionalität ersetzt worden, die Duncan völlig abging.

„Gentlemen, wenn Sie so freundlich wären. Ich habe um acht ein Treffen mit einem Lieferanten, daher müssen wir loslegen." Christian sprach in lockerem Tonfall, doch etwas in seinem Verhalten verriet, dass es sich nicht um eine Bitte handelte.

Beck nahm bei Christians Worten praktisch Haltung an und marschierte sofort auf den Raum zu. Der bezwingende Blick, den er Duncan über die Schulter zuwarf, versprach Probleme, sollte Duncan es ihm nicht gleichtun. Duncan musste ein prustendes Lachen unterdrücken. Es bestand kein Zweifel, wer hier das Sagen hatte.

Er hatte Christian, Lindsay und Campbell erwartet, doch als Duncan den Raum betrat, saßen zusätzlich ein halbes Dutzend anderer Leute an dem langen Besprechungstisch. Christian befand sich natürlich am Kopfende und Beck nahm mit einem entschuldigenden Blick in Duncans Richtung neben ihm Platz. Da Lindsay und Campbell ebenfalls bereits saßen, musste sich Duncan zwischen zwei ihm unbekannte Männer quetschen.

„Bob Cook, Programmdirektor", stellte sich der Mann zu seiner Linken vor, nachdem Duncan seinen Stuhl zurechtgeschoben hatte. Er streckte die Hand aus und Duncan schüttelte sie umständlich. Vor derartigen Situationen grauste ihm. Er konnte problemlos im Service arbeiten, sich mit den Gästen unterhalten, mit den Kellnern und Gastgebern kommunizieren und war noch nie einer Küchencrew begegnet, die er nicht innerhalb von Minuten um den Finger gewickelt hätte. Aber formelle Situationen wie diese waren etwas völlig anderes.

Duncans Stärke bestand in zwanglosen Unterhaltungen und davon würde es hier vermutlich nicht viele geben.

„Duncan Walters", stellte er sich vor.

„Das ist Andre Guestes. Er ist für unsere Testküchen hier im Sender verantwortlich", erklärte ihm Bob. Pflichtbewusst schüttelte Duncan auch Andres Hand, blieb jedoch von weiteren Vorstellungen verschont, als Christian sich räusperte und das Meeting eröffnete.

Jemand legte einen Stapel Papiere vor Duncan. In dem Teil, den er schnell überfliegen konnte, war sein Name deutlich hervorgehoben. Seine Hand zuckte vor Verlangen, sich darüber herzumachen. Seine Ungeduld gehörte zu seinen größten Fehlern, aber seinem Gefühl nach wäre das Öffnen des Päckchens, bevor Christian ihm die Erlaubnis dazu erteilte, den Ärger nicht wert, den die Aktion auslösen würde.

Jetzt, da er dichter dran war, bemerkte Duncan Christians blaues Auge und mehrere schwere Prellungen um die Nase herum. Es sah schmerzhaft aus.

„Wie die meisten von euch wissen, hatte ich kürzlich auf dem Spielfeld eine Art Unfall", erklärte Christian und zeigte auf sein Gesicht. Der Raum lachte wie auf Befehl auf. Lindsay und Beck stimmten allerdings nicht ein. Duncan konnte in ihren ausdruckslosen Mienen nicht erkennen, ob das an einer möglichen Verärgerung wegen der Verletzung lag oder an etwas anderem.

„Da wir diese Staffel eine Woche im Voraus gefilmt haben, ist die nächste Episode abgedeckt. Die kommenden Wochen stellen allerdings eine Herausforderung dar. So kann ich nicht auf Sendung gehen", erklärte Christian.

Er schaute Duncan an, der sich bemühte, nicht auf seinem Stuhl hin und her zu rutschen. „Hier kommen Sie ins Spiel, Mr Walters."

Duncan gefiel die Richtung nicht, in die sich die Sache entwickelte – vor allem, da Beck überhaupt nicht mehr in seine Richtung schaute. Außerdem missfiel ihm das fast räuberische Funkeln in Christians Blick. „Nennen Sie mich bitte Duncan", bat er in der Hoffnung, Christians Ego durch die Unterbrechung einen Dämpfer zu verpassen. „Mr Walters ist mein preisgekrönter Vater."

Dem finsteren Blick nach hatte es funktioniert. „Dann also Duncan. Dein öffentlicher Streit mit Beck hat letzte Woche ziemlich viele Schlagzeilen hervorgebracht. Die neueste Situation ist da nicht gerade hilfreich." Er brach den Blickkontakt zu Duncan ab und ließ lächelnd den Blick über die übrigen Anwesenden schweifen. „Sein Vater ist derjenige, der dafür verantwortlich ist. Der Mann geht etwas unbeholfen mit dem Schläger um", erklärte Christian in verschwörerischem Tonfall. Duncans Magen geriet ins Schlingern. Mit Sicherheit würde die Bombe gleich platzen.

„Ich möchte dir eine für beide Seiten vorteilhafte Vereinbarung vorschlagen, Duncan." Christian wies mit dem Kinn auf den Papierstapel vor Duncan. Das fasste Duncan als stillschweigende Genehmigung auf, ihn durchzusehen. Die Wortwahl war förmlich und komplex, doch Duncan erkannte, dass es sich um einen Vertrag handelte. „Mein Arzt meint, es könnte länger als einen Monat dauern, bis ich wieder ganz der Alte bin. Selbstverständlich kann ich nicht bei *King of the Kitchen* erscheinen, bevor die Prellungen und Schwellungen zurückgegangen sind."

Christians Lächeln wirkte bedrohlich, doch Duncan konnte nicht sagen, ob das an dem blauen Auge lag oder ob er immer bösartig aussah. „Beck hat die Sendung schon oft moderiert, doch in meiner Abwesenheit erwarten die Zuschauer berühmte Gäste. Er wird meine Pflichten als Moderator übernehmen und du wirst in der ersten Woche sein Gastmoderator sein, Duncan."

„Christian, das …"

Christian schnitt ihm mit erhobener Hand das Wort ab. „Ich habe es bereits mit Bob durchgesprochen und er hält es ebenfalls für einen guten Schritt. Lindsay?"

Lindsay hatte missbilligend die Lippen geschürzt, nickte jedoch. „Aus Public Relations-Sicht könnte es wirklich helfen, die Gerüchte über die sogenannte Fehde zum Verstummen zu bringen." Sie blickte zu Beck und schenkte ihm ein kleines Lächeln, bevor sie sich wieder Christian zuwandte. „Und ich stimme zu, dass es eine schlechte Idee ist, so in der Sendung zu erscheinen. Dann müssten die Drehbuchautoren Dialoge über die Verletzung einbauen. Ich denke, das ließe sich nur schwer durchziehen, ohne die Gerüchte noch weiter anzuheizen."

„Und sein Verschwinden für einen Monat wird das nicht?", fragte Beck skeptisch.

„Nein, weil wir ab nächstem Monat ein neues Format haben werden, das es perfekt erklärt. Das Studio wird eine Presseerklärung abgeben, dass er sich zu einem glücklichen Zeitpunkt verletzt hat, weil wir dieses spezielle Gastsegment bereits seit Monaten geplant haben."

„Das wird euch niemand abkaufen", sagte Beck mit ausdruckslosem Gesicht.

„Das werden sie, weil das neue Format genial ist", warf Andre ein. „Duncan und du habt sehr unterschiedliche Kochstile. Wir werden euch beide in einem Kopf an Kopf-Wettkampf ein klassisches Gericht neu interpretieren lassen. Wir haben zwei andere Köche für den Rest des Monats in Aussicht, falls Duncan nicht für die Kamera gemacht ist. Aber angenommen er bekommt es hin, wird er den ganzen Monat lang einen Gastauftritt haben."

Das klang interessant, wenn man Lindsays nicht allzu subtile Stichelei beiseiteließ. Duncan fuhr fort, durch den gewaltigen vor ihm liegenden Vertrag zu blättern. Das meiste drehte sich um Vertraulichkeitsvereinbarungen und Erklärungen, was er von dem, was er am Set von *King of the Kitchen* und im Studio selbst erfuhr, erzählen durfte. Es handelte sich um Standard. Bei Kraft hatte er furchterregendere Dinge unterschrieben.

„Sie sagten, es hätte für beide Seiten Vorteile", hakte Duncan nach und legte den Vertrag hin. „Bisher sehe ich nur Vorteile für Sie."

Christian schaute ihn so anerkennend an, dass sich Duncan etwas schmutzig vorkam. Ein Geier wie Christian sollte nicht beeindruckt von ihm sein.

„Vielleicht passt du letzten Endes besser in die Geschäftswelt als dein Vater, Duncan." Er machte eine Pause, doch Duncan hielt den Mund und reagierte nicht auf den Seitenhieb gegen seinen Vater. Christians Lächeln wurde noch etwas breiter und Duncan vermutete, einen weiteren von Christians Tests bestanden zu haben. „Wie ich mir gedacht habe", erklärte er kryptisch.

„Du bekommst natürlich eine Entschädigung für deine Zeit. Eine ziemlich großzügige. Dazu kommt der immaterielle Nutzen durch die Bekanntmachung deines Namens und deines Gesichts. Du bist bereits populär in der Gastronomiewelt. Diese Aufnahmen könnten das noch steigern. Ich wäre nicht sonderlich überrascht, wenn es am Ende zu einem Kochbuch-Vertrag führt."

„Oder zu einem Ableger der Sendung", warf Bob ein und musterte Duncan. Duncan kam sich vor wie ein Stück Fleisch in der Auslage.

„Zurück zur Entschädigung", sagte Duncan und kauerte sich etwas zusammen, um weniger aufzufallen. „Wie großzügig genau?"

Christian begann zu lachen. „In der einen Woche wirst du mehr verdienen als in einem Monat Restauranthopping."

Bei der Überzeugung in Christians Stimme hob Duncan eine Augenbraue. Natürlich reiste er viel herum, verdiente jedoch auch ganz gut. Das Gehalt war nicht so hoch wie bei einer Festanstellung in einem Restaurant, reichte jedoch, um sich weitere Chucks leisten zu können und den Studentenkredit zu bedienen.

„Zehntausend pro Folge", stellte Christian klar. Duncan blieb vor Schock der Mund offen stehen. Das war Wahnsinn.

Damit ergaben Becks Designeranzüge auch viel mehr Sinn. Duncan gaffte ihn an. „Das verdienst du? Wirklich?"

Beck rutschte in seinem Stuhl hin und her. „Es ist nicht angebracht …"

„Nein, er verdient mehr. Plus Sonderzulagen", fiel ihm Lindsay ins Wort. Sie schien entzückt über den bösen Blick zu sein, den ihr Beck zuwarf. „Wir haben eine sehr große Fangemeinde und einige ziemlich bedeutende Werbekunden. Die Sendung ist die größte Einnahmequelle des Senders. Zehntausend beträgt das Standardhonorar für Gastmoderatoren."

„Ich rate dir, das Angebot anzunehmen." Bob beugte sich vor und tippte mit dem Kugelschreiber auf den Vertrag. „Zeig den Vertrag deinem Anwalt, wenn du willst. Alles darin ist jedoch fair."

Duncan war versucht, den Schrieb gleich hier zu unterzeichnen, weil er wusste, dass es Beck verärgern würde. Doch er widerstand. Er besaß keinen Anwalt und konnte keinesfalls zu dem seines Vaters gehen. Vincent würde vor Wut rasen, wenn Duncan in der Fernsehsendung seines Feindes auftreten würde. Und ehrlich gesagt übte das einen größeren Reiz aus als das Geld. Christians Reaktion nach zu urteilen, wusste der Mann das mit Sicherheit ebenfalls.

„Wann benötigen Sie eine Antwort?"

Duncan konnte Becks Zähneknirschen praktisch über den Tisch hinweg hören. Seine Ohren waren rot und er schien außer sich zu sein. „Hat eigentlich irgendjemand vor, *mich* zu fragen, was ich davon halte? Das ist nämlich eine schreckliche Idee."

Lindsay legte ihm die Hand auf den Arm. „Beck, es ist ein guter Plan."

„Es ist ein furchtbarer Plan! Er hat noch nie vor einer Kamera gestanden. Was, wenn er grauenhaft ist? Was, wenn er sich nicht an das Script halten kann? Und die Testküche soll sich die ganzen Rezepte mit einer Vorlaufzeit von wie lange ausdenken? Einer Woche?"

Andre räusperte sich. „Wir wurden gebeten, den Teil auszulassen. In diesem Fall werden wir nur mit vorbereiteten Speisen arbeiten."

„Und hier kommt das neue Format ins Spiel", erklärte Bob. „Wir werden euch ein Gericht neu interpretieren lassen. Ihr bekommt eine Woche Zeit, eure eigene Version zu kreieren. Dann gebt ihr der Testküche eure Rezepte, damit es für die Sendung vorbereitet werden kann."

Einen langen Moment herrschte Stille im Raum, bis Beck sprach. „Ihr lasst mich meine eigenen Rezepte entwickeln? Auf meine Weise? Ohne Beaufsichtigung und Vetos?"

„Im nächsten Monat, ja", bestätigte Christian.

Beck sah ihn forschend an, ließ sich entspannt in seinen Stuhl zurücksinken und breitete die Arme weit aus. „Dann bin ich dabei."

Duncan fragte sich, was hier vor sich ging. Er hatte gedacht, dass Beck bei der Entwicklung aller Rezepte der Sendung beteiligt gewesen war. Dieser Austausch zeigte jedoch, dass das nicht stimmte. Das erklärte die negative Reaktion auf Duncans Spöttelei, als er ihn als Christians Lakai bezeichnet hatte. Übelkeit stieg in ihm auf. Er hatte Beck nicht wirklich verletzen wollen, aber jetzt ergab Becks Überreaktion viel mehr Sinn.

„Wir müssen in drei Tagen mit den Aufnahmen beginnen. Du hast bis morgen Vormittag Zeit, uns deine Antwort mitzuteilen, Duncan", erklärte Bob und schlug ihm herzlich auf den Rücken. „Ich freue mich auf die Zusammenarbeit mit dir, Junge. Dein Dad ist eine Legende. Ich versuche schon seit Jahren, ihn zur Zusammenarbeit mit uns zu bewegen."

Duncan unterdrückte den Impuls, angesichts des vertrauten Kompliments ein Knurren auszustoßen. Wenn es eine Sache gab, die er noch mehr hasste als den Vergleich mit seinem Vater, dann war es benutzt zu werden, um an Vincent heranzukommen. „Er wird das hier verabscheuen. Plant also besser kein Vater-Sohn Rührstück für eure Sendung ein."

Bob lachte. „Die Familiennische ist bereits besetzt." Er deutete mit dem Kinn von Christian zu Beck. „Du bist der, den ich zum Fernsehen locken will. Du wirst gut bei unserer demografischen Zielgruppe ankommen.

Duncan fühlte sich unwohl unter Bobs anerkennendem Blick und verschränkte abwehrend die Hände vor dem Bauch.

„Das sollen Frauen von dreißig bis fünfundvierzig werden", erläuterte Campbell. Duncan zuckte leicht zusammen. Er hatte sie überhaupt nicht kommen sehen, doch inzwischen standen alle drei hinter seinem Stuhl.

„Jag dem neuen Talent keine Angst ein, Bob." Campbell drückte Duncans Schulter und grinste ihn aufrichtig an. „Er hat allerdings recht. Du bist witzig, sympathisch und ein echter Hingucker. Sie werden dich lieben."

„Ein Hingucker?", echote Duncan. „Gibt es etwas, das du mir sagen willst?"

„Ja, deine Mottoshirts und wunderschönen braunen Augen haben mich bekehrt", antwortete Campbell trocken. „Aber im Ernst: Die Testgruppe, der wir es gestern Abend präsentiert haben, war begeistert. Sie haben alle Neuigkeiten über dich und Beck in den Klatschblättern verfolgt. Vermutlich werden wir sogar Zuschauer anlocken, die normalerweise keine Kochsendungen sehen."

„Das ist der perfekte Weg, die ganzen Gerüchte zu zerstreuen", meinte Christian.

„Bis Beck und du beginnen vor der Kamera zu flirten", fügte Lindsay hinzu. Beck stieß ihr den Ellenbogen in die Seite, doch sie grinste. „Oh, krieg dich wieder ein. Ihr seid beide mündige Erwachsene. Habt Spaß. Es wäre großartig für die Quoten." Sie deutete auf Duncan und schaute ihn ernst an. „Brich ihm nächsten Monat nicht das Herz, okay? Das ist schlecht für die Chemie vor der Kamera."

Christians Lippen zuckten. Als Beck ihn zornig anschaute, zuckte er nur mit den Schultern. „Du bist ein erwachsener Mann. Was ihr zwei außerhalb der Filmaufnahmen macht, ist allein eure Sache."

Campbell drückte noch einmal Duncans Schulter, bevor Lindsay und er gefolgt von Christian hinausgingen. Duncan schaute sich um und bemerkte, dass Beck und er als einzige im Besprechungsraum zurückgeblieben waren.

„Das wäre also erledigt." Duncan schob sich vom Tisch zurück und sammelte die Seiten des Vertrags ein, um ihn in den mitgebrachten Rucksack zu stopfen.

Beck wartete, bis er soweit war, den Raum zu verlassen und begann erst dann zu sprechen. „Ich weiß, dass du mir nichts schuldest, aber ich fände es toll, wenn du bei der Sendung mitmachst."

Duncan beugte sich vor und setzte den Rucksack auf. „Ich dachte, mit mir zusammenzuarbeiten wäre dir zuwider? Du hast zu Beginn auf jeden Fall sehr schnell dein Missfallen bekundet."

Beck schnaubte frustriert, als sie den Besprechungsraum verließen. „Ich habe nur … ich habe nicht das Geringste dagegen, mit dir zusammenzuarbeiten, okay? Aber die Arbeit beim Fernsehen ist nicht so einfach, wie es aussieht. Es erfordert jede Menge Arbeit."

„Dann lag es also an der Befürchtung, ich könnte den Ruf deiner Sendung ruinieren und nicht an der Zusammenarbeit mit mir?"

„So was in der Art", murmelte Beck. Er fuhr sich mit der Hand über den Kopf, bis die normalerweise makellos liegenden Haare zu Berge standen. Duncan gefiel der Look. Das war allerdings keine Überraschung, weil Duncan *jeder* Look an Beck gefiel.

„Und Lindsays Spruch, dass wir flirten sollen? Machen wir das auch?" Duncan blieb stehen, doch Beck ging noch ein paar Schritte den Gang hinunter, bevor ihm auffiel, dass sich Beck nicht mehr neben ihm befand. „Ich bin übrigens dabei."

„Ich nicht."

„Wirklich nicht?", fragte Duncan gedehnt. Er kaufte es ihm nicht eine Sekunde lang ab.

„Wirklich nicht. Du kannst mich nicht ausstehen. Den Job hast du bereits. Du brauchst nicht mehr so zu tun, als würdest du auf mich abfahren, egal was Lindsay sagt."

Duncan runzelte die Stirn. „Ich mag dich wirklich, Beck. Unter deiner ganzen Korrektheit und Versnobtheit bist du echt witzig."

Beck lachte prustend auf. „Du bist ein echter Charmeur."

Duncan seufzte. Bei Beck gab es keinen Mittelweg: Entweder sie stritten wie Hund und Katze oder sie teilten Insiderwitze. Das war allerdings lächerlich, da sie sich gar nicht lange genug kannten, um welche zu haben. Zumindest hätten sie keine haben sollen. Wie Duncan sich eingestehen musste, hatten sie aber definitiv welche. Mit Beck zusammen zu sein, fiel ihm instinktiv leicht. Duncan fand sogar

Gefallen an der Bissigkeit, obwohl sie schärfer war als die Neckerei zwischen ihm und John oder seinen anderen Freunden.

„Weißt du, ich halte das hier für eine tolle Chance", erklärte Duncan und hoffte, Beck merkte die Aufrichtigkeit in seiner Stimme. „Ich werde *nichts* tun, um das hier zu versauen. Weißt du eigentlich, wie sauer Vincent hierüber sein wird? Das allein ist schon Gold wert. Zusätzlich bekomme ich aber auch noch ein verdammtes Vermögen verglichen mit dem, was ich in der Küche verdiene. Also ja, ich bin voll und ganz dabei. Wenn es dich überzeugt, unterschreibe ich jetzt sofort den Vertrag."

Duncan erwiderte Becks Blick. Die Herausforderung hing greifbar zwischen ihnen. Dann erschien ein winziges Lächeln auf Becks Gesicht. Er blickte zu Boden, begann geschäftig die mitgebrachten Notizblöcke und Unterlagen zusammenzupacken und spielte nervös mit einem Stift herum.

Normalerweise würde er jemandem wie Beck nicht nachlaufen. Duncan bevorzugte Männer – und Frauen – die Verpflichtungen ebenso verabscheuten wie er. Beck Douglas kannte er jetzt zwar erst seit einer Woche, konnte aber bereits sagen, dass Beck kein Typ für eine kurze Affäre war. Er gehörte zu der Sorte, die Beziehungsprobleme diskutieren wollte und sich Sonntage im Bett wünschte, statt schnellen Sex und vagen Versprechen, bald anzurufen, die weder Duncan noch sein Partner für den Moment jemals beabsichtigten einzulösen.

Duncan neigte zu großen Gesten, daher holte er den Vertrag aus seinem Rucksack und riss Beck den Stift aus der Hand. Er blätterte zur letzten Seite und setzte zur Unterschrift an. Plötzlich schloss sich jedoch Becks Hand um sein Handgelenk und stoppte ihn.

„Nicht."

Duncan schaute fragend auf. Sein Herz hämmerte wie wild in seiner Brust. Nicht was? Den Vertrag unterschreiben? Mit Beck flirten? Vielleicht hatte Beck recht. Sich mit ihm einzulassen, würde im Moment nur Schwierigkeiten mit sich bringen und durch diesen Vertrag wären sie beide zumindest den nächsten Monat lang aneinander gebunden.

Beck drückte sein Handgelenk und ließ dann los. „Unterschreib nicht, ohne ihn vorher zu lesen. Lass auch Campbell oder jemand anderen drüber schauen. Auf der Gehaltsliste deines Vaters befinden sich vermutlich auch Anwälte. Nimm einen davon. Den Sender kümmert nur sein eigenes Wohl, nicht deins. Stell sicher, dass du den Deal auch wirklich willst."

Das Engegefühl in Duncans Brust ließ nach und wurde durch Wärme ersetzt. Beck passte auf ihn auf. Diese Seite an ihm wollte er definitiv besser kennenlernen. Beck war eine ganz eigene Persönlichkeit und nicht der von Duncan vermutete Stereotyp. Je besser er ihn kennenlernte, desto stärker wurde Duncans Wunsch, hinter die Fassade zu schauen und mehr über ihn zu erfahren.

Er ließ den Stift in Becks Brusttasche fallen und beugte sich vor. Einen langen Moment verharrte er, still um Erlaubnis bittend. Duncan konnte manchmal ein aggressiver Mistkerl sein, doch er würde Beck die Wahl lassen. Außerdem wusste er, dass Beck nicht zu impulsivem Handeln neigte oder Risiken einging. Das hier könnte der einzige Weg sein, ihn so zu schockieren, dass er einen Schritt weiter ging. Duncan hatte Beck den Ball direkt zugespielt.

Er stand so dicht vor ihm, dass er sah, wie sich Becks Pupillen weiteten und sein Adamsapfel beim Schlucken hüpfte. Als Duncan gerade zurückweichen wollte, schloss Beck das letzte bisschen Abstand zwischen ihnen und küsste ihn.

Es war nicht der leichte, neckende Kuss, den Duncan erwartet hatte. Becks Lippen waren fest und fordernd. Nicht einmal ein Hauch von Verletzlichkeit oder Zögern, die sein Gesichtsausdruck kurz zuvor gezeigt hatte, war zu spüren. Wenn Beck sich zu etwas entschloss, dann offenbar ganz und gar. Das verstand Duncan gut.

Mit einem Mal öffnete sich ganz in der Nähe eine Bürotür mit einem Knall. Die beiden sprangen auseinander. Duncan spürte, wie sich heiße Röte auf seinen Wangen ausbreitete. In einer solch kompromittierenden Position hatte er sich seit Jahren nicht mehr erwischen lassen. Er hatte vergessen, dass sie nicht allein waren. Sie befanden sich an Becks Arbeitsplatz, der wahrscheinlich in Kürze auch der seine sein würde. Zumindest vorübergehend. Das musste sich Duncan in Erinnerung rufen … Er war nicht hier, um mit Beck rumzumachen, sondern zum Arbeiten.

Duncan wirbelte herum, doch der Hausmeister schien nichts bemerkt zu haben und ging weiter durch die Räume, um die Mülleimer zu leeren. Dann betrat er den Besprechungsraum und begann die Überbleibsel des Frühstücks, für das Duncan und die meisten anderen Teilnehmer zu angespannt gewesen waren, wegzuräumen.

Duncan holte Luft und riskierte einen Blick auf Beck. Der Mann war sogar noch stärker errötet als er selbst.

„Lass uns das besser nicht während der Sendung tun", scherzte Duncan kläglich.

„Die Einschaltquoten würden explodieren", sagte Beck mit heiserer Stimme. Beide brachen in Lachen aus.

Sie setzten sich in Richtung Aufzüge in Bewegung. Duncan nahm an, dass Beck arbeiten musste und er selbst plante nach Hause zu fahren, um noch einige Stunden Schlaf zu bekommen.

„Hör mal, vielleicht sollten wir …", begann Duncan.

„Gehst du mit mir Mittag essen?"

Duncan blinzelte verwirrt über die Unterbrechung. Er hatte ihm erzählen wollen, dass sie lieber vorsichtig sein sollten, was das Flirten am Arbeitsplatz anging. Vor allem, da Beck geradezu besessen davon zu sein schien, stets korrekt und professionell aufzutreten. Aber das hier war gut. Besser als gut.

„Später meine ich." Beck klang nervös. War Beck nervös? Der Gedanke brachte Duncan zum Grinsen, während Beck weiter plapperte. „Natürlich später.

Es ist ja gerade mal Frühstückszeit. Aber hast du Lust, dich mit mir gegen eins zu treffen? Bis dann bin ich in Meetings, aber ich muss nicht vor drei im Brix sein, um die Lieferungen entgegenzunehmen."

„Klar", stimmte Duncan zu und verzog die Lippen zu einem Grinsen. „Hier in der Nähe oder lieber dichter am Brix? Ich könnte auch bei mir etwas zaubern."

Becks Miene wurde mürrisch, dabei hatte Duncan mit der scherzhaften Einladung genau das Gegenteil beabsichtigt.

„Duncan, ich … vielleicht hast du da etwas falsch verstanden."

Duncan zog die Augenbraue hoch. „Du meinst, als du mich geküsst hast? Wie hätte ich das denn sonst verstehen sollen?"

Beck rieb sich mit der Hand über den Nacken, wandte eine Sekunde den Blick ab und schaute Duncan dann wieder an. „Kannst du bitte einmal ernst bleiben?"

„Mir war nicht klar, dass das Mittagessen eine ernste Mahlzeit ist. Mein Fehler. Keine Scherze mehr."

Beck seufzte. „Vergiss es."

Dieses Mal war es Duncan, der die Hand ausstreckte und Beck am Weggehen hinderte. Im Gegensatz zu ihren ersten beiden Begegnungen. „Warte. Es tut mir leid. Ich bin nicht gut in so was, okay?"

Beck wirkte unbeeindruckt. „Ich hätte es besser wissen müssen. Schließlich kannte ich ja deinen Ruf."

„Meinen Ruf?"

„Dass du mit Gastronomiegroupies ins Bett steigst. Ich dachte nur, das hier wäre vielleicht etwas anderes."

Das war es. Oh ja, das war es. Duncan vermischte niemals Geschäftliches mit Privatem. Seit er dies auf die harte Tour gelernt hatte, hielt er sich strikt daran. Die Gastronomiewelt war ehrlich gesagt ziemlich klein. Er konnte es sich nicht leisten, sich Feinde zu machen oder potenzielle Kollegen oder Arbeitgeber zu verärgern, nur weil es ihm nicht gelang, den Schwanz in der Hose zu lassen.

Das hier war jedoch etwas anderes. Er fühlte sich zu Beck hingezogen. Merkwürdigerweise. Aber ihn langsam kennenzulernen und mit ihm herumzuhängen, bedeutete ihm viel mehr, als mit ihm zu schlafen. Das wollte Duncan keinesfalls versauen.

„Beck, stopp. Ich habe dich nicht zu mir eingeladen, um mit dir zu schlafen." Duncan errötete noch heftiger als vorhin, als sie vom Hausmeister überrascht worden waren.

Beck blieb abrupt stehen. Sein Mund stand leicht offen. „Hast du nicht?"

„Nein! Ich dachte, es würde mehr Spaß machen, wenn wir bei mir essen. Immerhin können wir da ganz wir selbst sein und müssen uns keine Gedanken über Kameras und Gerüchte machen. Ich schwöre, das ist alles. Ich werde dich nicht in der Sekunde, in der du hineinkommst, bespringen. Da musst du mir vertrauen.

Außerdem fange ich nichts mit Leuten an, mit denen ich zusammenarbeite. Das geht nicht gut."

Beck wirkte immer noch skeptisch, nickte aber. „In Ordnung. Wir sehen uns um eins. Keiner wird besprungen."

Duncan konnte nicht anders. Er musste über die Formulierung lachen und auch Beck grinste, bevor er mit einem Winken den Gang hinunter verschwand.

Er blickte auf seine Uhr und verzog das Gesicht: Noch nicht einmal halb neun vormittags und statt wie geplant ins Bett zurückzukehren, würde er Sadie und Corbin aus dem Bett holen müssen und sie um Rat bitten, wie sich seine wachsende Schwärmerei ignorieren ließ.

Am besten kaufte er unterwegs noch Kaffee und Donuts.

8

EIN ZWÖLFSTÜNDIGER Arbeitstag war immer lang – unabhängig vom Beruf. Aber zwölf Stunden in einer heißen und oft überfüllten Küche? Das stellte eine besondere Folter dar.

Vor allem mit Duncan an seiner Seite. Beck hatte sich bemüht, die zu langen Blicke und das Flirten einzuschränken, doch im Gegenzug schien Duncan seine Anstrengungen zu verdoppeln. Er hatte Beck den ganzen Tag lang um den Verstand gebracht und es wahrscheinlich nicht einmal bemerkt. Das war das Schlimmste. Er hatte nämlich nicht nur mit Beck herumgealbert, sondern sich gegenüber der gesamten Crew der Testküche nicht anders verhalten. Kuss hin oder her, sein Interesse an Beck schien sich nicht im Geringsten von dem Interesse an jedem anderen im Sender zu unterscheiden. Und das schmerzte.

Er beobachtete, wie sich Duncan das verschwitzte T-Shirt abstreifte. Dabei wurde eine Spur dunkler Haare sichtbar, die in seine obszön enge Jeans führte. Duncan schnüffelte an dem T-Shirt und verzog das Gesicht. „Das wird eine lustige Heimfahrt mit der E1", stellte er düster fest.

Schnaubend erwiderte Beck: „Es gibt Duschen in den Angestelltenumkleiden. Und Kochuniformen."

Sie waren nicht die ersten Köche, die bis tief in die Nacht im Studio arbeiteten. Beck hatte bereits mehrfach Gebrauch von den Duschen gemacht. Oft wollte er – nach einem Tag voller Planungen für die nächsten Folgen und Herumwurstelns in der Testküche bis in die frühen Morgenstunden, so wie heute – aus lauter Erschöpfung nicht mehr zu Hause duschen. Viele der berühmten Köche überließen das ganze Verkosten und die Rezeptentwicklung ihren Souschefs. Davon hielt Beck jedoch überhaupt nichts. In den letzten vier Jahren hatte er bei der Entwicklung der meisten *King of the Kitchen* Rezepte geholfen und wollte verdammt sein, wenn er jetzt, da er endlich die Speisen kochen durfte, die er wirklich wollte, damit aufhören würde. Die Lebensmittel aus der Requisite während der Dreharbeiten zu kochen? Das war etwas anderes. Diese Arbeit überließ er mit Freude einem Hiwi. Die Rezepte hingegen? Selbst diejenigen, auf die er nicht stolz war – was genau genommen auf die Mehrheit der in der Sendung gekochten Speisen zutraf – stammten zu hundert Prozent von ihm. Er nahm seinen Job ernst. Beck hatte nie wirklich ins Fernsehgeschäft gewollt, würde sich jedoch keinesfalls damit zufriedengeben, sich auf seinem „Titel" als Talent auszuruhen. Er war mehr als nur ein hübsches Gesicht. Vielleicht würden die Zuschauer das nach dieser Wettkochserie gegen Duncan erkennen.

„Kochuniformen?", fragte Duncan mit finsterem Blick. „Warum zur Hölle tragt ihr die hier? Es ist ja nicht so, dass ihr euch Sorgen über Hygienebestimmungen oder die Meinung der Testküchenesser machen müsstet."

„Viele der Souschefs kommen direkt von der Kochschule", erläuterte Beck mit einem Schulterzucken. „Wahrscheinlich fühlen sie sich in einer klassischen Kochuniform einfach wohler."

Er selbst zog sie in der Testphase nicht an, konnte aber den Wunsch danach verstehen. Das Kochen war eine schmutzige Angelegenheit und er hatte sich dank Fett- und Soßenspritzern mehrere Kleidungsstücke versaut. Eine Schürze bedeckt eben nur eine begrenzte Fläche.

Duncan schüttelte schnaubend den Kopf. „Eine derartige Förmlichkeit hätte ich bei einem Kochsender nie vermutet. Ich meine, es werden ja nicht einmal Speisen zubereitet, die dann gegessen werden sollen! Es ist wie mit dem Baum, der im Wald umfällt und niemand ist da. Gibt es dann ein Geräusch? Wenn du die Menschen nicht beköstigst, bist du dann tatsächlich ein Koch?"

„Du bist nicht so witzig, wie du glaubst. Benimm dich nicht wie ein Trottel."

Duncan folgte ihm lachend den Gang hinunter. „Du gestehst also, dass ich genau das bin. Witzig", erläuterte er, als Beck fragend eine Augenbraue hob.

Beck hatte nicht die Geduld, auf den Aufzug zu warten. Außerdem befand sich der Umkleideraum nur drei Etagen tiefer. Sie konnten die Treppe nehmen.

Duncan und er hatten seit dem Mittagessen vor einigen Tagen außerhalb der Arbeit keine Zeit miteinander verbracht. Langsam begann er sich zu verfluchen, nicht mit ihm in die Kiste gestiegen zu sein, als sich die Chance geboten hatte. Dieses ganze Warten war Mist. Wenn Duncan wirklich nur an einem One-Night-Stand interessiert war, dann zögerte Beck das Unvermeidliche nur hinaus. Er musste Duncan vertrauen – wenn der sagte, dass er ganz dabei wäre und eine Beziehung ausprobieren wollte, dann sollte Beck ihn beim Wort nehmen. Mit seinem Misstrauen tat er keinem von ihnen einen Gefallen.

Die Vorbereitungen für die neuen Showsegmente hatten auch den winzigen Rest von Becks Freizeit aufgezehrt, sodass die ganze Woche kein Besuch im Fitnessstudio möglich gewesen war. Er sehnte sich danach, auf dem Laufband zu rennen, bis sein Kopf wieder frei war oder vielleicht in den Pool zu springen und seine Runden zu ziehen, bis seine Lunge protestierte. Stattdessen begnügte er sich damit, einen Teil seiner aufgestauten Energie mehrmals am Tag im Treppenhaus loszuwerden.

Als Bonus kam hinzu, dass das Treppenlaufen ihm half, seine sexuelle Frustration – die sich auf einem Allzeithoch befand – im Zaum zu halten. Duncan hatte ja keine Ahnung, wie erregend er sein konnte, selbst wenn er es nicht darauf anlegte. Auch wenn er nicht flirtete und den Verführer spielte, verspürte Beck den Wunsch, ihn gegen die nächstgelegene harte Oberfläche zu drücken.

Er holte Luft und verdrängte den Gedanken. Treppen. Das würde helfen.

„Geh schon mal vor nach unten. Es ist im sechsten Stockwerk. Sobald du die Etage erreichst, kommt ein Schild. Es müsste offen sein. Ich renne eine Minute lang nach oben, dann leiste ich dir Gesellschaft."

Das Letzte, was Beck wollte, war gemeinsam mit Duncan in der Umkleide zu sein. Dem aus dem Weg zu gehen, würde jedoch nur noch mehr Aufmerksamkeit auf sein wachsendes Verlangen nach Duncan lenken.

Beck scheute sich zuzugeben, wie eingeengt er sich gefühlt hatte. Vor allem, da an einem Großteil davon Duncans Gegenwart schuld gewesen war. Duncan schien keine Notiz von Becks pubertärer Schwärmerei zu nehmen. Oder aber er verhielt sich galant und ignorierte es Beck zuliebe.

Oh Gott, hoffentlich nicht. Wie erniedrigend.

Um jedoch bei der Wahrheit zu bleiben: Duncan lag Selbstlosigkeit einfach nicht. Wenn er glaubte, irgendeine Art dunkles Geheimnis bei Beck entdeckt zu haben, würde er ihn damit gnadenlos aufziehen. Vermutlich sollte man auch für die kleinen Dinge dankbar sein, dachte Beck. Da er wegen seiner Schwärmerei nicht aufgezogen wurde, wusste Duncan anscheinend nichts davon.

Den Kuss letzte Woche hatte er nicht erwähnt und Beck ebenso wenig. Er hatte es auf die Hitze des Augenblicks geschoben. Wenn es etwas bedeutet hätte, hätte Duncan doch mit Sicherheit später etwas darüber gesagt, oder?

„Soll ich mitkommen?", fragte Duncan von der obersten Stufe und schaute ihn erwartungsvoll an.

„Nein. Es dauert nur eine Sekunde. Geh schon mal vor und fang an. Nach dem Duschen zeige ich dir, wo die Ersatzkochuniformen liegen."

Das bedeutete, er würde mit einem Blick auf Duncans nackten Oberkörper belohnt werden. Dagegen ließ sich jedoch nichts machen. Die Duschen verfügten über keinerlei Ablageflächen. Es gab nur Haken für die Handtücher. Wegen der dünnen Duschvorhänge waren die Handtücher am Ende meistens halb durchgeweicht. Am Haken hängenden Anziehsachen würde es noch schlimmer ergehen.

Der Sender stellte Handtücher und Seife zur Verfügung. Dabei handelte es sich jedoch um eine blumige Sorte, die Beck zum Niesen brachte. Er warf Duncan seinen Spindschlüssel zu. „Handtücher liegen auf dem Regal. Wenn du magst, kannst du dich aus meinen Toilettenartikeln bedienen."

Das Angebot hatte nichts damit zu tun, dass Beck wissen wollte, wie seine Seife an Duncan roch. Nein. Überhaupt nicht. Es geschah aus reiner Nettigkeit, Duncan von dem Geruch nach alter Frau zu befreien.

„Ich könnte warten …"

Nein. Beck hatte definitiv keine Lust, neben Duncan zu duschen. Und das in dem Bewusstsein, dass der Mann nackt, feucht und nur einen dünnen Duschvorhang entfernt stand.

„Nee, du hast doch gesagt, dass du dich widerlich fühlst. Ich bin gleich unten."

Duncan musterte ihn eine lange Sekunde, und schien erneut protestieren zu wollen. Dann zuckte er jedoch mit den Achseln und marschierte die Stufen hinab in die sechste Etage.

Endlich.

Die ersten zwei Etagen nahm Beck in einem gemäßigten Tempo, für den Fall, dass seine Schritte widerhallten und ihn verrieten. Sobald er jedoch im neunten Stock angekommen war und relativ sicher sein konnte, dass Duncan ihn nicht mehr hören konnte, legte er los.

Die Sohlen seiner Budapester Schuhe waren fürs Treppenhinaufrennen nicht allzu geeignet, doch er bekam es hin. Eine Hand ließ er auf dem Geländer, um nicht aufs Gesicht zu fallen, falls er abrutschte. Er schaffte es neun Stockwerke hinauf, ehe seine Oberschenkel anfingen zu brennen und das Hochgefühl – ausgelöst durch das durch seinen Körper pumpende Blut – ließ ihn noch zehn weitere hinauf sausen. Er musste im nächsten Stockwerk kehrtmachen, da die oberste Etage abgeschlossen war, aber es war ein gutes Gefühl, außer Atem zu sein. Indem er sich auf seine schmerzenden Muskeln und das Luftholen konzentrierte, musste er nicht so viel an Duncan denken und das war eine willkommene Erleichterung.

Beck trug ganz allein die Schuld daran, dass er sich in dieser Situation befand. Zwischen Duncan und ihm war alles ein Wettkampf. Sie schienen sich ständig überbieten zu wollen, auch jetzt, da die Feindseligkeit größtenteils verschwunden war. Er hatte im Umgang mit Duncan zu einer Leichtigkeit gefunden, die er bei sehr wenigen anderen Menschen verspürte, doch es würde in einer Katastrophe enden.

Es fiel ihm schwer, sich daran zu gewöhnen, dass er sich zu jemandem hingezogen fühlte, der ganz genauso stur war und Herausforderungen ebenso sehr suchte wie er. Über die Wahl seiner Partner hatte sich Beck zuvor noch nie Gedanken gemacht. Da das Gefühl, das er in Duncans Nähe empfand, aber so sehr von seinen früheren abwich, konnte er nun unschwer erkennen, dass er sich zu Lovern hingezogen gefühlt hatte, die ihm den dominanten Part überließen. Nicht, dass er das ihnen gegenüber jemals gezeigt hätte … Beck hatte dafür gesorgt, dass er und seine Freunde sich auf Augenhöhe befanden. Im Nachhinein erkannte er aber, dass er sie zwar als ebenbürtig betrachtet, seine letzten Freunde aber alle die gleichen Vorlieben wie er gehabt hatten. Es war nicht das gleiche Feuer wie bei Duncan gewesen. Und Duncan und er waren nicht mal zusammen.

Es war lächerlich, aber so war es nun mal. Er verzehrte sich nach einem Mann, der ihn gerade mal so eben als Freund betrachtete. Natürlich, im Herumblödeln und Flirten waren sie ganz groß. Das hatte es sogar in die Proben geschafft und alle hatten sich gefreut, dass Beck während der Durchläufe so spontan auf Duncans

Mätzchen hatte eingehen können. Zweifellos würde es bei den Filmaufnahmen morgen genauso glatt laufen.

Für Duncan war das jedoch nur berufliche Kameradschaft. Das zeigte sich in seiner standhaften Weigerung, den Kuss zu erwähnen. Und sie waren sich einig, dass Beck Douglas durch und durch Profi war. Der Streit mit Duncan, der dieses ganze Chaos ausgelöst hatte, bildete die Ausnahme zu dieser Regel. Er würde nicht zulassen, dass seine Gefühle für Duncan seine Karriere behinderten.

Außerdem mussten Duncan und er ab nächster Woche, wenn die Sendung ausgestrahlt wurde, nicht mehr gemeinsam in der Öffentlichkeit auftreten. Die offizielle von Lindsays Büro ausgearbeitete PR-Story lautete, dass ihre Treffen der Vorbereitung von Duncans Gastauftritt in *King of the Kitchen* gedient hatten. Nachdem das erledigt war, würde es für sie beide keinen Grund für weitere Treffen geben.

Allerdings wurde dabei die Tatsache außer Acht gelassen, dass sie anscheinend den Großteil ihrer Freunde und die gleichen Interessen teilten. Dazu kam noch Becks wachsende Zuneigung zu Duncan und dass er sich in seiner Nähe locker fühlte.

Das zählte für Beck jedoch nicht, denn so entstand Wahnsinn. Er hatte keine Zeit mehr für einen weiteren Treppensprint, und wenn er zu angestrengt über all die Gründe nachdachte, aus denen sich Duncan und er nach dem morgigen Tag immer noch treffen sollten, dann würde er alles, was er mit dem ersten Sprint erreicht hatte, zunichtemachen.

Beck stieg die letzten Treppenstufen hinab und kam allmählich wieder zu Atem. Ihm war klar, dass er furchtbar aussah: Verschwitzt, rot angelaufen und ganz offensichtlich erschöpft. Hoffentlich stand Duncan bereits unter der Dusche und sah ihn nicht.

Als er die Tür zur Männerumkleide öffnete, hörte er Wasser laufen. Bei dem Geräusch lockerten sich seine angespannten Schultern ein wenig. Sein Spind war geschlossen, aber die Schlüssel lagen auf der Theke neben dem Waschbecken. Er schloss ihn auf und nahm frische Anziehsachen heraus, um sie für später auf die Bank zu legen. Dann machte er einen Abstecher zum Schrank mit den Ersatzsachen und holte eine Kochuniform für Duncan heraus. Die Größe konnte er nur schätzen. Hoffentlich hielt ihn Duncan nicht für absonderlich, weil er ihn so genau unter die Lupe genommen hatte, dass ihm eine ziemlich genaue Schätzung gelungen war.

Eine *sehr* genaue Schätzung dank Duncans ausgesprochen enger Jeans und T-Shirts.

Seufzend fuhr sich Beck mit der Hand durch die verschwitzten Haare und schob sie sich aus dem Gesicht. Er musste nur die nächsten Wochen durchstehen und bräuchte danach keinen beruflichen Kontakt mehr zu Duncan haben. Er konnte in sein altes – durch einen Zwei-Minuten-Streit mit Duncan komplett auf den Kopf gestelltes – Leben zurückkehren. Er hätte wieder Zeit für Fitnessstudiobesuche und könnte vielleicht sogar einige Stunden pro Woche für das Schreiben von Rezepten erübrigen. Vor ein paar Wochen hätte ihm das gereicht. Jetzt hingegen fühlte es sich leer an. Lieber würde er die Zeit mit Geplänkel mit Duncan verbringen, Rezepte schreiben, während Duncan über seine Schulter blickte und jeden Zusatz kritisierte.

„Bist du das, Beck?", rief Duncan unter der Dusche hervor.

Beck unterbrach die uncharakteristische Selbstbetrachtung und warf die Kochuniform neben seine eigenen Wechselsachen auf die Bank.

„Ja. Ich habe die Sachen für dich auf die Bank hier gelegt." Dann kam ihm ein Gedanke und er lief rot an. „Allerdings keine Socken und Unterwäsche. Tut mir leid. So gründlich ist der Sender doch nicht."

Beck begann sich von seinen Hosen zu befreien, geriet bei Duncans Antwort allerdings ins Straucheln. „Ähm, wer sagt denn, dass ich überhaupt welche trage?"

Oh Mann. Dieses Bild vor seinem geistigen Auge brauchte Beck gerade überhaupt nicht.

Ohne weiteren Zwischenfall zog er den Rest seiner Sachen aus und griff nach einem Handtuch. Er würde mit der Blumenseife klarkommen müssen. Auf gar keinen Fall hatte er vor, Duncan zu bitten, ihm durch den Vorhang seine eigene Seife zu reichen.

Der Duschraum war voller Dampf, Schwaden vernebelten die drei Duschkabinen, die mit nicht ganz bis zum Boden reichenden Vorhängen abgeteilt waren. Beim Anblick von Duncans nackten Füßen machte Becks Herz einen kleinen Satz. Etwas so harmloses wie *Füße* sollte ihn nicht erregen, verdammt noch mal. Er fühlte sich wieder wie mit vierzehn, als er nach dem Sportunterricht in der Highschool in der Umkleide den Blick abgewandt hatte.

Kaum hatte Beck das Wasser angestellt, wurde auch schon sein Vorhang zurückgerissen. Dahinter stand mit nichts als einem lüsternen Grinsen im Gesicht Duncan.

„Ich schätze das hier doch nicht falsch ein, oder?", fragte Duncan, während er sich in die enge Kabine drängte. Beck wich zurück, bis er mit dem Rücken gegen die kalte Wand stieß.

Kurz blitzte Verunsicherung in Duncans Augen auf, doch dann schloss er den Vorhang hinter sich und schaute Beck an. „Du bist doch dabei? Weil du mich nämlich den ganzen Tag lang wahnsinnig gemacht hast und ich unbedingt deinen Schwanz in meinem Mund spüren will."

„Ich dachte, du vermischst nie Geschäftliches mit Privatem."

Grinsend zuckte Duncan mit den Schultern. „Tu ich auch nicht. Allerdings bin ich auch Fan des Spruchs ‚Sag niemals nie'. Ich stecke voller Widersprüche. Also, was sagst du?"

Beck gab ein ersticktes Geräusch von sich und beobachtete mit aufgerissenen Augen, wie Duncan die kurze Entfernung zwischen ihnen schloss. Passierte das hier gerade tatsächlich oder war er etwa auf der Treppe gefallen und befand sich in einem Komatraum?

Duncans Hand schwebte wenige Zentimeter über Becks Schulter. „Beck?"

Beck schluckte angestrengt und nickte.

„Du musst es laut sagen. Zustimmung ist das neue sexy und so", erklärte Duncan. Sein Tonfall hatte wieder zur alten lässigen Selbstsicherheit zurückgefunden.

Natürlich würde Duncan auch während des Sex der gleiche respektlose Mann wie immer sein.

„Ja", gelang es Beck herauszuquetschen. Seine Kehle fühlte sich trocken an, als wäre er den ganzen Tag lang gelaufen, statt zu kochen.

Bevor er das Wort zu Ende ausgesprochen hatte, war Duncan bei ihm und presste seinen von der Dusche warmen Körper köstlich an ihn. Becks Vermutung, wie Duncan mit seinem Duschgel und Shampoo riechen würde, stellte sich als richtig heraus. Dass Duncan ebenso roch wie er war berauschend. Beck gab der Versuchung nach, drückte sein Gesicht an Duncans Hals, atmete den Geruch tief ein und leckte die Wassertropfen von der warmen, straffen Haut.

„Ja, das ist definitiv eine gute Idee", murmelte Duncan.

„Die beste", antwortete Beck und begann an Duncans Hals zu saugen.

Stöhnend neigte Duncan seinen Kopf zur Seite, um Beck besseren Zugang zu gewähren. Mitten in einem weiteren Knutschfleck wurde Beck klar, wie dumm das war. Sie würden morgen beide vor der Kamera stehen und von den Visagisten die Hölle heißgemacht bekommen, wenn sie mit Knutschflecken auftauchten.

Mit einem bedauernden Blick zog sich Beck zurück und ging dazu über, Duncan zu küssen. Duncan hob fragend die Augenbraue.

„Keine Spuren."

Duncan gab ein enttäuschtes Geräusch von sich. Dann kniff er in Becks Unterlippe, schlängelte sich weg, fuhr mit den Fingern durch das nasse Haar in Becks Nacken und drückte dessen Kopf wieder nach unten. „Doch Spuren. Duncan mag Spuren."

Oh Gott, er war sogar sexy, wenn er von sich selbst in der dritten Person sprach. Wie war das möglich?

Duncans Schlafzimmerblick ließ Beck erschaudern. Ungeduldig stieß sein Schwanz gegen Duncans Hüfte.

„Keine Spuren. Es sei denn, du möchtest den Visagisten erklären, warum sie Unmengen an Abdeckcreme bei dir benutzen müssen", stellte Beck klar. Als Duncan endlich verstand und die Augen aufriss, musste er grinsen.

„In Ordnung. Gut. Keine Zeichen, wo sie jeder sehen kann", stimmte Duncan mit einem Nicken zu. Dann senkte er den Kopf und fuhr mit der Zunge über Becks Oberkörper. Beck geriet vor Überraschung ins Taumeln und stieß gegen die Wand. Kichernd ließ Duncan seine Finger den Körper hinabgleiten, bis sie Becks Hintern umfassten und das Fleisch wie Teig kneteten.

Beck hatte immer Freude am Sex gehabt und fand genauso großen Gefallen daran, Freude zu bereiten, wie sie zu empfangen. Bei seinen Erlebnissen hatte der Sex immer beiden Seiten Spaß gemacht, war jedoch nie verspielt gewesen. Ungezwungen, aber ernst … Er hätte wissen müssen, dass es mit Duncan anders sein würde.

Duncan ging den Sex an wie alles andere auch: voller Energie und fest entschlossen, auch noch das kleinste bisschen Freude herauszupressen. Seine Hände waren genauso talentiert, wie Beck anhand seines Geschicks mit dem Messer vermutet hatte. Mit raubtierhafter Anmut tanzte er durch die Küche und übertrug den gleichen Rhythmus und das angeborene Gefühl für Bewegung auf den Sex.

Kurz gesagt, Duncan machte ihn fertig, dabei hatten sie nicht einmal richtig angefangen.

Sachen wie die hier passierten Beck einfach nicht. Sein Leben war bis ins letzte Detail durchorganisiert. Da blieb keine Zeit für spontanen Sex oder One-Night-Stands.

Was die Frage aufwarf: War es das? Etwas Stressabbau nach einem langen Tag in der Küche, der auf einige Wochen Flirten und Streiterei folgte? So tickte Beck nicht, aber er wollte Duncan nicht fragen. Er hatte Angst vor der Antwort. Duncan war das unbekümmerte Laisser-faire in Person – Himmel, er schaffte es ja nicht einmal, sich einer Küche zu verpflichten und länger als einige Monate in demselben Restaurant zu bleiben. Vermutlich sah das in Sachen Beziehungen genauso aus.

Konnte er das hier tun, wenn es nur um den Spaß ging? Beck unterdrückte einen Fluch, als Duncan sich wieder zu seinem Mund hinaufarbeitete und anfing ihn mit neuem Elan zu küssen. Duncans wundervolle Hände befanden sich praktisch überall.

Die knappe Antwort lautete ‚ja'. Auf gar keinen Fall würde Beck dem jetzt Einhalt gebieten. Mit den negativen Auswirkungen würde er sich später befassen und sich an die unrealistische Hoffnung klammern, dass dadurch nicht ihre Chemie vor der Kamera für die morgigen Filmaufnahmen beeinflusst wurde.

Es hatte erst vor wenigen Minuten begonnen, doch Beck stand bereits dicht vor dem Höhepunkt. Duncans geschmeidige Hände stellten eine Gefahr dar und sein Mund sollte zum Nationalheiligtum erklärt werden. Er machte Beck mit beängstigendem Geschick fertig und fand intuitiv seine Lieblingsstellen.

Bei jedem anderen hätte er sich der Lust ergeben und sich erlaubt, zu kommen. Doch das hier war nicht jeder andere. Das hier war Duncan. Beck wusste, dass Duncan selbstgefällig und nervig sein würde, falls es ihm gelang, Beck mit lediglich etwas Küsserei und Reiben wie einen Güterzug kommen zu lassen.

Er bog seinen Körper etwas zurück. Das half jedoch nicht, da Duncan der Bewegung mit der Hand folgte und seine langen Finger um Becks Schwanz schloss.

Beck unterbrach den Kuss und lehnte den Kopf gegen die Fliesen. „Duncan …"

Duncan grinste ihn an. „Schwebt dir etwas anderes vor?" Er streichelte über Becks Schaft. Wie aus eigenem Willen fingen Becks Hüften an zu rucken und verrieten seine Begierde. Duncan ließ den Daumen über die Schwanzspitze kreisen und fragte mit nachdenklicher Miene: „Hmm. Ich habe doch gesagt, dass ich ihn unbedingt in meinem Mund spüren muss, oder? Weil ich mir das schon den ganzen Tag wünsche."

Bei Duncans erneutem Streicheln musste Beck ein schluchzendes Aufstöhnen zurückdrängen. Es würde tatsächlich nicht mehr lange dauern, bis er kam.

„Obwohl wir uns das vielleicht lieber aufheben sollten, bis du etwas mehr Stehvermögen hast", schlug Duncan mit wissendem Lächeln vor. Die belustigte Kurve seiner Lippen stieg noch an, als Beck bei einer besonders groben Handbewegung erschauderte.

„Du bist echt überzeugt von dir, was?", presste Beck zwischen zusammengebissenen Zähnen heraus, bemüht, sein Stöhnen zurückzuhalten.

Duncan lachte auf. Er sah absolut erfreut aus. „Mal abwarten. Du hast vermutlich keine Lust auf eine Wette? Eine Freundschaftswette", schob er hinterher, beendete das Streicheln, umfasste mit Daumen und Zeigefinger Becks Schwanzwurzel und hielt sie fest gedrückt. Beck wollte nicht zugeben, wie sehr das half.

„Gibt es irgendetwas, das du nicht ins Lächerliche ziehst?"

Kopfschüttelnd antwortete Duncan: „Nö."

Noch einige Sekunden hielt er Becks Blick fest, bis dieser klein beigab. Er wollte wirklich seinen Schwanz in Duncans Mund spüren. „Gut. Wie lauten die Bedingungen?"

Duncans Grinsen wirkte wie elektrisiert. „Christian und du, ihr wollt, dass ich morgen einen Anzug trage. Ich dagegen möchte mein übliches T-Shirt und Jeans anziehen. Wenn du kommst, bevor sechs Minuten verstrichen sind, trage ich, was ich will. Gelingt es dir, so lange durchzuhalten, darfst du mich wie Barbies Ken kleiden."

Beck unterdrückte ein Lachen. Auf jeden Fall wusste Duncan, wie man es spannend machte. Sechs Minuten wären normalerweise kein Problem, aber Beck hatte sich den ganzen Tag danach gesehnt und war durch die Neckerei in der Dusche mehr als nur etwas erregt. Es würde eine Herausforderung werden. Anderseits traf das auf alles mit Duncan zu.

„Okay."

Mehr Ermutigung benötigte Duncan nicht. Er ließ Becks Penis los, trat aus dem Duschstrahl, öffnete das Armband seiner Uhr und stellte den Timer ein. Anscheinend meinte er es todernst.

Seine selbstzufriedene Arroganz war wieder da. Das machte Beck etwas Sorgen. Wenige Sekunden später kniete Duncan vor ihm. Mit gespreizten Beinen wurde Beck gegen die Fliesen gepresst. Er klammerte sich krampfhaft fest, während Duncan alles gab, um ihm das Hirn durch den Schwanz zu saugen.

Duncans Technik verfügte über keinerlei Finesse. Keine neckenden Berührungen oder spielerisches Lecken. Er ging gleich aufs Ganze und nahm Becks Schwanz ohne Vorwarnung fast vollständig in den Mund.

Mist.

Das würden qualvolle und wunderbare sechs Minuten werden.

Er musste es schaffen. Wenn Duncan selbst seine Kleidung für die morgige Folge aussuchte, würde er zweifellos in einem T-Shirt mit einem markigen – wenn nicht sogar ausgesprochen obszönen – Spruch und Jeans erscheinen, bei denen Christian Schaum vor dem Mund bekäme.

Wie schwer konnte es schon sein, dagegen anzukämpfen, innerhalb von sechs Minuten zu kommen? Gewöhnlich hatte Beck keinerlei Probleme mit seinem Stehvermögen. Aber andererseits kniete dann auch nicht Duncan Walters vor ihm.

Er verkniff sich ein Wimmern, als Duncans Zunge über seine Schwanzspitze glitt und blinzelte die an seinen Augenlidern hängenden Wassertropfen weg, um einen besseren Blick auf den auf dem Fußboden knienden Mann zu bekommen.

Himmel, was hatte er sich dabei nur *gedacht*? Nein, falsch. Er hatte überhaupt nicht gedacht. Die Vorstellung, wie sich Duncans wunderschöne Lippen geschwollen und kirschrot um seinen Penis wölbten, hatte ihn völlig in Beschlag genommen.

Der Anblick war genauso verführerisch wie in seiner Vorstellung, wenn nicht sogar noch besser. Becks Schwanz pulsierte. Dieser Gedanke half ihm in der gegenwärtigen Situation nicht weiter.

Duncan schien sich genau bewusst zu sein, welche Wirkung sein Anblick – auf den Knien zu ihm hochstarrend – hatte.

Beck stöhnte auf. Das Geräusch übertönte sogar den Lärm des gegen die Fliesen prasselnden Wassers. Wieder lehnte er den Kopf gegen die Wand und schloss die Augen. Das geschah eher aus Selbstschutz. Duncan sah frivol aus.

Duncans Zunge schlängelte um die Schwanzspitze und stieß neckend in den Schlitz. Beck verschluckte sich an seiner eigenen Spucke.

Verdammt, Duncan wollte ihn wirklich fertigmachen. Beck senkte erneut den Blick und beobachtete, wie Duncan das Tempo steigerte. Inzwischen wippte sein Kopf wie wild. Als er Becks Blick erwiderte, verriet das funkelnde Flackern eindeutig die Kampfansage. Wie lange noch, bis er kommen durfte? Duncans Uhr lag auf dem Boden neben ihm. Beck schielte darauf, versuchte die auf dem Kopf stehenden Zahlen zu entziffern. Es funktionierte nicht. Seiner Meinung nach mussten inzwischen ungefähr drei Minuten vergangen sein. Allerdings wäre er aber auch nicht allzu überrascht, wenn es tatsächlich nur eine wäre.

Beck biss die Zähne zusammen, seine Zehen versuchten, sich in die Bodenfliesen zu krallen, als nach einem besonders harten Saugen lustvolle

Schauder seine Wirbelsäule hinaufjagten. In seinem Bauch baute sich erneut ein heißer, heftiger Orgasmus auf. Wenn er nicht irgendetwas dagegen unternahm, würde das hier ganz schnell vorbei sein. Aber verflucht noch mal, er wusste nicht, wie er seine Gedanken von dem, was Duncan tat, ablenken konnte.

Duncan begann zu summen. Durch die zusätzliche Vibration konnte Beck nicht anders, als sich hin und her zu winden. Nach einem schnellen Blick auf seine Uhr zeigte ihm Duncan vier Finger. Bedeutete das, dass vier Minuten verstrichen waren oder blieben noch vier Minuten? Es musste das Letztere sein. Beck konnte das hier. Vier Minuten waren nichts. Vier Minuten waren …

Sein Penis glitt tiefer in Duncans Mund. Beck hätte schwören können, dass er die weiche Haut von Duncans Kehle über die Spitze reiben spüren konnte. Oh *Gott*. Niemand hatte ihn je zuvor so tief in den Mund genommen. Seine Eier zogen sich zuckend zusammen. Seine Oberschenkel begannen durch die Anstrengung zu zittern. Beck war nur einen knappen Zungenschlag davon entfernt, die Kontrolle zu verlieren und sich durchaus im Klaren, dass Duncan das ganz genau wusste.

Er durchkramte sein Hirn nach einer Ablenkung. *Irgendeiner* Ablenkung. Ihm fiel der alte Witz ein, in dem Männer auf der Suche nach mehr Durchhaltevermögen im Kopf die Baseballstatistiken durchgehen. Nie hatte er mehr bedauert, kein Sportfan zu sein.

Soßen. Das konnte er. Wie lauten die fünf französischen Grundsoßen in alphabetischer Reihenfolge? Er griff nach dem Gedankenstrang wie nach einer Rettungsleine und bemühte sich, sich an alle Fakten oder Zahlen zu erinnern, die ihn von den unglaublichen Dingen ablenken konnten, die Duncan gerade mit seiner Zunge anstellte.

Béchamel. Seine Hände ballten sich so fest zusammen, dass seine Nägel Rillen in die Innenseiten gruben. Mehlschwitze, mit Milch, Sahne oder auch jedem anderen Molkereiprodukt verquirlen. Er hatte mit Ziegenmilch und Olivenöl statt der traditionellen Kuhmilch und Butter experimentiert und …

Duncans erneutes Summen brachte Becks mentale Auszeit zu einem abrupten Halt. *Himmel.* Duncan hob herausfordernd eine Augenbraue und hielt drei Finger hoch.

Was kam als Nächstes im Alphabet? Es war eine anspruchsvolle Aufgabe, da die Soßen normalerweise anders geordnet wurden. Sich darauf zu konzentrieren half Beck, sein Verlangen zurückzudrängen. Espagnole. Die kam als nächstes. Dunkle Mehlschwitze als Bindemittel wurde dem dunklen Fond aus zum Beispiel Kalb- oder Rindfleisch, dem Röstgemüse und Tomatenmark hinzugefügt.

Oh Gott. Duncan umfasste Becks Eier, zog etwas zu grob daran. Funken heißer Lust schossen seine Wirbelsäule hinauf. Zwei Finger dieses Mal. Zwei Minuten. Er schaffte das.

Als Nächstes kam … verflucht, er konnte sich nicht erinnern. Becks Konzentration verflüchtigte sich, als Duncan die Lippen zu einem engen Ring formte, den Schaft noch fester umfasste und mit dem Mund daran hinauf- und hinabfuhr. *Oh Gott. Gott. Gott.*

Hollandaise! Das kam als Nächstes. Die einzige Grundsoße ohne Mehlschwitze, da sie durch eine Eigelb-Butter-Emulsion gebunden wurde. Dazu fügte man Zitronensaft zur Aufhellung und Schlagsahne. Das war die Soße auf den Eiern Benedict gewesen, die ihm Duncan vor Jahren in dem schäbigen Schnellimbiss hatte bringen lassen. Viele Restaurants benutzten Hollandaise-Soßenpulver, weil die Zubereitung des Originals so heikel war. Jetzt, da er Duncan kannte, bezweifelte er, dass es sich damals darum gehandelt hatte.

Duncans Finger hörten auf, Becks Eier zu liebkosen und glitten auf die dahinterliegende Haut. Beck krümmte sich gegen die Wand und versuchte gleichzeitig, Duncans talentierten Fingern zu entkommen und sich ihnen zu nähern. Lange konnte er das nicht mehr aushalten. Seine Haut prickelte unerträglich, das Verlangen war so groß, dass es fast schmerzte. Er näherte sich dem Punkt, von dem es kein Zurück mehr gab, war aber fest entschlossen, Duncan nicht gewinnen zu lassen. Insbesondere nicht, wenn kaum noch eine Minute blieb.

Okay. Soßen. Velouté. Richtig? Nein, es gab noch eine davor. Zuerst kam Sauce Tomat. Hatte er eine vergessen? Die flache Seite von Duncans Zunge strich erneut über seinen Schwanz. Dieses Mal knickten Becks Knie tatsächlich ein. Hätte Duncan nicht seine Hüften ergriffen und ihn gehalten, wäre Beck mit gespreizten Beinen auf dem Boden gelandet. Verflucht, spielte die Reihenfolge wirklich eine Rolle?

Sauce Tomat gehörte zu den einfachsten französischen Grundsoßen. Die Tomaten wurden mit gepökeltem Schweinefleisch und Aromastoffen eingekocht und dann mit einer Mehlschwitze angedickt.

Beck kämpfte darum, die Augen offenzuhalten und den Blick nicht von Duncans Uhr zu lassen, obwohl er sie nicht gut genug erkennen konnte, um die Zeit abzulesen. Seiner Meinung nach diente Duncans Countdown nur dazu, ihn fertigzumachen. Möglicherweise gab er ihm ja falsche Signale, um einen Wettbewerbsvorteil zu haben. Das wäre Duncan zuzutrauen.

Inzwischen konnte es sich nur noch um Sekunden handeln. *Verdammt, verdammt, verdammt.* Welche Soße hatte er noch nicht gehabt? Velouté. Dieses Mal eine weiße Mehlschwitze. Verquirlt mit einer klaren Brühe, wie zum Beispiel aus Fisch oder Hühnchen, entstand eine seidenweiche Soße, die nach der gewählten Eiweißquelle schmeckte.

Ah, das half nicht mehr. Der Gedanke an Samtsoßen lenkte Becks Aufmerksamkeit auf Duncans feuchten und weichen Mund.

Gerade als er krampfhaft nach weiteren Dingen suchte, die sich auflisten ließen, kündigte Duncans Uhr durch einen Alarmton das Ende der sechs Minuten an. Bevor der letzte Ton verklang, kam er. Sein gesamter Körper erzitterte, als die enorme zurückgehaltene Spannung zusammen mit dem Orgasmus aus ihm herausströmte.

Sekunden, nachdem Becks Schwanz aufgehört hatte zu zucken, zog ihn Duncan herunter auf die Knie. Beck ließ es bereitwillig zu. Allerdings war er nicht so erledigt, dass ihn nicht einen kurzen Moment Panik erfasst hätte, weil er auf dem Boden einer öffentlichen Dusche saß. Dennoch ließ er sich zuvorkommend sinken. Seine Knochen fühlten sich wie Wackelpudding an und außerdem kam das Putzkommando jeden Abend hier rein.

Duncan war so hart, dass seine gedehnte Schwanzspitze glänzte und die Adern an seinem Penis deutlich hervortraten. Sein Oberkörper wies rote Flecken auf. Beck wusste nicht, ob sie von dem heißen Wasser oder von der Erregung stammten. Es spielte auch keine große Rolle. Später wäre noch genug Zeit, Duncans Körper genau kennenzulernen. Jetzt musste ihn Beck unbedingt berühren und etwas von der Lust zurückgeben, die Duncan in den letzten qualvollen Minuten aus ihm herausgewrungen hatte.

Duncan schien Gefallen an dem Plan zu finden. Sein Körper wölbte sich vom Boden hoch, als Beck seine Hand um den angespannten Penis legte. Seine Finger kribbelten immer noch vom Orgasmus, doch er bog sie, um wieder Gefühl hineinzubekommen – bei der engen Umklammerung stöhnte Duncan laut auf – und fing an ihn zu streicheln.

Da Beck nicht wusste, welche Berührungen Duncan mochte, fühlte es sich aufregend an. Bei einem so empfänglichen Partner wie Duncan machte diese Erkundung immer Spaß. Sein Stöhnen und Keuchen ließ keinen Zweifel daran, dass sich Beck auf dem richtigen Weg befand.

Duncan begann sich ungeduldig zu bewegen, um Becks Handbewegungen zu beschleunigen. Beck beugte sich vor und küsste ihn. Erschaudernd schmeckte er sich selbst auf Duncans Zunge. Zuzulassen, dass Duncan ihm ohne Kondom einen blies widersprach allem, was er je über Safer Sex gelernt hatte. In dem Moment war es Beck jedoch völlig egal gewesen. Jetzt verspürte er deswegen ein leichtes Schuldgefühl, obwohl er wusste, dass er clean war. Er hatte nicht einmal überprüft, ob das auch auf Duncan zutraf. Himmel, seit seiner Teenagerzeit hatte er sich nicht mehr so gehen lassen.

Duncan presste sich in den Kuss, hieß Becks Zunge in seinem Mund willkommen und stieß gleichzeitig mit den Hüften gegen Becks Faust.

Beck umklammerte weiterhin fest den Schwanz, während sich Duncan bewegte. Seine freie Hand stemmte er gegen die Wand, sodass sie auf den nassen Fliesen nicht ins Rutschen gerieten, als Duncan mit zuckenden Hüften in den engen Ring der Finger stieß. Auf einer Welle der Euphorie durch seinen eigenen Orgasmus – und seinen Sieg – schwebend, vertiefte Beck den Kuss, drehte das Handgelenk und strich beim nächsten Stoß sanft mit dem Fingernagel über Duncans Schwanz. Duncans Kehle entwich ein ersticktes Stöhnen.

Danach dauerte es nicht mehr lange. Beck entschloss sich mannhaft, diese Ironie nicht zu erwähnen. Einige Handbewegungen später lehnte Duncan sich schwer gegen ihn, presste ihn gegen die Fliesen und kam. Beck ließ sie beide vom

Schwung der Bewegung auf den Boden ziehen – zur Hölle mit den Bakterien. Selbst nach der kurzen Zeit, die er auf dem Boden gekniet hatte, schmerzten seine Knie. Er fragte sich, wie Duncan das die ganze Zeit lang hatte aushalten können. Aufgrund des unerbittlichen Bodens und des sechsminütigen Blowjobs musste Duncan höllische Schmerzen haben.

„Mein Anzug stammt aus dem Secondhand-Laden", sagte Duncan dümmlich mit rauer Stimme. Wie typisch von ihm, das Eingeständnis zu vermeiden, dass er verloren hatte. Immerhin hielt er die Wettbedingungen ein. „Und ich trage keine Fliege."

Beck grinste. Bei der Vorstellung, Duncan erneut in einem Anzug zu sehen, überkam ihn Freude. Er würde nicht so schneidig sein wie der Smoking bei der Brix Eröffnung. Wenn es dem aber nur etwas nahekam, würde er das sehr schätzen.

„Gut. Aber glaub bloß nicht, dass ich es vergessen werde. Aus der Sache kommst du nicht raus. Wenn du zu den Filmaufnahmen morgen nicht im Anzug erscheinst, werde ich einen Produktionsassistenten zu deiner Wohnung schicken und ihn holen lassen. Denk bloß nicht, dass ich das nicht tue."

Duncan lachte heiser. „Unfassbar, dass du es geschafft hast", gestand er und rieb sich das Kinn. „Ich bin beeindruckt."

Genau genommen hatte Beck nicht geduscht. Er kämpfte sich jedoch hoch und stellte das dampfende Wasser trotzdem aus. Seine Finger waren verschrumpelt, seine Haut fühlte sich empfindlich und überhitzt an. Das Waschen konnte bis morgen Vormittag warten. Den Großteil des Schweißes hatte er immerhin abgespült.

Duncan ergriff die angebotene Hand und ließ sich von Beck vom Boden hochziehen. Er warf Duncan ein Handtuch zu und wickelte sich ein anderes um die Taille.

„Wo ist denn jetzt diese illustre Kochuniform? Ich habe Corbin versprochen, mich mit ihm zu treffen, wenn er das Brix geschlossen hat. Irgendwo gibt es ein Pokerspiel."

Becks Magen krampfte sich zusammen. Es war also nur eine einmalige Sache gewesen.

„Ich habe sie dir auf die Bank gelegt."

„Danke. Ich werde einen Anschiss bekommen, wenn ich so aufkreuze, aber die Kerle haben wenigstens was zu lachen." Er rieb sich grob mit dem Handtuch übers Haar und begann dann sich schnell abzutrocknen. „Hast du …"

„Hey, ich bin gar nicht dazu gekommen, mich zu waschen, also mache ich das jetzt lieber", fiel ihm Beck ins Wort. Er wollte wirklich nicht hören, wie Duncans Planung für den restlichen Abend aussah. Nachdem er das Handtuch abgelegt hatte, trat er zurück unter die Dusche. Unnötig, die Situation noch peinlicher werden zu lassen, als sie ohnehin schon war. Vermeidung stellte immer eine Lösung dar. „Dann bis morgen? Um eins sind wir im Studio, müssen aber noch das Script durchgehen, einen Testlauf machen und die Musterteller austauschen. Beginn ist um neun."

„Bist du …"

Beck drehte das Wasser auf. Das Rauschen ertränkte jede klischeehafte Enttäuschung, die ihm Duncan noch hatte zufügen wollen. Beck kam damit klar, ein One-Night-Stand zu sein, aber nicht damit, für dumm verkauft zu werden wie eines von Duncans Groupies.

Duncans unergründliche Miene war das letzte, was Beck sah, bevor er den Duschvorhang schloss und damit einen Blick in die Umkleide verhinderte. Es war feige, aber besser als Duncan weggehen zu sehen.

Himmel, er war ein Idiot. Hoffentlich würde die Stimmung zwischen ihnen in der Sendung nicht darunter leiden.

9

„Danke, dass Sie heute *King of the Kitchen* eingeschaltet haben! Im nächsten Monat wird sich hier einiges ändern. Unser Produktionsleiter, Bob Starden, wird Ihnen alles darüber mitteilen", Beck lächelte verkrampft in die Kamera mit dem blinkenden Licht.

Duncan schaute aus den Kulissen zu und wartete auf seinen Einsatz. Beck verhielt sich heute irgendwie merkwürdig. Vielleicht lag es an der Aufregung über das neue Format. Beim Durchgehen des Scripts hatte er sich heute Morgen unzählige Male verhaspelt und bei der Generalprobe tatsächlich eine Pfanne fallen lassen. Er kannte Beck bisher nur mit ruhiger Hand. Es musste also etwas im Busch sein.

Und genau deshalb sollte er niemals seine Regel brechen, nicht mit Kollegen zu schlafen. Eine Nacht Sex war die wochenlangen Peinlichkeiten nicht wert. Er riskierte einen Blick auf den selbst unter Anspannung noch attraktiv aussehenden Beck. Aber der Sex war verflucht noch mal großartig gewesen. Möglicherweise käme ja sogar eine Wiederholung infrage. Da Duncan um alles einen weiten Bogen machte, das auch nur im Entferntesten einer Beziehung ähnelte, war das allerdings ziemlich abwegig.

Lindsay versetzte ihm einen harten Stoß, sodass er ein paar Schritte nach vorne stolperte. Er schaute hoch und bemerkte erschreckt, dass Bob ihm vom Set aus zuwinkte. Er musste während seiner gesamten Vorstellung geistesabwesend gewesen sein. Mist.

Duncan schritt nach vorne und zupfte an seinem Sakko. Er hatte die Regeln ihres Abkommens umgangen, indem er zwar den Anzug trug, ihn jedoch mit einem seiner Lieblings-T-Shirts kombiniert hatte. Das diente sowohl zur Beruhigung, sollte ihm aber auch etwas mehr Selbstvertrauen geben. Es war schon ungewohnt genug, Filmaufnahmen für eine Fernsehsendung zu machen, da würde er das ganz bestimmt nicht ohne seine Wohlfühlklamotten tun.

Beck hatte nach einem Blick auf das T-Shirt nur eine verächtliche Bemerkung von sich gegeben, doch Lindsay hatte es abgenickt. Selbst Bob war in Lachen ausgebrochen. Das Sakko stand offen, sodass jeder den Aufdruck sehen konnte: Die Silhouette eines Schweins mit der Überschrift „Bacon is murder. Tasty, tasty murder" – „Speck ist Mord. Verdammt leckerer Mord."

„Danke, dass du unser Team verstärkst", begrüßte ihn Bob und schüttelte ihm die Hand.

„Ich freue mich, hier zu sein", erwiderte Duncan und behielt sein breites, ungezwungenes Lächeln bei. Wenn er sich auf Bob und Beck konzentrierte, gelang es ihm beinahe, die Kamera zu vergessen. „Ich bin begeistert, bei *King of the Kitchen mit Beck* zusammenzuarbeiten. Schließlich bin ich schon jahrelang ein Fan der Sendung." Er ignorierte Becks leises Glucksen – das erste Anzeichen echten Lebens, das er am heutigen Tag von Beck vernahm.

„Das hört man immer gerne", erklärte Bob nach einer Sekunde, als Beck nichts erwiderte. „Wir haben dem Publikum erklärt, dass Beck und du euch jede Woche bei der Neuinterpretation eines klassischen Gerichts gegenüberstehen werdet. Was wir ihnen noch nicht gesagt haben, ist, dass sie es sind, die den Gewinner küren … und dass sie durch die Wahl einen besonderen Zweck unterstützen. Ihr Scheckbuch wird die wöchentliche Wahl entscheiden. Duncan?"

Duncan atmete tief ein, um sich zu wappnen und blickte in die Kamera. Lindsay und Campbell hatten sich rechts und links daneben platziert, sodass er sich erleichtert entspannte. Sie waren Genies. Er grinste sie an. Er hatte das hier unter Kontrolle.

„Wie Bob schon sagte, werden wir gegeneinander antreten, um Geld für unsere Wohltätigkeitsorganisationen zu sammeln. Ich arbeite schon seit Jahren mit der Healthy U Foundation zusammen und bin stolz, sie hier vertreten zu dürfen. Sie kümmern sich in der Innenstadt um gefährdete Kinder vom Kindergartenalter an bis zur Highschool und bringen ihnen mithilfe von Schulpartnerschaften gesunde Lebensmittel näher. Außerdem veranstalten sie wirklich tolle Sommercamps, in denen die Kinder nicht nur die Zubereitung von gesundem Essen lernen, sondern die Zutaten dazu auch selbst anbauen."

„Hast du nicht auch in einigen dieser Camps gearbeitet?", wollte Bob wissen.

Nach den Filmaufnahmen würden sie eine Fotomontage zusammenschneiden, die Duncan bei verschiedenen Healthy U Veranstaltungen und Camps zeigte. Daher wandte er sich Bob zu und antwortete ihm direkt. Jetzt spielte es keine Rolle, ob er in die Kamera schaute oder nicht.

„Das habe ich, aber dabei ging es nur um das Kochen. Die meisten Menschen hören das Wort „Mikrobiologe" und meinen, ich wäre gut darin, Dinge wachsen zu lassen. Der Großteil meiner Erfahrung darin beschränkt sich allerdings auf Petrischalen. Fast mein gesamtes Wissen über die Gartenarbeit stammt aus Healthy U Veranstaltungen. Es ist eine wundervolle Wohltätigkeitsorganisation, die hier in der Stadt so viel Gutes getan hat und weiterhin tut. Die Kids lernen mit Begeisterung alles über das Urban Gardening. Es ist großartig, den Kindern frisches Gemüse näherzubringen und zu beobachten, mit welcher Freude sie die Sachen, die sie selbst gekocht haben, essen."

Bob schlug ihm auf den Rücken und nutze die Bewegung, um ihn sanft zurück in Richtung Kamera zu drehen. Duncan verstand den Hinweis und lächelte Campbell und Lindsay erneut an.

„Ich denke, die meisten unserer Zuschauer kennen die Organisation bereits, für die Beck in den Wettstreit geht. Du bist ja bereits seit einiger Zeit für sie aktiv und wir haben schon früher über sie berichtet", erklärte Bob.

„Ja, ich kämpfe für das Waste Not, Want Not Programm der Danowski Foundation. Sie bewegen lokale Restaurants und Lebensmittelgeschäfte dazu, die überschüssige Ware an Suppenküchen in der Stadt zu spenden. Das ist ein großes Unterfangen, da wir die ordnungsgemäße Behandlung der Lebensmittel sicherstellen müssen. Wir betreiben acht Küchen in der ganzen Stadt, die täglich zweimal am Tag eine warme Mahlzeit ausgeben. Seit diesem Jahr setzen wir außerdem einen Essenswagen ein, der kalte Speisen, wie zum Beispiel Sandwiches, zu den Leuten auf der Straße bringt, die nicht in eine der Küchen kommen können. Sie leisten großartige Arbeit und ich fühle mich geehrt, ein kleiner Teil davon sein zu dürfen."

Lachend warf Bob ein: „Man kann dich kaum als kleinen Teil davon bezeichnen. Für alle, die es noch nicht wissen: Beck war einer der Gründer der Organisation. Er ist einfach zu bescheiden."

Das hatte Duncan nicht gewusst. Wie hatte er eine solch eingeschränkte Ansicht über Beck bekommen können? Hatte wirklich ein Streit seine ganze Meinung beeinflusst? Beck verfügte ganz eindeutig über ein großes Ego, war aber im Grunde genommen ein echt netter Kerl.

„Ich mache nichts Besonderes", widersprach Beck. „Die Menschen, die Waste Not, Want Not zum Erfolg verhelfen, sind diejenigen, die jeden Tag dort draußen sind und die Abholung der Lebensmittel von den großartigen teilnehmenden Restaurants und Geschäften koordinieren. Außerdem die Freiwilligen, die das Essen kochen, servieren und ausliefern. Das sind diejenigen, die unermüdlich für die gute Sache arbeiten und ich bin außerordentlich froh, ihnen auf jede erdenkliche Art zu helfen."

Oh Mann, wer hätte gedacht, dass Bescheidenheit und Wohltätigkeit heiß sein könnten? Doch sie waren es. Zumindest bei Beck. Duncan verspürte den Drang, ihn wie einen Baum zu besteigen.

Allerdings mussten sie Speisen zubereiten und das war fast genauso gut.

„Ich überlasse die beiden jetzt wichtigeren Dingen – der Herausforderung, das heutige Gericht zu kochen!", sagte Bob und klatschte in die Hände. „Am Ende der Sendung können Sie Ihre Stimme abgeben, indem Sie an eine der Wohltätigkeitsorganisationen spenden. Jetzt lassen wir sie aber beginnen."

Bob versetzte jedem von ihnen einen Klaps auf den Rücken und verschwand aus dem Bild. Zwischen ihnen blieb eine große Lücke zurück. Beck warf ihm einen leicht genervten Blick zu und trat dann näher, um den Abstand zu schließen. Ups. Laut Script hätte Duncan sich bewegen müssen. Er musste wirklich anfangen, besser aufzupassen.

Beck zog einen Teller aus dem Tellerwärmer und stellte ihn auf die Theke zwischen ihnen. Die Kamera fuhr vor und zoomte ihn heran. Duncan musste sich zwingen, nicht instinktiv einen Schritt zurückzuweichen. Filmaufnahmen waren echt hart.

„Heute nehmen wir es mit dem Rosenkohl auf. Er besitzt zu Unrecht einen schlechten Ruf. Wenn Duncan und ich mit ihm fertig sind, werden Sie sehen, dass er eine geschmackvolle und nährstoffreiche Ergänzung für jeden Essenstisch darstellt.

Ich werde den klassischen Weg einschlagen, meinen Rosenkohl langsam zusammen mit Strauchtomaten rösten und ihn zum Schluss mit einer Balsamico Reduktion vervollkommnen." Die Kamera schwenkte über die Zutaten, die ein Bühnenhelfer nur Minuten zuvor dort hingestellt hatte.

„Und ich werde ein wenig Chemie in die Küche bringen und Ihnen zeigen, wie man einen Speckschaum zubereitet, der meinen knusprig gegrillten Rosenkohl perfekt ergänzt", übernahm Duncan das Wort. Er hatte seine Smoking Gun und seinen Sahne-Siphon mitgebracht, die er jetzt hochhielt. Beide hatten in den Testküchen für einen ziemlichen Wirbel gesorgt. „Das hier sind Geräte, die Sie wahrscheinlich nicht zu Hause in Ihren Küchen haben. Es gibt da draußen aber jede Menge erschwingliche Modelle für den Hobbykoch. Sie wirken etwas einschüchternd, aber wir werden den Vorgang heute in allen Einzelheiten durchgehen. Sie werden sehen, dass Wissenschaft in der Küche Spaß machen und schmecken kann."

Ihre Gerichte benötigten beide eine lange Zubereitungszeit. Daher hatten Andre und die Küchenhelfer ihnen mehrere Gerichte zum Austauschen gebracht, damit sie den Zuschauern den üblichen Kochprozess zeigen konnten. Einige von Duncans Schritten ließen sich jedoch nicht im Voraus erledigen, zum Beispiel die Vorbereitung der Smoke Gun und die des Siphons zur Herstellung des Schaums.

Er war mehr als nur ein bisschen nervös, dass etwas nicht wie geplant funktionieren würde, doch alles verlief reibungslos, wenn man von einem geringfügigen Verschütten absah, als er und Beck zusammenstießen.

„Und daher ruft man in einer professionellen Küche ständig ‚zurück'", scherzte Duncan, während er den auf seinem Jackett verschütteten Balsamicoessig abwischte. „Deshalb trägt auch niemand außer Beck beim Kochen diesen Frack."

Er stellte seinen Topf ab, zog sich sein Sakko aus und reichte es dem Bühnenhelfer, der nach vorne geschossen kam und es entgegennahm. Diese ganze Hilfe außerhalb der Sichtweite der Kamera war echt nett. So ungefähr hatte er sich als Kind Eiskaltes Händchen aus der *Addams Family* vorgestellt.

„Ah, das ist besser."

Beck schüttelte seufzend den Kopf, doch Duncan lachte nur. „Mein Shirt ist topaktuell. Wir werden nämlich jetzt – da wir unseren Rosenkohl schockgefrostet und in unseren Tischräucherofen gestellt haben, damit er den ganzen wunderbaren Geschmack aufnehmen kann – mit dem Speckschaum beginnen."

Er drehte sich in Richtung Kamera, damit sie über sein Shirt schwenken konnte. „Schwein schmeckt köstlich, Leute. Lassen Sie sich von niemandem ein schlechtes Gewissen einreden, nur weil Sie Speck essen", befahl er und drohte mit dem Finger in die Kamera.

Beck hob beschwichtigend die Hände. „Ich verurteile den Speck nicht. Ich liebe Speck. Und die jüngsten Studien besagen, dass Speck in Maßen genossen Teil einer gesunden Diät sein kann. Schließlich ist er reich an Niacin. *Mein* Problem ist dieses Shirt", erklärte er und verzog das Gesicht. „Er besitzt einen endlosen Vorrat an lächerlichen T-Shirts mit kulinarischem Bezug. Ich kann mich nicht erinnern, das gleiche ein zweites Mal zu Gesicht bekommen zu haben."

Duncan drückte die Brust heraus. „Wear 'em loud, wear 'em proud", witzelte er.

Beck seufzte. „Während er seinen geliebten Speck hackt und in diesen großen Schmortopf füllt, werde ich mit meiner Balsamico Reduktion beginnen. Eigentlich ist das nur eine hochtrabende Bezeichnung für das Einkochen des Essigs, bis er genügend Feuchtigkeit verloren hat und eindickt. Dadurch wird der Geschmack konzentriert und die erhaltene Konsistenz ermöglicht es uns, den gerösteten Rosenkohl zu überziehen. So bekommen wir die Soße in jeden Bissen."

Genau genommen musste Duncan nicht mehr als eine dicke Scheibe des Specks hacken. Ein ganzer Teller perfekter Speckwürfel stand zusammen mit Schüsseln voller gehackter Zwiebeln und Kräuter in dem kleinen Kühlschrank unter der Theke. Die Wunder des Fernsehens.

Der Regisseur gab Duncan ein Zeichen, in die Kamera zu lächeln. „Wir werden diesen Speck einige Zeit in Hühnerbrühe kochen, damit er sein ganzes Fett und den Geschmack an die Brühe abgibt. Daraus stellen wir dann unseren Schaum her."

Überrascht schaute er auf, als er das Zischen auf eine heiße Pfanne treffenden Olivenöls hörte. Beck stand in Reichweite und begann mit den Vorbereitungen für die Brühe. „Ich dachte, ich helfe ein wenig. Meine Glasur reduziert gerade und mein Rosenkohl steht immer noch im Ofen", erklärte Beck.

„Solange du nicht versuchst, meinen Schaum zu sabotieren", stimmte Duncan mit dramatisch gehobener Augenbraue zu.

„Ich wüsste nicht mal, wie man einen Schaum sabotiert", antwortete Beck grinsend. „Irgendwelche Tipps?"

„Oh, da gibt es jede Menge Möglichkeiten. Im Grunde sprechen wir hier von einem instabilen Schaum. Er wird bei der Herstellung anfangen zusammenzufallen oder sich abbauen, wie es im Labor bezeichnet wird. Ein Schaum besteht aus jeder Menge Luft, die für die Höhe sorgt.

Und außer den Schaum ständig zu stabilisieren, können wir nichts tun, um das aufzuhalten. Stellen Sie daher Ihren Schaum immer erst kurz vor dem Servieren her. Ich empfehle Ihnen, das Gericht bereits auf dem Teller anzurichten und den Schaum dann am Tisch hinzuzufügen. Das verleiht dem Ganzen einen extra Pep. Beim Einsatz eines Siphons entsteht ein großartiger Wow Effekt."

„Das ist dieser schicke Schlagsahnebehälter?", fragte Beck mit einem Zwinkern in Richtung Kamera.

„Du lachst darüber, aber ja, damit kann man auch Schlagsahne zubereiten. Er arbeitet mit Stickoxid zur Schaumherstellung. Sprühsahne wird genauso gemacht."

Duncan gab den Speck in das in Reichweite stehende heiße Fett und überließ Beck die Beaufsichtigung, um seine Brühe und die benötigten Kräuter zusammenzusuchen. „Während Beck den Speck anbrät – was ein wichtiger Schritt ist, den Sie nicht überspringen sollten, da er für eine deutliche Geschmacksvielfalt sorgt. Außerdem hilft es beim Ausschmelzen des Fetts – bereiten wir alles andere zu. Nachdem der Speck fertig gebraten ist, fügen wir die Brühe und etwas Thymian und Knoblauch hinzu. Dann lassen wir es bei niedriger Hitze ungefähr zwei Stunden simmern.

Danach muss die Mischung abgeseiht und im Kühlschrank gekühlt werden. Wir sprechen hier gut und gerne von ein paar Stunden."

Beck nahm den Topf von der Platte und reichte Duncan einen mit ordnungsgemäß gesimmertem Inhalt. „Er wird das jetzt abseihen und währenddessen schauen wir mal nach meinem Rosenkohl und den Tomaten."

Ehrlich gesagt hasste Duncan Tomaten. Doch die, die Beck aus dem Ofen zog, sahen richtig gut aus. Sie waren karamellisiert und schienen einen schönen zarten Gegensatz zu den knusprigen Blättern des gerösteten Rosenkohls zu bilden. Wie er zugeben musste, verstand Beck sein Handwerk.

„Sehen Sie, wie viel Farbe und Knusprigkeit er durch das Rösten bekommen hat? Das hier ist definitiv nicht der übliche gekochte Rosenkohl", stellte Beck fest und schob sie mit dem Pfannenwender in der Pfanne umher. „Jetzt schwenken wir ihn noch in der Balsamico Reduktion und sind dann bereit zum Servieren. Wie sieht's bei dir aus, Duncan?"

Duncan war zu beschäftigt gewesen, Beck zuzusehen, um sich ans Script zu halten. Glücklicherweise hatte jemand die abgeseihte und gekühlte Flüssigkeit für ihn aus dem Kühlschrank geholt.

„Der Rosenkohl sollte inzwischen vollständig gegrillt sein", erklärte er und hob den Deckel. Duftender Dampf wehte heraus, als er den Teller herausnahm. „Jetzt können wir unseren Siphon mit der gekühlten Speckflüssigkeit füllen und das Gericht fertigstellen. In dem Siphon befindet sich – wie bereits erwähnt – eine Kartusche mit Distickstoffmonoxid, mit deren Hilfe wir unserem Schaum seinen Pep verleihen werden." Er schüttete etwas von der Flüssigkeit hinein und schloss ihn dann. „Der Schaum wird, wie gesagt, nicht stabil sein. Daher werde ich bis kurz vor dem Servieren warten."

Er hielt den Siphon hoch, zog den Hebel und sprühte den empfindlichen Schaum auf den Rosenkohl. Dann drehte er sich um und hielt ihn Beck mit erwartungsvollem Blick vor den Mund.

„Du bist so ein Kindskopf", stellte Beck kopfschüttelnd fest. Trotzdem öffnete er den Mund und Duncan schoss ein wenig von dem Schaum mit Speckgeschmack hinein.

„Oh mein Gott", murmelte Beck, während er schluckte. „Ich hatte ja meine Zweifel, aber es schmeckt tatsächlich wie Speck."

„Cool, oder?" Duncan grinste. Dann nahm er eins der schaumbedeckten Rosenkohlröschen und steckte es sich in den Mund. Sie waren ziemlich gut geworden.

„Okay. So, da wir jetzt angerichtet haben", sagte Beck und trug beide Teller nach vorne zur Theke, damit die Kamera sie in Nahaufnahme zeigen konnte, „ist es an der Zeit, die Kreation des Gegners zu probieren."

Duncan nahm eine Gabel voll von Becks Rosenkohl. Die Balsamico Reduktion bildete einen wunderbaren Gegensatz zu dem zarten Geschmack der gerösteten Tomaten. Der Rosenkohl war für sich alleine genommen schon schmackhaft. „Is gut", erklärte er kauend.

Beck lachte. „Außerordentlich eloquent." Als er eins von Duncans Rosenkohlröschen nahm, hielt Duncan tatsächlich einen Moment lang den Atem an. Er konnte Kritik zwar ziemlich gut von sich abprallen lassen, doch Becks Meinung war ihm wirklich wichtig.

„Es ist … Ich kann nicht ganz …" Beck runzelte die Stirn. „Es fällt mir schwer, das zu beschreiben. Ich habe noch nie zuvor etwas mit derartigen Konsistenzen und Aromen gegessen. Es ist köstlich. Ich finde allerdings keine Worte für das Mundgefühl. Ich schmecke Speck und erwarte die Zähigkeit von Speck, doch sie ist nicht vorhanden. Und die Knusprigkeit des Rosenkohls ist zwar nett, aber durch das Raucharoma schmeckt er fast nach Fleisch."

„Genau darum geht es in der Molekularküche", sagte Duncan und breitete die Arme aus. „Wir nehmen das Normale, um daraus etwas nicht Normales zu machen. Dadurch entsteht ein ganz neues Geschmacks- und Konsistenzprofil, bei dem das Gehirn nicht weiß, wie es das verarbeiten soll."

„Na, das ist dir gelungen." Beck versetzte ihm einen Stoß mit dem Ellenbogen. „Und jetzt zum spaßigen Teil. Welches Gericht hat Ihnen besser gefallen, liebe Zuschauer? Die Einzelheiten zu meiner Wohltätigkeitsorganisation, Healthy U, sind rechts eingeblendet. Denken Sie daran, Sie geben mit Ihren Dollars ihre Stimme ab. Wir bitten um eine Spende von einem Dollar pro Stimme, die Sie entweder heute Abend telefonisch abgeben können oder bis Donnerstag über die Websites der Organisationen."

Dann schüttelte er Duncan die Hand. Obwohl es im Script stand, kam es für Duncan total überraschend.

„Mir hat das Kochen mit dir heute Spaß gemacht, Duncan. Ich habe auf jeden Fall einiges gelernt und die Zuschauer zu Hause hoffentlich ebenfalls. Danke, dass Sie uns in Ihre Küche eingeladen haben. Nächste Woche sind wir mit einer neuen Aufgabe zurück."

In der Sekunde, in der das rote Licht an der Kamera erlöschte, ließ Beck Duncans Hand los. Duncan trat etwas gekränkt einen Schritt zurück.

„Das ist ja gut gelaufen", stellte er fest. Dann runzelte er die Stirn: Becks Lockerheit war verschwunden und die alte Anspannung war zurück.

„Ich hätte es nicht erwartet, aber dein Gericht hat mir tatsächlich geschmeckt."

„Ja, ich …"

„Ich muss ins Brix. Heute Abend habe ich die Küchenleitung. Morgen früh findet ein Meeting statt, um zu besprechen, wie es gelaufen ist und um mit den Vorbereitungen für nächste Woche anzufangen. Lindsay oder Campbell können dir die Einzelheiten mitteilen."

Duncan starrte ihm hinterher, als er fluchtartig das Set verließ.

Beck ging ihm *wirklich* aus dem Weg.

10

„WIE VORHERGESEHEN haben die Zuschauer euch beide geliebt." Mit diesen Worten nahm Lindsay auf Becks Tischkante Platz.

Obwohl er Duncan über das Meeting informiert hatte, war er selbst am Vormittag nicht dabei gewesen. Das hatte sich allerdings nicht vermeiden lassen. Die Geschäftsführerin aus einem von Christians Restaurants hatte sich krankgemeldet und er daher um halb zehn eine Lieferung entgegennehmen müssen. Da er nicht an zwei Orten gleichzeitig sein konnte, hatte er sich darum gekümmert. Das war schließlich wichtiger.

Er hatte es nicht inszeniert – Rachel war wirklich krank. Allerdings hatte er die Chance beim Schopf ergriffen, hinzufahren und sich selbst darum zu kümmern, anstatt jemand anderen darum zu bitten, obwohl er wusste, dass das einen feigen Ausweg darstellte.

Und jetzt würde er dafür bezahlen müssen.

Lindsay verschränkte die Arme. „Spuck's aus. Du versäumst nie ein Nachbereitungsmeeting. Nie."

Er zuckte mit den Achseln. „Ich musste etwas anderes erledigen. Anders als du arbeite ich nicht ausschließlich hier."

Kopfschüttelnd forderte sie ihn auf: „Versuch's noch mal."

Er seufzte. „Habe ich irgendetwas Weltbewegendes verpasst? Bist du hier, um mir zu sagen, dass du mich *wirklich* bei dem Meeting gebraucht hättest und nicht nur die Jungs aus der Technik mitgeteilt haben, wie die Bearbeitung lief? Da kann nicht viel zu tun gewesen sein. Wir haben es wie eine Live-Sendung gedreht. Sie mussten lediglich im Nachhinein die grafischen Darstellungen einfügen und Übergänge für die Werbepausen einarbeiten."

„Nein, das ist gut gelaufen. Aber wir haben auch über das Format gesprochen. Duncan hat in einem äußerst leidenschaftlichen Appell darum gebeten, auf das Script zu verzichten. Da du nicht da warst, um Einwände zu erheben, wurde die Bitte angenommen."

Becks Mund wurde trocken. „Auf das Script verzichten?"

Sie nickte. „Er meinte, ihr wäret mit den Dialogen viel öfter davon abgewichen, als euch daran zu halten. Das stimmt. Ich habe dich noch nie zuvor so aus dem Stegreif moderieren sehen. Das war echt gut."

Beck rieb sich den Nacken. „Das war ganz allein er. Ich habe lediglich auf seine Fragen geantwortet." Er stieß sich vom Schreibtisch ab und ging hinüber zum

Fenster. Wenn er sich streckte und die Augen zusammenkniff, konnte er fast den Fluss sehen. „Ist das tatsächlich dein Ernst? Christian hat ihm erlaubt, das Script wegzulassen?"

„Christian hatte nicht viel zu sagen, weil Bob sofort darauf angesprungen ist. Er konnte sich nur über die Chemie zwischen euch auslassen und wie gut ihr bei den Zielgruppen angekommen seid. Und er hat recht. Ihr zwei seid fantastisch gewesen. Die Zuschauer waren begeistert."

„Wie läuft das Voting?"

Lindsay strahlte. „Großartig. Das war die beste Idee überhaupt. Ernsthaft. Wir bekommen unglaublich viel positive Presse wegen der Einbeziehung der Wohltätigkeitsorganisationen. Selbst wenn wir überhaupt kein Geld für sie einnehmen sollten, finden uns alle toll."

Als er sie fassungslos anstarrte, ruderte sie zurück. „Das soll nicht heißen, dass es mir egal ist, wenn wir nichts einnehmen. Das ist es nicht. Natürlich nicht. Und das tun wir. Bisher sind insgesamt drei- bis viertausend Dollar im Topf."

„Wirklich?"

„Ja. Ich glaube, das hat das Zeug eine ganz große Sache zu werden."

„Zeichnet sich schon ein Gewinner ab?"

„Nee. Und die Wahl geht noch bis zur Sendung nächste Woche, sodass wir es erst dann erfahren werden. Ich glaube nicht, dass Bob plant, euch vor den Aufnahmen zur nächsten Sendung zu sagen, wer gewonnen hat."

Das klang definitiv nach Bob. Maximaler Dramatikeffekt.

Um sie anzusehen, drehte er sich um und lehnte sich mit dem Rücken gegen das Fenster. Er spürte die Kühle des Glases durch sein dünnes Shirt. Das half etwas gegen den Schweiß, der ihm vor lauter Nervosität ausgebrochen war, als sie das Weglassen des Scripts erwähnt hatte. „Und was sollen wir ohne Script tun?"

Sie wischte seine Bedenken mit einer Handbewegung weg. „Für die einzelnen Schritte wird es immer noch ein Script geben. Du hast also immer noch die genauen Zeitangaben und den Zeitpunkt für den Austausch der Musterteller. Aber euer Dialog wird improvisiert sein."

„Komplett?"

„Wenn du willst, kannst du immer noch dein eigenes Script schreiben. Wie ich weiß, macht das einen Großteil deiner Vorbereitung für die Aufnahmen aus. Es wird allerdings keinen Text für das Geplänkel zwischen dir und Duncan geben. Die Dinge, die euch spontan einfallen, sind nämlich tausend Mal besser als alles, was sich unsere Autoren einfallen lassen könnten."

Beck wusste nicht, ob das ein Seitenhieb gegen die Autoren oder ein Kompliment für ihn sein sollte. Es kümmerte ihn auch nicht.

„Dabei habe ich kein gutes Gefühl."

„Klär das mit Duncan. Oh, Moment." Sie riss die Augen auf. „Das kannst du ja nicht, weil du nicht mit ihm sprichst."

„Sei nicht albern."

Unbeeindruckt starrte sie ihn an. „Er hat es mir selbst gesagt. Ich dachte, er würde aus einer Mücke einen Elefanten machen – seien wir doch mal ehrlich, du kannst manchmal echt ein Arschloch sein, sodass man das leicht falsch verstehen kann – bis du nicht zum Meeting erschienen bist."

„Ich habe dir doch gesagt, dass ich woanders hinmusste. Ich versichere dir, ich habe Rachel nicht die Grippe verpasst, damit ich ein verdammtes Meeting ausfallen lassen kann."

Ihr Lächeln beruhigte ihn überhaupt nicht. Stattdessen überkam ihn die flaue Vermutung, dass er ihr irgendwie unwillentlich direkt in die Hände gespielt hatte. „Und jetzt verteidigst du dich. Das bedeutet, dass du verärgert bist. Sag mir, was los ist. Duncan meinte, es wäre etwas Persönliches. Habt ihr zwei euch wieder gestritten? Dann sag mir wenigstens, dass ihr so vernünftig gewesen seid, es nicht in der Öffentlichkeit zu tun."

Er lachte erstickt auf. Es war nicht in der Öffentlichkeit gewesen, aber nur, weil sich aufgrund der späten Stunde niemand mehr im Gebäude befunden hatte.

„Natürlich", murmelte Beck knapp. „Und das geht dich nichts an."

„Selbstverständlich geht mich das etwas an. Schließlich bin ich für dein Image verantwortlich. Weißt du noch? Ich muss wissen, was zwischen euch los ist, damit ich mich um alle entstehenden Gerüchte kümmern kann."

Beck zuckte mit den Schultern. Die Nervosität ließ ihn unruhig werden. Er war immer noch sauer wegen der Art und Weise, wie ihn Duncan nach dem Sex abgewiesen hatte: freundlich, aber unbeteiligt. Als hätten sie gemeinsam eine Joggingrunde gedreht, statt sich gegenseitig zum Orgasmus zu bringen.

„Okay. Kapiert. Ich halte mich raus", sagte sie und hielt die Hände hoch. „*Es sei denn*, die Presse bekommt etwas mit oder ihr streitet vor der Kamera. Dann werden wir noch mal darauf zurückkommen. Verstanden?"

Er nickte. „Ja. Und er schien wirklich keine Ahnung zu haben, warum ich ihm aus dem Weg gehe?"

„Nein, er hatte keine Ahnung. Oder aber er ist ein sehr guter Lügner. Ich weiß es nicht. Er wirkte auf jeden Fall ehrlich überrascht, als du gestern nach Ende der Dreharbeiten so schnell verschwunden bist. Außerdem war er geschockt, dass du heute Vormittag nicht da warst."

Beck brauchte einen Moment, um das zu verarbeiten. Wenn Duncan keine Ahnung hatte, konnte er immer noch mit ihm befreundet sein. Er musste nur einen Weg finden, seine Schwärmerei abzuschütteln.

„So, erzähl mal, was du machst", bat Lindsay, beugte sich vor und durchwühlte die Papiere auf seinem Schreibtisch.

Bob hatte vorhin angerufen und ihm das Gericht für die nächste Folge mitgeteilt: Spargel mit Sauce Hollandaise. Da das klassische Gericht bereits schlicht war, hatte Beck keine Idee, wie er es neu interpretieren sollte.

Normalerweise hätte es Beck gestört, dass jemand seine Notizen vor der Menüzusammenstellung sah. Bei diesem wartete er jedoch gespannt auf Feedback.

Es geschah nicht oft, dass er seine eigenen Gerichte in der Sendung zeigen durfte – oder in einem der Restaurants. Selbst das Brix, das eigentlich seins sein sollte, bot nicht die Speisen an, die er gerne kochte.

„Du machst also dieses Slow Food Ding?", fragte sie, während sie mit zusammengekniffenen Augen sein Gekritzel betrachtete.

Beck warf ihr einen bösen Blick zu. „Das ist eine echte Food Bewegung. Und ich weiß nicht ... so in der Art. Ich würde mich gerne auf saisonale Lebensmittel und regionale Zutaten konzentrieren und vielleicht einige Grundsätze der Bewegung einbeziehen. Einfache Speisen, höchster Geschmackswert. So in der Art."

Lindsay schob das Notizbuch zurück über den Tisch. „Mir gefällt's. Schwebt dir eine Quiche vor?"

„Das ist vermutlich zu einfallslos." Beck musste in die Küche und nicht hinter seinem Schreibtisch sitzen bleiben. Allerdings befand sich im Moment Duncan unten in der Testküche. Das hatte Beck mitbekommen, als Duncan vor einer Stunde mit Andre im Schlepptau an ihm vorbeigesaust war, um seinen Vertrag für die nächsten zwei Sendungen abzugeben. Sie waren unterwegs in Richtung Küchen gewesen und hatten vor, zu „experimentieren", wie er es genannt hatte, bis seine Schicht in der Bar begann.

„Dann denk dir was anderes aus. Weißt du, was Duncan macht?"

„Ich glaube nicht, dass wir das wissen sollten. Zumindest nicht, bis die Rezepte stehen. Es ist schließlich ein Wettkampf."

Lindsay versetzte ihm erneut einen Stoß. „Es ist kein echter Wettkampf. Damit wollen wir doch nur mehr Interaktion mit den Zuschauern und Aufmerksamkeit bekommen."

Beck schaute sie mit hochgezogener Augenbraue an. „Dann existieren die Zuschaueranrufe gar nicht, mit denen sie das, ihrer Meinung nach, bessere Gericht wählen?"

„Es gibt sie."

„Dann ist es auch ein Wettkampf."

Lachend erwiderte sie: „In der schwächsten Bedeutung des Wortes. Ja. Bei einem Sieg wirst du nichts bekommen. Ich denke, es ist in Ordnung, wenn ihr bei den Rezepten zusammenarbeiten wollt. Es wäre keine gute Sendung, wenn ihr zwei das gleiche Gericht kocht."

Das würde nicht passieren, wenn sie beide freie Hand hatten. Duncan besaß zwar den Ruf eines kulinarischen Chamäleons, weil er praktisch jeden Koch-Stil kopieren konnte. Sein Interesse gehörte jedoch der Molekularküche. Seine Art der Lebensmittelzubereitung stellte das komplette Gegenteil zu Becks Philosophie dar. Das musste er Christian und Bob lassen: Indem sie Duncan und ihn gegeneinander ausspielten, brachten sie Pep in die Sendung. Er war neugierig, wie Duncan den Rest des Wettkampfs bestreiten würde. Auch wenn er selbst diesen speziellen Koch-Stil nicht einsetzte, würde er trotzdem alles genießen, mit dem Duncan aufwartete. Der erforderliche Einfallsreichtum in der Molekularküche war atemberaubend.

„Du könntest es spannend machen", riss ihn Lindsay aus seinen Gedanken. In Becks Kopf schrillten die Alarmglocken. Lindsays verschwörerischer Tonfall verhieß nichts Gutes. „Legt einen Wetteinsatz fest. Ich habe bereits mit Duncan gesprochen. Er ist dabei."

Das klang nicht hinterhältig genug für ihren zufriedenen Gesichtsausdruck. „Was, sollen wir uns etwa selbst einen Pokal basteln?"

„Nein, der Gewinner bekommt sowieso einen in der Sendung. Schh, erzähl Bob bloß nicht, dass ich dir das verraten habe", bat sie mit gesenkter Stimme. „Ich glaube, er hofft, es zu einer jährlichen Sache zu machen. Nein, ich meinte eine private Wette zwischen euch beiden. Um was ihr wollt." Ihr Grinsen wurde noch breiter, als Beck aufstöhnte. „Mit Sicherheit fällt euch etwas ein, um es spannend zu machen."

„Lass mich raten. Dem Teil hat Duncan auch zugestimmt."

Lindsay summte bestätigend. Für Becks Geschmack wirkte sie viel zu selbstzufrieden. „Ich überlasse es dir, die Bedingungen mit Duncan auszuhandeln."

„Wie nett von dir", erwiderte Beck trocken.

Sie setzte zum Tritt gegen sein Schienbein an und lachte auf, als Beck das Bein festhielt und ihr durch die Schuhe die Zehen drückte. Um es ihm heimzuzahlen, streckte sie die Zunge heraus. „Andre hat dir deinen Bereich vorbereitet, falls du runtergehen und mit dem Ausprobieren anfangen willst. Beim Austüfteln der Rezepte wirst du auf dich allein gestellt sein, aber sobald du einen Plan hast, solltest du ihm die einzelnen Schritte mitteilen. Dann können seine Leute alles für die Kameras vorbereiten."

Andre war für alle Rezepte und die Menüplanung der Sendung zuständig. Von Zeit zu Zeit steuerte Beck etwas dazu bei. In den Küchen unten war er jedoch eine einfache Küchenhilfe und kein Koch. Da er die großen, offenen Küchen jedoch mochte, ging er oft hinunter und half dem Küchenpersonal. Er bezweifelte, dass Christian überhaupt wusste, wo sie sich befanden, trotz der Tatsache, dass sein Name auf allen Rezepten stand, die sie verließen.

Bei ihrem ersten Wettkampfgericht hatten sie mit Andre zusammengearbeitet. Becks Meinung nach war das vermutlich nicht anders zu erwarten gewesen. Es störte ihn nicht. Nicht wirklich. Er hatte alle Zutaten für das Menü letzte Woche bekommen. Und wie man an Duncans Speckschaum sehen konnte, ließ Andre ihnen eine Menge Spielraum.

„Wir bekommen also wirklich freie Hand? Nach der ersten Sendung bin ich davon ausgegangen, dass Christian anfängt, sich überall einzumischen – jetzt, da er zurück im Studio ist." Er klang ernst, doch das störte ihn nicht. Ihm bot sich hier eine große Chance und er befürchtete, dass Christian ihm in letzter Minute den Boden unter den Füßen wegziehen könnte.

„Ja, wirklich. Das war die eine von Duncan gewünschte Änderung. Er hat hinzufügen lassen, dass euch bei den Gerichten und der Speisenvorbereitung freie Hand gelassen wird." Sie hüpfte von seinem Schreibtisch und blickte ihn ernst an.

„Er hat den Vertrag von Campbell prüfen lassen, um sicherzustellen, dass alles fair läuft. Campbell meinte, es wäre Duncans eigener Vorschlag gewesen. Du schienst begeistert über die Chance zu sein. Deshalb wollte er sicherstellen, dass du – falls er unterschreiben sollte – dein eigenes Ding machen dürftest."

Duncan verfügte über einen erschreckenden Scharfsinn. Und im Moment verspürte Beck diesbezüglich Dankbarkeit. Er konnte nicht glauben, dass Christian die Zusatzklausel abgesegnet hatte. „Das überrascht mich."

„Dass es ihm so wichtig war und er deshalb dafür gesorgt hat, dass du bekommst, was du möchtest? Oder dass Christian es zugelassen hat?" Sie zuckte mit den Schultern. „Er ist mit dem Vertrag zu Bob gegangen. Genau genommen ist er der Chef hier. Als es den Schreibtisch meines Vaters erreicht hat, war es bereits beschlossene Sache."

Ben zuckte zusammen. „Das wird spaßig."

„Oh, ich wurde schon ordentlich zusammengestaucht. Bei der Vorstellung der Idee damals, habe ich ihm allerdings gleich gesagt, dass Duncan ein wandelndes Pulverfass ist. Wenn du mich fragst, bekommt er nur, was er verdient hat. Ich hoffe, Duncan stellt alles auf den Kopf."

Sie kämpfte bereits seit einer ganzen Weile darum, Beck mehr redaktionelle Kontrolle über die Sendung zu gewähren und das wusste er zu schätzen. Das geschah jedoch nicht nur aus familiärer Loyalität. Als Marketingdirektorin der Sendung behielt sie die Zielgruppen und die Zuschauerreaktionen genau im Blick. Im letzten Jahr hatte sich eine Veränderung zu einem anderen Speisentyp und einer anderen Stimmung gezeigt. Christian hatte das mit aller Macht verhindert, aber vielleicht wurde ja langsam ein Richtungswechsel eingeläutet.

„Sei vorsichtig mit deinen Wünschen", warnte er. Duncan schien gut im Verursachen von Chaos zu sein.

„Jetzt im Moment wünsche ich mir, dass du über deinen Schatten springst und ihn um ein Date bittest. Ihr zwei würdet ein schönes Paar abgeben."

„Über sein Privatleben weiß ich lediglich, dass er stets ungebunden ist. Normalerweise erscheint er mit einem Kumpel statt eines festen Freundes auf den Gastronomie Events. Ich habe keine Ahnung, wie er als Partner ist, geschweige denn, ob er sich überhaupt eine Beziehung wünscht." Beck nahm seinen Kugelschreiber wieder in die Hand und begann die Ränder seines Notizbuchs zu bekritzeln. „Und im Moment bin ich nicht auf der Suche, Lindsay. Ich habe das Restaurant …"

„Es wird immer ein Restaurant, eine Sendung oder was auch immer geben", verkündete sie wegwerfend. „Das Tolle an Duncan ist, dass er wirklich Verständnis haben wird, wenn du gezwungen bist, Verabredungen abzusagen, weil ein Souschef krank ist oder eine Speisekarte umgestaltet werden muss. Es wird nicht wie bei den anderen sein."

Beck hatte in Sachen Beziehung immer eine schlechte Wahl getroffen und nur einige wenige ernsthafte gehabt. Sie waren jedoch alle schlecht ausgegangen, weil sein ganzes Augenmerk seiner Karriere galt und er daher nicht viel Zeit mit einem Partner verbringen konnte. Und das würde sich in absehbarer Zeit nicht ändern. Seine Karriere war Beck wichtig. Lindsay lag jedoch richtig, dass Duncan dafür wahrscheinlich Verständnis hätte. Zumindest würde er sich nicht beschweren, wenn Beck ihn als Versuchskaninchen für neue Rezepte missbrauchte.

„Vielleicht."

Lindsay schien zu merken, dass sie nicht mehr aus ihm herausbekommen würde, denn kurz darauf verschwand sie ohne weitere Tiraden. Das war vermutlich Becks Stichwort, sich nach unten in die Testküchen zu begeben. Er hatte es jetzt lange genug hinausgezögert. In ein paar Stunden musste er ins Brix und wenn er jetzt nicht bald nach unten ging, könnte er erst morgen anfangen.

Als er in der Küche ankam, hielt sich Duncan immer noch dort auf. Er hatte sich auf der rechten Seite des Raumes eingerichtet. Andre befand sich ebenfalls dort und half ihm. Allerdings schien Duncan gar keine Unterstützung zu benötigen. Andre hockte auf einem Stuhl neben der Theke, während Duncan ihm einen Crashkurs über irgendetwas erteilte.

Beck hatte vorgehabt, sich in seine eigenen Rezepttests zu stürzen. Jetzt verspürte er jedoch eine zu große Neugierde, was Duncan mit dem großen Suppentopf und dem merkwürdigen schwarzen Gerät vorhatte.

„Bei Spargel ist es nicht so beeindruckend wie bei – sagen wir Hühnerbrust – aber so bekommst du schon mal eine Vorstellung davon", sagte Duncan gerade, als Beck zu ihnen hinüberschlenderte.

Das Wasser im Topf sprudelte. Auf dem schwarzen, teilweise darin eingetauchten Ding konnte Beck eine Temperaturanzeige erkennen. „Ist das ein tragbarer Sous Vide-Garer?" Etwas Derartiges hatte er noch nie gesehen.

„Ja. Ist er nicht cool?" Duncan strahlte. „Es ist ein Sous Vide Stick. Er ist nicht ganz so leistungsstark wie ein klassisches Sous Vide Gerät, aber es funktioniert auch damit. Besonders wenn wir kleine Mengen nehmen und nicht die handelsüblichen."

„Und du trägst es immer bei dir?"

Duncan grinste und tätschelte die Tasche, die gegen die Rückwand der Edelstahlarbeitsplatte gelehnt war. Beck erschauderte, weil sie sich so dicht neben dem Platz zur Lebensmittelzubereitung befand. Das war unhygienisch. Es überraschte Beck, dass Andre das zugelassen hatte. In den Testküchen waren sie ebenso penibel wie Beck in den Restaurants. Andererseits war sie nach hinten und damit aus dem Zubereitungsbereich geschoben worden. Er sollte mehr Vertrauen in Duncan haben. Schließlich verfügte der Mann über eine gute Ausbildung und würde nichts in seinen Arbeitsbereich bringen, das sich nicht sterilisieren ließ.

„Ich habe es fast immer zusammen mit meinen Messern dabei. Man kann nie wissen, ob man nicht etwas vakuumgaren muss. Ein Paradebeispiel", erklärte er mit einem Nicken in Richtung Topf.

„Was genau machst du?"

„Äh. Keine Ahnung. Normalerweise improvisiere ich so etwas wie das hier. Andre benötigt allerdings einen detaillierten Plan von mir, damit er die Magie des Fernsehens wirken lassen kann", erläuterte Duncan schulterzuckend.

Die auf dem Bildschirm mühelos wirkenden Übergänge resultierten in Wirklichkeit aus jeder Menge sorgfältig abgestimmter harter Arbeit. Rezepte mussten in einzelne Schritte unterteilt werden, damit die Zuschauer noch folgen konnten, jedoch soweit vorbereitet sein, dass keine ungemütlichen Pausen entstanden, während etwas kochte. Bei den Vorbereitungen für die Folge mit Duncan als Gastmoderator hatten sie gerade mal an der Oberfläche der Arbeit des Vorbereitungsküchenteams gekratzt. Damals war es darum gegangen, Rezepte vorzubereiten und herauszufinden, welche von Duncans Tricks sich in heimischen Küchen nachmachen ließen. Harmlos im Vergleich zu dem, um das sie die Hilfsköche jetzt baten, da Duncan sich nicht mehr auf bestimmte Zutaten und die Ausrüstung eines Hobbykochs beschränken musste.

Für Beck bestand jedoch kein Zweifel, dass sie es schaffen würden. Andres Mitarbeiter gelang es stets sehr gut, die für die Zuschauer relevanten Stellen eines Rezepts zu erkennen. Manchmal bereiteten sie zur Verdeutlichung der einzelnen Zubereitungsschritte Dutzende Musterteller zu. Sie würden dafür sorgen, dass Duncans Rezepte funktionierten, doch es würde auf jeden Fall schwieriger werden als üblich.

Duncans Weigerung, seine Dialoge im Voraus zu planen, erschwerte ihre Arbeit ungemein. Die Hilfsköche nutzten das Script, um die Zubereitungsdauer zu schätzen. Dadurch wussten sie, wie viele Schritte sie präsentieren und wie viele verschiedene Musterteller sie vorbereiten mussten. Duncans völlige Abweichung vom Script bedeutete für sie ein Chaos. Was in der bearbeiteten und ausgestrahlten Sendung wie Zauberei wirkte, erforderte in Wirklichkeit jede Menge mühsamer Arbeit.

Bei der Vorstellung ohne festen Dialog vor die Kamera zu treten, brach in Becks Nacken nervöser Schweiß aus, der seine Haut zum Kribbeln brachte. Die Sendungen würden nicht live sein, doch Studiozeit kostete Geld und die Produzenten strebten immer möglichst wenige Kameraeinstellungen an. Die Nachstellung einer Szene erforderte jede Menge Arbeit – das gesamte *Mise en Place* musste neu zubereitet werden, ebenso alle benutzten Musterteller. Deshalb legten sie so viel Wert auf das Vorbereitungs- und Aktionsscript.

„Hey, alles wird gut", sagte Duncan. Etwas von der Spannung wich aus Becks Schultern. „Hat Lindsay dir gesagt, dass ich nicht will, dass sie weiterhin unsere Dialoge schreiben? Ich habe ständig die Stichwörter verpasst."

„Das wird mit der Zeit einfacher."

„Bestimmt. So kann es aber gar nicht mehr passieren." Er schüttelte den Kopf. „Bob hat die Sache mit dem Weglassen der Dialoge abgesegnet. Aber er meinte, ich müsste mit den Autoren über das richtige Tempo und die Dinge, über die ich reden soll, sprechen. Warum finden die Treffen eigentlich immer so früh morgens statt? Ich bin immer davon ausgegangen, dass Autoren nachtaktiv sind. So wie Köche. Ihr und eure Vormittagsmeetings werdet mich noch umbringen. Ich weiß nicht, wie du das aushältst."

Beck grinste. „Mit jeder Menge Koffein." Und einem gelegentlichen Nickerchen in seinem Büro. Das sollten die anderen aber nicht erfahren.

„Mann, ich hatte bereits so viel davon, dass ich geradezu vibriere. Um ehrlich zu sein, probieren wir das Sous Vide Garen aus, weil ich Angst habe, mir beim Umgang mit dem Messer einen Finger abzuhacken."

Beck zuckte angesichts dieses entzückenden Bildes zusammen. Ihm gefielen Duncans Finger an Ort und Stelle.

„Tja, jetzt bin ich ja hier und übernehme gerne jede erforderliche Messerarbeit." Er verspürte den Drang, sich auf Duncan zu stürzen und ihm einen schnellen Kuss auf den Mundwinkel zu drücken, stoppte sich jedoch. Die ganze Atmosphäre wirkte familiär, war jedoch nicht echt. Sie kochten nicht gemeinsam in Becks Küche – sie befanden sich an ihrem Arbeitsplatz. Und außerdem waren sie sowieso nicht zusammen. Es hatte sich nur um eine zwanglose Sache zum Dampfablassen gehandelt.

Duncan schaute ihn fragend an. „Musst du nicht an deinem eigenen Rezept arbeiten?"

Deshalb war er ursprünglich hier heruntergekommen, doch mit Duncan herumzustehen fand er viel interessanter. Er war so ganz anders als Beck und das zog ihn an.

„Das werde ich später machen, wenn im Brix Flaute herrscht. Die Zeit hier würde wahrscheinlich sowieso nicht reichen, um sehr weit zu kommen." Das entsprach der Wahrheit. Er zog in Erwägung, den Spargel zu grillen. Das erforderte allerdings mehr Zeit, als ihm jetzt zur Verfügung stand.

„In Ordnung", stimmte Duncan mit einem unbeschwerten Lächeln zu und schüttelte dann Andre die Hand. „Danke, dass du mir alles gezeigt hast, Mann." Mit einem freundschaftlichen Klaps auf den Rücken und einem Zwinkern verabschiedete sich Andre von Beck.

„So, jetzt hast du mich in dieser riesigen Küche ganz für dich allein." Duncan machte eine weit ausholende Geste mit dem Löffel. „Was ist los?"

Beck machte sich daran, das Chaos auf der Theke aufzuräumen. „Lindsay meinte, du hättest eine Wette für mich?", wechselte er das Thema.

„Oh, ja. Die öffentliche Wette macht natürlich Spaß, aber dabei gewinnen wir irgendwie beide, weil unsere Wohltätigkeitsorganisationen am Ende so oder so Geld bekommen. Wie wäre es mit einer zusätzlichen privaten Wette, um es spannender zu machen?"

„Das Gewinnen an sich ist nicht spannend genug?"

„Nee. Ich wette lieber um sexuelle Gefälligkeiten", scherzte Duncan. Beck spürte sein Gesicht rot anlaufen. Seit der Middle School war er nicht mehr so oft errötet. „Nein, ernsthaft? Moment. Das sollte ein Witz sein, aber ich kann auch völlig ernst. Bist du dabei?"

Er sollte sich lieber nicht darauf einlassen. Hatte er sich nicht gerade erst Mut zugesprochen, seine Schwärmerei hinter sich zu lassen? Sex ohne Verpflichtungen wäre dabei nicht allzu hilfreich.

„Wider besseres Wissen – ja", stimmte Beck barsch zu. Zur Hölle damit.

„Okay", sagte Duncan. Überraschenderweise beugte er sich vor und küsste ihn. Danach rannte er zum Herd zurück, um sich um was auch immer zu kümmern.

Der leichte Kontakt ließ Beck taumeln. Es war fast so schnell vorbei, wie es begonnen hatte; jedoch ganz anders und viel intimer als jeder andere Kuss, den er je zuvor bekommen hatte. Er war nicht an Neckereien und sanfte Berührungen wie diese gewöhnt. Oder daran, ohne Vorwarnung geküsst zu werden. Es brachte seine Lippen zum Prickeln.

„Also, wie wollen wir es machen?", fragte Duncan, während er wieder seinen Platz vor dem Herd einnahm und den Sous Vide Stick überprüfte. „Der Gewinner bestimmt die Gefälligkeit?"

Beck fühlte sich wie benommen.

„Der Gewinner bestimmt die Aktivität", erwiderte er.

„Abgemacht. Und der Verlierer darf sich nicht beschweren. Ich will nicht, dass du jammerst, wenn ich dich zum zweiten Mal um den Verstand bringe."

Er war der Sache überhaupt nicht gewachsen. Am besten wäre, sich jetzt zu retten, indem er Duncan erklärte, dass er seine Meinung geändert hätte. Sie könnten um Geld wetten oder um ein Essen in einem schicken Restaurant. Oder sogar um eine erniedrigende Aufgabe in aller Öffentlichkeit. Zum Beispiel in einem Kostüm aus Salatblättern vor dem Kunstwerk „The Bean" zu posieren oder etwas Derartiges. Alles, durch das Beck nicht noch weiter in Duncans Umlaufbahn gezogen wurde.

Er konnte nein sagen. Das wäre das Schlaueste.

Und er tat immer das Schlaueste.

Normalerweise.

„Abgemacht", stimmte Beck zu, ehe er es sich anders überlegen konnte. Zur Hölle damit. Um sein Herz, das aller Wahrscheinlichkeit nach gebrochen werden würde, konnte er sich später kümmern. Die Chancen standen gut, dass Duncan ihn in der Zwischenzeit so sehr verärgerte, dass sich seine Schwärmerei von alleine erledigte. Dann würde der Wetteinsatz nur aus zwanglosem Sex bestehen – mehr nicht.

11

„So, DIE Speisen für den Austausch sind im Speisenwärmer, der sich direkt unter der Theke befindet", erklärte Beck zum vierten Mal. Duncan hätte am liebsten frustriert aufgeschrien.

„Ja. Die Speisen sind im Speisenwärmer. Die Teleprompter mit dem Script befinden sich neben den Kameras. Wir schauen in die Kamera mit dem Licht. Schau auf, wenn du etwas sagst. Sorg dafür, dass dein Körper nicht den Blick auf die Hände verdeckt, wenn du etwas zeigst. Ich hab's kapiert Beck. Ich habe das hier schon mal gemacht, erinnerst du dich?"

Beck war in der letzten Stunde wie wild herumgeschwirrt; hatte Tipps gegeben, wie man in die Kamera sprach und die Anweisungen des Kameramanns und des Regisseurs befolgte. Zuerst hatte er es ganz süß gefunden, doch inzwischen machte es Duncan wahnsinnig.

„Ja, aber beim letzten Mal gab es ein verdammtes Script", knurrte Beck. Dann stieß er einen Seufzer aus und zwang sich, sich zu beruhigen. „Ich will doch nur, dass alles glatt läuft."

Beim Anblick des besorgten Stirnrunzelns sickerte die vorübergehende Irritation, die er während Becks herablassender Belehrung verspürt hatte, aus Duncan heraus.

Duncan schnalzte mit der Zunge. „Hey, das weiß ich doch. Es wird schon alles gut laufen. Die Proben sind schließlich gut gewesen, oder etwa nicht?"

Das waren sie. Das frühe Aufstehen jeden Morgen machte Duncan fertig. Gestern Morgen war er jedoch um sechs für einen Testlauf der Sendung im Büro gewesen. Das Tempo hatte ihm einige Schwierigkeiten bereitet. Nachdem er sich jedoch mit den Drehbuchautoren und den Regisseuren zusammengesetzt hatte, war er zuversichtlich, es heute hinzubekommen.

„Aufnahme in fünf", rief jemand hinter der Bühne. Duncan überrollte mit einem Mal eine Welle der Nervosität. Seine Muskeln spannten sich an und sein Magen begann zu flattern.

Es half nicht, dass Christian links neben der Hauptkamera saß und alles mit selbstzufriedener Miene beobachtete. Duncan wünschte, er könnte ihn bitten zu gehen. Seine Anwesenheit beunruhigte ihn.

Mit einem Mal spürte er, wie eine Hand über seinen unteren Rücken streifte und dann verschwand. „Ignorier ihn einfach", empfahl ihm Beck leise. „Tu so, als würdest du zu einer Gruppe Menschen reden, die deine Küche besucht."

Mit Lindsay und Campbell links und rechts neben der Kamera war es einfacher gewesen. Sie trafen sich aber jetzt gerade mit einem Investor. „Machst du das so?"

„Manchmal. Inzwischen ist das für mich ein alter Hut. Die ersten Male war es allerdings ziemlich Furcht einflößend. Die Autoren haben sogar alle meine Scherze und Nebenbemerkungen eingefügt, weil ich ohne Teleprompter geradezu erstarrt bin."

„Warst du deshalb neulich so distanziert? Weil ich sie überredet habe, das Script wegzulassen? Du wirst gut klarkommen, Beck. Zu den besten Teilen der letzten Sendung gehörten die, in denen wir das Script verlassen und einfach drauflos geredet haben."

Beck gab ein unverbindliches Geräusch von sich, das Duncan nur noch mehr frustrierte. Er wünschte sich ihr freundschaftliches Verhältnis zurück. Ihm war bewusst, dass es am Sex liegen musste. Aus diesem Grund schlief er nie mit Kollegen. Zu kompliziert. Zu viele Menschen konnten verletzt werden. Diese Regel zu brechen, war dumm gewesen.

Plötzlich begann der Regisseur mit dem Countdown und dann zeichneten die Kameras auch schon auf. Einen kurzen Moment überkam ihn Panik, doch dank Becks zuverlässiger, ruhiger Präsenz an seiner Seite fand Duncan schnell in den Rhythmus der Sendung.

„Danke, dass Sie *King of the Kitchen* eingeschaltet haben. Wenn Sie uns letzte Woche begleitet haben, wissen Sie schon, dass das Format in den nächsten drei Wochen etwas anders aussieht", sprach Beck in die Kamera. „Duncan Walters schließt sich mir für einen Kochwettkampf an. Wir werden klassischen Gerichten einen neuen Pfiff verpassen. Und danach dürfen Sie mithilfe einer kleinen Spende an eine gemeinnützige Wohltätigkeitsorganisation entscheiden, welches Gericht die bessere Neuinterpretation darstellt."

Duncan lächelte. „Apropos letzte Woche. Ich denke, es wird höchste Zeit, zu erfahren, wer den Rosenkohl-Wettkampf gewonnen hat. Bob? Kommst du zu uns und übernimmst das?"

Eigentlich hätte das Christian machen sollen. Sein Gesicht wies jedoch immer noch Spuren der nur langsam verheilenden Prellungen auf, sodass erneut Bob eingesprungen war.

„Nun, es handelte sich um ein knappes Rennen. Ich habe nach der Sendung letzte Woche beide Gerichte probiert und kann Ihnen sagen, dass die Entscheidung nicht leichtfiel. Sie waren beide großartig." Er lächelte in die Kamera. „Dank unserer großzügigen Zuschauer haben wir mehr als zwanzigtausend Dollar für die beiden Wohltätigkeitsorganisationen eingenommen."

Duncan blieb der Mund offen stehen. Das war ein großer Batzen Geld für eine so kleine Organisation wie Healthy U und sie befanden sich erst in Woche eins des Monats. Er hatte noch nicht ganz begriffen, wie viel Geld die Organisation dank ihm bekommen würde.

„So. Die Stimmen sind gezählt und ausgewertet. Der Gewinner der letzten Woche lautet: Duncan!"

Duncan stieß triumphierend die Faust in die Luft. „Leg dich nie mit Speckschaum an", sagte er zu Beck. Der streckte ihm lächelnd die Hand entgegen.

„Ich bin noch nicht aus dem Rennen", erwiderte Beck spöttisch. „Danke, Bob. Möchtest du das heutige Gericht vorstellen?"

„Das überlasse ich euch Gentlemen", antwortete Bob. Dann umarmte er Duncan linkisch. „Herzlichen Glückwunsch zum Sieg."

Die Kamera schwenkte heran, das Licht an der danebenstehenden schaltete sich ein und Duncan konzentrierte sich darauf, hineinzusehen und zu lächeln.

„Heute nehmen wir uns das klassische Gericht Spargel mit Sauce Hollandaise vor", verkündete Beck. Duncan folgte Becks Beispiel und bückte sich, um die ersten der von Andres Team vorbereiteten Teller hervorzuholen.

„Es ist schwierig, etwas bereits so köstlich Schmeckendes neu zu interpretieren, aber ich bin bereit, es zu versuchen."

Beck deutete auf die neben einem großen Suppentopf aufgereihten Zutaten. „Ich werde eine Suppe aus geröstetem Spargel mit einer Hollandaise aus Crème fraîche zubereiten."

„Und ich mache eine Spargelpie à la mode mit Hollandaise-Eis", sagte Duncan.

„Wie Sie sehen, unterscheidet sich Duncans Koch-Stil ein wenig von dem, den wir bei *King of the Kitchen* gewohnt sind", scherzte Beck. „Duncan besitzt Abschlüsse in Mikrobiologie und Chemie und übertragt das in die Küche. Sein Spezialgebiet nennt sich Molekularküche. Momentan werden damit einige ausgesprochen faszinierende Gerichte kreiert. In der letzten Folge hat er uns alles über die Schaumherstellung beigebracht und wird uns heute Schritt für Schritt ein paar neue Techniken erklären."

Duncan blickte lächelnd in die Kamera. „Sollen wir loslegen?"

12

„Bɪꜱт ᴅᴜ sicher, dass du das hier wirklich tun möchtest? Nicht mal ich will hier sein, dabei ist er mein Vater."

Beck drückte Duncans Hand und lächelte ihn an. „Ich bin ganz gut im Antrittsbesuch bei den Eltern. Mach dir keine Sorgen."

Schnaubend erwiderte Duncan: „Das solltest du auf deinem Grindr Profil vermerken."

„Ich habe kein …"

„Ja, weiß ich. Sollte ein Witz sein."

Beck warf ihm einen Seitenblick zu. „Und du?"

„Was? Ob ich gut im Antrittsbesuch bin? Keine Ahnung. Ich hatte nie einen. Außerdem ist es ja nicht so, dass wir zusammen wären. Wir teilen ihm lediglich mit, dass ich einen Vertrag beim Sender unterschrieben habe."

„Ob du ein Grindr Konto hast?", fragte Beck rundheraus. Seine Lippen zuckten wie von selbst, als Duncan eine übertrieben unschuldige Miene aufsetzte. Er sollte es nicht süß finden, tat es aber.

„Natürlich nicht", erwiderte Duncan und sah ausgesprochen beleidigt aus. Nachdem er lange genug gewartet hatte, bis Beck schon kurz davor war, sich zu entschuldigen, fügte er hinzu: „Ich bin bei Tinder. Wegen der Chancengleichheit, weißt du?"

Selbstverständlich besaß er eins. Beck schloss einen Moment die Augen und rief sich ins Gedächtnis, dass er zur moralischen Unterstützung hier war. Duncan wollte seinem Vater die Neuigkeit beibringen, dass er plante, eine eigene Kochsendung für den Sender zu entwickeln. Er befand sich nicht hier, weil Duncan vorhatte, sie seinem Vater als Paar vorzustellen. Er war ein Kollege, kein Partner.

„Außerdem finde ich nicht, dass man es ‚Antrittsbesuch bei den Eltern' nennen kann. Schließlich kennst du ihn bereits. Sobald du jemandem geholfen hast, Blut von den Racquetschläger-Saiten zu entfernen, bist du über das Stadium eines gewöhnlichen Bekannten hinaus." Duncan stoppte am Tresen der Empfangsdame und schenkte der hübschen jungen Frau ein umwerfendes Lächeln. „Wir sind hier verabredet. Ist Vincent Walters bereits eingetroffen?"

Bei der Nennung des Namens riss die Frau die Augen auf. Beck konnte den genauen Zeitpunkt bestimmen, an dem ihr bewusst wurde, wer sie beide waren, da ihr Gesicht einen reizenden Rosaton annahm. Ohne Zweifel würden die Klatschspalten der Kochgazetten jede Menge Geschichten enthalten, dass Duncan und er erneut gemeinsam unterwegs gesehen worden waren. Mit Ausstrahlungsbeginn der Sendung hatte das aufgehört. Die Spekulationen der Presse über ihre Freundschaft hatte das jedoch nicht beenden können.

Wer hätte das gedacht? Ihr Treffen mit Duncans Vater in einem schicken Restaurant würde vermutlich alle möglichen neuen Gerüchte entfachen. Wahrscheinlich konnte er morgen in den Blogs lesen, dass sie planten, gemeinsam ein Haus in einem Vorort zu kaufen oder etwas Derartiges. Lindsay hatte sich in letzter Zeit sowieso gelangweilt. Das Löschen dieser Feuer würde ihr Spaß machen.

„Er ist noch nicht eingetroffen, Sir. Falls Sie wollen, führe ich Sie aber schon zu Ihrem Tisch."

Duncan hob eine Augenbraue. „Führen Sie normalerweise die Gäste schon zu ihrem Tisch, obwohl sie noch nicht vollzählig sind?"

„N… nein."

„Ich möchte nicht, dass Sie Schwierigkeiten bekommen. Wir sind absolut zufrieden damit, an der Bar zu warten, bis er kommt."

Beck bemühte sich nicht einmal, sein Lachen zu verbergen, als die Frau ihre Zustimmung stammelte und ihnen den Weg zur Bar wies.

„Das war nicht sehr nett", flüsterte er, während sie auf einen wunderschönen freien Mahagonitisch zugingen.

„Würdest du den Empfangsdamen in einem deiner Restaurants gestatten, einen Teil einer Gesellschaft schon an den Tisch zu führen?"

Beck grinste. „Nee."

„Und wie ich weiß, vertritt Zane Miller den gleichen Grundsatz. Es bringt nur den Ablauf durcheinander und ist zudem ausgesprochen unhöflich." Duncan griff nach der Getränkekarte, die ihnen eine vorbeigehende Kellnerin gebracht hatte. „Hmm. Klassisch oder experimentell heute Abend? Die trendigen Alternativen machen allerdings keinen sonderlich verlockenden Eindruck. Wie viele Reinkarnationen eines Pimm's Cup werden wir wohl noch zu Gesicht bekommen, bevor sie aussterben?"

Beck machte es sich auf dem Stuhl direkt neben Duncan gemütlich – da die Kellnerin nur eine Karte dagelassen hatte, machte es Sinn, dicht zusammenzurücken – und prüfte das Angebot. Duncan hatte recht. Alles enthielt kandierte Blumen oder andere *en vogue* Zutaten.

„Ich nehme einen Vieux Carré. Mit Château de Beaulon, falls Sie einen dahaben. Falls nicht, mit Hennessey", bestellte Beck bei der eine Minute später auftauchenden Kellnerin.

Duncan schüttelte schnaubend den Kopf. „Wie extravagant. Haben Sie Flossmoor Station Iron Horse Stout frisch vom Fass?"

Sie nickte.

„Dann das. Danke."

„Warum hast du überhaupt in die Cocktailkarte geschaut, wenn du doch sowieso vorhattest, ein Bier zu bestellen?", wollte Beck wissen und verdrehte die Augen.

„Weil ich gerne sehe, was die Leute so machen. Dein Ton gefällt mir nicht", sagte er neckend. „An Bier ist nichts Falsches. Schließlich habe ich keinen Sam Adams bestellt."

„Da siehst du's! Du machst mich blöd an, weil ich einen Drink mit einem Alkohol bester Qualität bestelle, willst aber selbst auch keine minderwertige Kneipenware. Es spielt eine Rolle."

„Ich verstehe nicht, wie du bei Cognac einen Unterschied schmecken kannst, wenn er mit anderen Dingen gemischt wird. Warum sollte man das Geld für einen höherwertigen Cognac ausgeben, der dann sowieso mit minderwertigem Roggenwhiskey gemischt wird?"

Ein Räuspern ließ sie beide herumfahren. Beck bemerkte das Aufleuchten in Duncans Augen, als er die Arme um den Mann schlang, der sie unterbrochen hatte.

„Ich würde niemals irgendetwas Minderwertiges anbieten, du Banause. Und das weißt du. Schließlich bist du derjenige, der die lokalen Biere ausgesucht hat. Obwohl ich trotzdem Sam Adams habe, da es einigen Gästen schmeckt."

„Weil sie noch nie ein nettes lokales Bier aus einer Kleinserie probiert haben", meckerte Duncan. „Beck, das ist Zane. Diese Spelunke hier gehört ihm. Zane, das ist Beck Douglas. Ich weiß nicht, ob ihr zwei euch schon mal begegnet seid."

Zane warf Beck einen abschätzenden Blick zu, bevor er die Hand ausstreckte. Beck ergriff sie und musterte ihn ebenso prüfend. Er hatte von Zane gehört, sein Restaurant jedoch noch nie besucht. Obwohl Essen sein Job war, bekam Beck nicht oft die Gelegenheit, in Chicago essen zu gehen. Dieses Restaurant hatte jedoch auf seiner kurzen Wunschliste von Restaurants gestanden, die er gerne besuchen würde. Daher war er erfreut gewesen, als Duncan erzählt hatte, dass er sich hier einmal im Monat mit seinem Vater zum Essen traf.

„Wir hatten noch nicht das Vergnügen, aber ich habe schon viel von ihm gehört", erklärte Zane, bevor er seine Aufmerksamkeit wieder ausschließlich auf Beck richtete. „Duncan ist noch nie in Begleitung zu seinem regelmäßigen ,Ich-kann-dich-nicht-töten-weil-wir-uns-in-der-Öffentlichkeit-befinden-Essen' mit Vincent gekommen. Ehrlich gesagt würde ich gerne dabei sein. Du musst noch besser sein, als du in den Berichten dargestellt wirst, wenn es dir gelungen ist, Duncans Aufmerksamkeit zu erregen."

Da Zanes Tonfall bissig klang, war er entweder ein eifersüchtiger Ex-Lover oder Duncan und er standen sich näher, als Duncan behauptet hatte.

„Wir sind nicht zusammen", stellte Duncan mit einem verärgerten Schnauben fest. „Er ist ohnehin eine extreme Mimose."

Beck fuhr leicht zusammen. Es gelang ihm jedoch, nicht herumzuzappeln, in dem er seine Zehen krümmte. Diesen alten Trick hatte er während Christians endloser Reden vervollkommnet und wandte ihn in jedem langweiligen Restaurant-Rechnungsprüfungsmeeting an, das er inzwischen ertragen musste. Außerdem half es ihm, einen neutralen Gesichtsausdruck zu bewahren, wenn er am liebsten finster geguckt oder zusammengezuckt wäre. Bei Duncans beiläufiger Dementierung der Vermutung, sie könnten zusammen sein, hätte er am liebsten beides getan.

Duncans Verneinung brachte Zane zum Lächeln. „Es schien so." Die Kellnerin brachte die Getränke und stellte sie mit äußerster Vorsicht auf die hohe Theke. Schließlich stand ihr Chef dort. „Ich überlasse euch eurem Alkohol. Ihr werdet ihn brauchen. Vor ein paar Tagen habe ich Vincent zum Lunch getroffen. Er ist echt sauer wegen eurer Sendung."

Mit einem freundschaftlichen Klaps auf den Rücken verabschiedete er sich von Duncan und überließ sie ihren Getränken. Seine Warnung hatte Duncans Stirnrunzeln zurückgebracht. Beck versetzte ihm unter dem Tisch einen Stoß mit dem Knie.

„Bestimmt wird es nicht so schlimm."

Duncan fauchte: „Oh, das wird es auch nicht. Es wird noch schlimmer. So läuft das mit Vincent."

Beck hatte keine Ahnung, was er darauf antworten sollte. Daher nippten sie schweigend an ihren Drinks, bis die Empfangsdame sie abholte.

„Mr Walters ist eingetroffen. Wenn Sie mir bitte folgen würden." Ihr Gesicht wies immer noch eine leichte Röte auf.

Sie nahmen ihre Drinks und ließen sich von ihr nach hinten zu einem in einer Nische stehenden Tisch führen. Duncan ließ Beck zuerst hineinrutschen, bevor er sich auf einen Platz auf der mit Samt bezogenen Bank mit hohem Rücken fallen ließ, der seinem Vater direkt gegenüberlag.

„Vincent", begrüßte er ihn in ausdruckslosem Tonfall.

„Mr Walters, schön Sie wiederzusehen." Beck streckte ihm seine Hand entgegen.

Vincent ergriff sie und zwinkerte ihm zu. „Nenne mich Vincent. Schließlich tut mein eigener Sohn das auch."

Die leichte Schärfe in seiner Stimme strafte das unbeschwerte Zwinkern Lügen. Beck spürte, wie sich Duncan neben ihm leicht verkrampfte.

„Bitte entschuldigt mein Zuspätkommen. Ich bin in der Küche des Goût aufgehalten worden und etwas später losgekommen als geplant."

„Kein Problem", versicherte ihm Beck, als Duncans Schweigen verdeutlichte, dass von ihm keine Antwort kommen würde.

„Es läuft also gut zwischen euch, wie ich sehe", stellte Vincent fest. Duncan setzte sich noch aufrechter hin und presste seine Lippen noch fester aufeinander.

„Vielleicht sollten wir besser erst bestellen, bevor wir über die Arbeit reden", schlug Duncan knapp vor.

„Ich wusste nicht, dass wir viel über die Arbeit zu besprechen hätten, aber wie du meinst." Mit scharfem Blick musterte er sie beide.

„Streng genommen nicht." Duncan blickte von seiner Speisekarte auf. „Vielleicht sollten wir das tun, bevor wir bestellen."

„Was tun?", wollte Vincent mit zusammengekniffenen Augen wissen. „Erzähl mir nicht, dass du die Küche hinter dir lassen und dauerhaft in dieser Sendung arbeiten wirst."

Beck bemühte sich, bei der Herablassung, mit der Vincent von *King of the Kitchen* sprach, nicht zusammenzuzucken, doch es fiel ihm nicht leicht. Wie er wusste, hielten viele Köche die Arbeit im Fernsehen für unter ihrer Würde. Angesichts der enormen Schadenfreude, mit der Duncan den Vertrag unterschrieben hatte, hatte er sogar geahnt, dass Duncans Vater dazugehörte. Allerdings war ihm nicht bewusst gewesen, wie viel Verachtung er dafür empfand.

„Tatsächlich handelt es sich um etwas in der Art. Und danke der Nachfrage, es läuft echt gut", sagte Duncan ausdruckslos. „Und es spricht nichts dagegen, dass ich beides mache so wie Beck. Er leitet mehrere Restaurants und ist größtenteils für den Inhalt der Sendung verantwortlich."

Der Stolz und die Zuneigung, als Duncan ihn verteidigte, beschleunigten Becks Puls.

„Was ist es dann? Bist du endlich bereit, das Ruder im Goût zu übernehmen? Ich werde mein Angebot zurückziehen, falls du vorhast, es zusätzlich zu der Fernsehsendung zu tun. Das soll keine Beleidigung sein, Beck, aber ein Koch muss ständig präsent sein, wenn er seiner Kunst gerecht werden will. Du bist talentiert genug, um das Goût zu leiten, aber das ist kein Teilzeitjob, Duncan."

Duncan schaute ihn böse an. „Ich habe dir gesagt, dass ich den Job nicht will. Ich will überhaupt keinen Job von dir. Ich weiß nicht, wie ich noch deutlicher werden soll, Vincent."

Einen derart gereizten und ärgerlichen Tonfall hatte Beck noch nie von Duncan vernommen. Vincent schien jedoch keineswegs überrascht zu sein. Beck hatte angenommen, dass Duncans Feindseligkeit gegenüber seinem Vater eher scherzhafter Natur war, doch offenbar traf das nicht zu. In der Art und Weise, wie die beiden in Kampfstellung gingen, lag keinerlei Herzlichkeit oder Neckerei. Kein Wunder, dass Zane ihnen den Tisch in der Nische zugewiesen hatte. In Kürze würde es hier eine Szene geben.

Verworrene, angespannte Situationen gehörten zu Becks Spezialgebiet. In Christians Nähe bot sich reichlich Gelegenheit, sich in Diplomatie zu trainieren. Sein Onkel war unbesonnen und starrsinnig: Zwei Eigenschaften, die bei Beteiligung weiterer starker Persönlichkeiten – wie Promiköchen und Restaurantkritiken – nicht gut zusammenpassten. Beck verbrachte eine Menge Zeit mit dem Glätten gesträubter Gefieder.

Ohne nachzudenken legte er Duncan eine Hand auf die Schulter. Daran war nichts Vertrauliches – es handelte sich um eine rein freundschaftliche Geste. Bei Campbell hatte Beck das gleiche bereits hundert Mal zuvor getan. Sie erregte jedoch Vincents Aufmerksamkeit und seine amüsierte-aber-leidgeprüfte-Miene verfinsterte sich.

„So ist das also", murmelte er und schüttelte den Kopf. „Duncan, ich dachte, diese Phase wäre vorbei."

Beck ließ seine Hand sinken. Duncan griff jedoch danach und zog ihn näher. Ihm blieb nur noch den Arm um Duncan zu legen, wenn er bequem sitzen wollte.

„Phase? Meine Faszination, alles zu frittieren war eine Phase. Meine Besessenheit für Punkmusik war eine Phase. Meine sexuelle Vorliebe *ist keine Phase*. Und das weißt du."

Beck sah mit großen Augen zu, wie sich Vincents Wangen röteten. Er schien kurz vor einem Herzinfarkt zu stehen.

Vincent spottete: „Deine sexuelle Vorliebe? Also bitte. Wir wissen doch beide, dass es sich dabei lediglich um einen Schrei nach Aufmerksamkeit handelt. So wie bei diesem Hilfskellner …"

„Du hast überhaupt kein Recht, darüber zu reden."

„Kein Recht? Es war mein Restaurant, Duncan! Mein Angestellter! Mein gottverdammter Kühlraum!"

Duncan schien in sich zusammenzusinken, statt sich in den Streit zu stürzen, wie er es normalerweise getan hätte. So hatte Beck ihn noch nie gesehen. Duncan war etwas kleiner und sehr viel schlanker als Beck, hatte jedoch nie zuvor schwach gewirkt. Hier zu sitzen und von seinem Vater ausgeschimpft zu werden, ließ Duncan irgendwie *schrumpfen*. Beck würde nicht zulassen, dass irgendjemand den sarkastischen, überschwänglichen Duncan derart erniedrigte.

„Darf ich vermuten, dass die Mitteilung, dass Duncan und ich zusammen sind, Sie nicht allzu glücklich machen würde?", fragte er. Sein Ton war bedacht und ausgesprochen höflich.

Vincent richtete seinen rasiermesserscharfen Blick auf Beck, doch der blinzelte nicht einmal. Er verfügte über keinerlei gemeinsame Vergangenheit mit diesem Mann. Vincent konnte tun, was er wollte. Es wäre Beck völlig egal. Er hatte früher schon mit Fanatikern zu tun gehabt. Das war zwar nicht erfreulich, aber da er über ein stabiles Selbstwertgefühl verfügte, würde er sich nicht von jemandem wie Duncans Vater niedermachen lassen. Und er würde verflucht noch mal alles geben und dafür sorgen, dass er auch Duncan nicht niedermachte.

„Das geht dich nichts an", fauchte Vincent. Er warf seine Serviette auf den Tisch und begann aus der Bank zu rutschen. Es bestand keine Möglichkeit, das mit Würde zu tun und Beck gestattete sich ein winziges Lächeln, während er zusah, wie Vincent sich abmühte, aufzustehen.

„Es geht mich sehr wohl etwas an, Sir. Schließlich scheinen Sie zu glauben, dass er mit mir zusammen ist", erwiderte Beck freundlich. „Den Einzigen an diesem Tisch, den es *nichts* angeht, sind Sie."

Inzwischen war Vincent fast puterrot. Zweifellos konnten die anderen Gäste seine erhobene Stimme hören. „Ich habe dich gewarnt. Wenn du nicht mit diesem

Blödsinn aufhörst, schließe ich dich aus dem Unternehmen aus", tobte er und zeigte mit dem Finger auf Duncan.

Duncan schreckte zurück. Keine Spur seines üblichen tapferen Auftretens. Beck hatte Duncan früher bereits am Telefon auf Konfrontation gegenüber Vincent gehen hören. Auch bei ihrem Racquetball Spiel hatte er sehr viel mehr Rückgrat gezeigt. Vermutlich hatte er sich wegen des Themas so zurückgezogen. Ganz offensichtlich steckte eine lange Geschichte dahinter, und während Duncan kein Problem damit zu haben schien, sich in Bezug auf seine Karriere und die Küche gegen seinen Vater zu behaupten, gab es nun kein Anzeichen davon.

„Bei allem Respekt, vor nicht einmal fünf Minuten hat Duncan Ihnen äußerst deutlich zu verstehen gegeben, dass er kein Teil ihres Unternehmens werden möchte. Ich fange langsam an zu begreifen, warum."

Duncan kicherte über Becks geschickten Schlag. Beck rutschte so dicht wie möglich zu ihm und hielt seinen Arm weiter eng um Duncans Schulter geschlungen.

Vincent ignorierte Beck und wandte den Blick nicht von seinem Sohn. „Ich habe dir eine Menge durchgehen lassen. Deine Einstellung. Deine Forderung, ein nutzloses Diplom zu machen. Deine Liebe zu jedem gegenwärtigen Trend, der gerade durch die Küchen geistert. Aber das hier ist etwas, das ich nicht entschuldigen kann, Duncan. Du musst eine Wahl treffen. Möchtest du mich in deinem Leben haben oder nicht? Ich werde nämlich nicht hier stehen und zusehen, wie du dein Leben an Abschaum wie diesen wegwirfst."

Das rief Duncan auf den Plan. „Wage es nicht, ihn als Abschaum zu bezeichnen", knurrte er und nahm wieder etwas Farbe an, die er seit Vincent seine Tirade startete verloren hatte. „Du wirst ihn überhaupt nicht beschimpfen. Beck ist besser, als du je sein wirst und ich will nicht, dass du seinen Namen in den Mund nimmst."

„Er lockt dich in die Perversion …"

„Sich zu jemandem vom gleichen Geschlecht hingezogen zu fühlen, ist keine Perversion! Es ist ganz natürlich. Es ist das, was ich bin", sagte Duncan hitzig.

Beck drückte ihm die Schulter voller Freude, dass der Duncan, den er kannte, wieder zum Vorschein kam.

„Es ist nicht das, was du bist. Es ist das, was du dir aussuchst zu sein, weil es im Moment am meisten Wellen schlägt. Du bist mit Frauen zusammen, Duncan. Deine Spielereien mit Männern sind eine Abscheulichkeit, die du einzig und alleine erschaffen hast, um mich zu ärgern. Ich weiß, dass du glaubst, ich hätte als Vater versagt und vielleicht habe ich das auch. Aber sich gegen Gott und die Natur zu stellen, ist nicht der geeignete Weg, mich dafür zu strafen."

Beck lachte erstickt auf. Hieran war absolut nichts Amüsantes, doch er konnte nicht anders. Hielt Vincent Duncans Vorliebe für Männer tatsächlich für einen Rachefeldzug? Glaubte er auch nur die Hälfte der Dinge, die aus seinem Mund kamen? Natürlich hatte er hier und da Interviews gelesen, in denen Vincent seinen

Erfolg seinem starken Glauben zuschrieb. Die rechtslastigen, bibelfanatischen Untertöne mussten Beck dabei allerdings irgendwie entgangen sein. Dass Christian ihn als Fanatiker bezeichnete, ergab jetzt bedeutend mehr Sinn.

Becks Schultern begannen zu zucken, als es ihm nicht mehr gelang, seine Belustigung zu verbergen. Eine Sekunde später stimmte Duncan ein. Sie konnten beide nicht aufhören zu lachen und heizten durch ihr hysterisches Gelächter sowohl sich selbst als auch Vincents rasende Wut an.

„Das ist nicht witzig. Das ist eine Beleidigung Gottes …"

Es musste sich jemand beschwert haben. Vielleicht hatte er aber auch mit Ärger gerechnet und daher ihren Tisch im Auge behalten. Zane tauchte auf und nahm Vincent am Ellenbogen, bevor der den Satz vollenden konnte. „Entweder Sie setzen sich jetzt wieder hin und benehmen sich wie ein zivilisierter Mensch oder Sie kommen mit in mein Büro und beruhigen sich. Ein Restaurant ist nicht der geeignete Ort für Derartiges."

Duncans und Becks Gelächter verstummte. Beck bemerkte jedoch, dass Duncan immer noch grinste.

„Wir sind hier sowieso fertig", erklärte Duncan fröhlicher, als ihn Beck den ganzen Tag erlebt hatte.

„Unter den gegebenen Umständen werden wir nicht auf die Rechnung warten. Sorg bitte dafür, dass unsere Bedienung und der Barkeeper das Restgeld unter sich aufteilen", bat Beck und reichte Zane zwei Fünfziger für ihre Getränke. Hoffentlich würde das einiges von den Unannehmlichkeiten wettmachen, die sie dem Servicepersonal verursacht hatten.

„Duncan, wenn du jetzt einfach gehst, werde ich dir nicht wie letztes Mal nachrennen", warnte ihn Vincent.

Duncan erwiderte spöttisch: „Letztes Mal war ich siebzehn und habe bei dir gewohnt. Damals hatte ich keine andere Wahl. Aber weißt du was? Jetzt habe ich eine. Und ich weiß nicht, warum ich so lange gebraucht habe, um das zu erkennen. Mach's gut, Vincent."

Er stand auf, zog Beck hinter sich her und sie verließen das Restaurant. Es gab einige Blicke von neugierigen Gästen und zumindest eine Person machte ein Foto von ihnen, doch es kümmerte Beck nicht. Er hatte sich nie als Aktivisten gesehen, obwohl er sich für die NOH8 Aktion zur Gleichstellung der Geschlechter unter anderem in der Ehe hatte fotografieren lassen, als die Kampagne vor einigen Jahren in der Stadt geworben hatte. Außerdem waren im Laufe der Jahre einige LGBT-Zeitschriftenartikel über ihn erschienen, die Aufmerksamkeit erregt und einiges Gerede in der Gastronomiewelt ausgelöst hatten.

Die Vorstellung, dass der siebzehnjährige Duncan mit der Boshaftigkeit hatte fertig werden müssen, mit der Vincent ihn heute überschüttet hatte, machte Beck rasend. Etwas Derartiges hatte er noch nie erlebt. Seine Zusammenstöße mit Fanatikern und Homophoben beschränkten sich auf Zuschauer, die Anstoß an seiner sexuellen Orientierung genommen hatten und auf Alphamännchen, die ihren

Standpunkt verdeutlichen wollten. Nie war ihm der Gedanke gekommen, wie sich eine solche Reaktion von seiner eigenen Familie wohl anfühlen musste. Es brach ihm das Herz. Zusätzlich bestärkte es ihn darin, etwas dagegen zu unternehmen. Er besaß ein wenig Einfluss und ziemlich viel Geld. Er wollte verdammt sein, wenn er das nicht dazu einsetzte, Kinder vor einer solchen Behandlung zu bewahren. Die Zeit ließ sich nicht zurückdrehen; er konnte Duncan nicht mehr vor seinem Vater beschützen. Aber er konnte anderen Kindern in einer ähnlichen Position helfen.

Duncan verließ das Restaurant mit hocherhobenem Kopf und lockeren Schrittes. Nachdem der Hoteldiener jedoch Becks Auto gebracht hatte, wich der gesamte Kampfgeist und Hochmut aus seinem Körper. Schwer ließ er sich auf den Beifahrersitz sacken.

„Tut mir leid, dass du da mit reingezogen wurdest", sagte er leise. „Danke fürs Mitspielen. Ich hätte nicht andeuten sollen, dass wir zusammen sind, aber als er voreilige Schlüsse gezogen hat …"

„Schon in Ordnung. Es tut mir leid, dass dein Vater so ein Arschloch ist." Beck ergriff Duncans Hand und drückte sie fest, bevor er sie wieder losließ.

Er warf Duncan einen verstohlenen Blick zu. Er wirkte zwar mitgenommen, sah aber nicht so niedergeschlagen wie während Vincents Zurechtweisung aus, stellte Beck voller Freude fest.

„Wird das Probleme für die Sendung bringen?"

Mit gerunzelter Stirn versuchte Beck, die Frage einzuordnen. „Dass dein Vater ein bösartiger Homophober ist? Nein, ich denke nicht."

Duncan ließ die Schultern sinken. „Nein. Der Teil, als er uns fälschlicherweise vor dem ganzen Restaurant als Paar geoutet hat."

Beck lachte, obwohl nichts entfernt Witziges daran war. Er kam sich wie in einem Albtraum gefangen vor – wenn auch nicht aus den Gründen, um die sich Duncan anscheinend Sorgen machte. „Machst du Scherze? Für die Einschaltquoten ist das Gold wert. Die Zuschauer werden begeistert sein, dass aus unserer ,Kumpelfreundschaft' echte Liebe geworden ist."

„Aha. Der wahre Grund, warum du dich mit mir treffen wolltest, kommt heraus. Du wolltest einfach nur sicherstellen, dass keiner mehr das Wort benutzt", zog ihn Duncan auf.

„Ja. Vergiss, dass ich heiß auf deinen sexy Körper und deinen scharfen Verstand bin. Das ist der wahre Grund", gestand Beck und verzog seine Lippen zu einem Lächeln, als Duncan die Hand ausstreckte und ihm einen Klaps versetzte. „Hey, schau auf die Straße!"

„Ich bin in dieser Beziehung das sarkastische Arschloch. Du bist das pedantische Arschloch. Hör gefälligst auf, in meinen Bereich einzudringen."

„Dann sind wir also die Arschlochversion des seltsamen Paares aus dem gleichnamigen Kinofilm?", flötete Beck. „Das gefällt mir. Klingt nach dem perfekten Konzept für eine neue Sendung."

„Ja, klar. Verliebte Arschlöcher. Einprägsam. Allerdings ist das eher Futter für eine Dokusoap als für eine Kochsendung.

Das lag näher an der Wahrheit, als Beck lieb war. Seine Schwärmerei für Duncan war nicht verebbt wie gehofft. Stattdessen nahm sie eher noch zu. Jetzt, da Beck besser verstand, warum Duncan so auf zwanglose Beziehungen fixiert war, konnte er ihm keine Vorwürfe machen. Wäre er bei einem Elternteil aufgewachsen, dem seine sexuelle Orientierung so unverhohlen zuwider war, hätte er wahrscheinlich auch Schwierigkeiten in Bezug auf Beziehungen und Bindungen.

Beck schluckte die Worte, die aus seinem Mund zu strömen drohten, hinunter. Das war nicht der geeignete Zeitpunkt, Duncan mit seinen Gefühlen zu überfallen.

„Sollen wir irgendwo anhalten und etwas zu Essen besorgen? Jetzt, da meine rechtschaffene Empörung nachgelassen hat, habe ich Hunger.“

Duncan lachte auf. „Oh, sicher. Wir sind ganz in der Nähe des Sunrise Café. Lass uns dort stoppen und die Küche stürmen.“

Becks Lippen zuckten. Er hatte gar nicht bemerkt, dass er aus der Stadt herausgefahren war, sondern sich einfach nur darauf konzentriert, Duncan von dem Schauplatz wegzubekommen. „Machst du mir Eier Benedict?“

„Auf gar keinen Fall, Kumpel. Du hattest bereits die Chance auf meine Eier Benedict. Es ist ganz alleine deine Schuld, dass du sie dir hast entgehen lassen. Dein Pech.“

„Wahrscheinlich machst du sie mit McCormicks's Tütensoße in einer hektischen Küche. Ich bezweifele, dass ich irgendetwas Lebensbejahendes verpasst habe.“

Duncan holte erneut aus, doch dieses Mal war Beck darauf vorbereitet. Ohne den Blick von der Straße zu nehmen, hielt er Duncans Hand fest und presste sie an seine Brust. Er tat das nicht, um Händchen zu halten, sondern aus reinem Selbstschutz.

„Glaub bloß nicht, ich würde dich nicht durchschauen. Du willst mich nur reizen, damit ich sie doch für dich mache“, sagte Duncan.

„Hat es funktioniert?“

Duncan zwickte ihn und Beck ließ los. Reumütig rieb er sich über die Brust. Es war Duncan gelungen, nicht nur etwas Haut, sondern auch ein ordentliches Stück seiner Brusthaare zu erwischen.

„Das ist kein Nein. Du wirst mir Eier Benedict machen.“

13

DURCH DIE Hintertür des Sunrise Cafés zu treten, fühlte sich wie nach Hause kommen an.

In der Sekunde, in der er seinen Schlüssel in das Schloss steckte, spürte Duncan, wie sich etwas von der Spannung löste, die sich den ganzen Abend lang in seinem Magen zusammengeballt hatte.

Er hatte John mit einer Textnachricht über ihr Kommen informiert. Mit einem Lächeln sah er eine seiner alten Kochuniformen an einem Haken neben der Tür hängen.

„Du mischst dich also immer noch als Charlie unter das gemeine Volk", stellte Beck grinsend fest, während Duncan das bestickte Hemd anzog.

„Vielleicht ist ja Charlie meine wahre Identität und Duncan die Farce." Duncan schaffte es nicht, sein Lächeln zu verbergen, als Beck das Zuknöpfen übernahm und glättend über die Schultern strich.

„Möchtest du auch eine? John wirft nie etwas weg. Ich glaube zwar nicht, dass dir eine von meinen passen wird, aber er besitzt bestimmt ein oder zwei, auf die das zutrifft."

Schmunzelnd schüttelte Beck den Kopf. „Ich dachte, du willst für mich kochen?"

Die Flirterei mit Beck bildete den perfekten Balsam für die Erschöpfung und den Ärger, den die Begegnung mit seinem Vater ausgelöst hatte. Normalerweise blies Duncan nach einer heftigen Auseinandersetzung mit Vincent stunden-, wenn nicht sogar tagelang Trübsal. Heute Abend fühlte er sich dank Beck allerdings innerhalb kürzester Zeit wieder ganz wie der Alte. Duncan wusste nicht, ob es daran lag, dass Beck die ganze Zeit an seiner Seite gewesen war oder weil der heutige Streit eine zuvor nie da gewesene Aura der Endgültigkeit besessen hatte. Vincent schien jedenfalls nichts mehr mit Duncan zu tun haben wollen. Und selbst wenn doch, Duncan war jetzt bereit, selbst die Verbindung zu kappen.

„Möchtest du immer noch Eier Benedict oder soll ich dir lieber zwei gewendete Spiegeleier, Speck und Vollkorntoast machen?"

Beck starrte ihn mit offenem Mund an. „Wir haben noch nie zusammen gefrühstückt. Woher weißt du das?"

Duncan wusch sich gründlich die Hände und band sich eine Schürze über die Jeans. Dann warf er Beck ebenfalls eine zu, der sie gehorsam anzog. Die Küche war verdächtig leer. Wahrscheinlich hatte John die Person, die auch immer gerade Dienst hatte, nach Hause geschickt, weil er wusste, dass Duncan ein paar Stunden lang kochen wollte. Er würde Beck nicht danebenstehen und zusehen lassen – obwohl er nicht glaubte, dass Beck dazu eher in der Lage wäre als er selbst. Der Aufenthalt in einer Küche wirkte wie eine Droge. Eine ausgesprochen süchtig machende noch dazu. Die reine Freude, die Duncan während einer schweißtreibenden Schicht in einer emsigen Küche verspürte, fand er nicht an allzu viel anderen Orten.

„Zuerst einmal stimmt das nicht. Unsere erste zivilisierte Konversation entstand beim Frühstück in meiner Wohnung, weißt du noch? Und zweitens hast du genau das bei unserer ersten Begegnung im Schnellimbiss bestellt."

Becks Augen weiteten sich. „Du kannst dich noch an meine Ei-Bestellung erinnern? Bist du so eine Art Chef de Partie Genie?"

Duncan stieß ein Schnauben aus. „Nein, aber falls ich jemals Visitenkarten drucken lasse, werde ich das auf jeden Fall als Titel angeben. Das gefällt mir." Er grinste Beck an. „Deine Ei-Bestellung ist mir im Gedächtnis geblieben, weil sie so überhaupt nicht zu deinem schicken Anzug gepasst hat."

Obwohl er seit einigen Monaten nicht mehr in der Küche des Cafés gewesen war, hatte sich nichts geändert. John hatte stets große Töne über all die Veränderungen gespuckt, die er in Angriff nehmen würde, wenn er das Haus erbte. Sollte er inzwischen jedoch einige davon in die Tat umgesetzt haben, bemerkte Duncan sie nicht.

Als er seinen Kopf durch die Durchreiche steckte, sah er John an der Theke lehnen und mit einer ihm unbekannten Kellnerin reden. Es waren keine Gäste da, was ihn allerdings nicht überraschte. Im Café herrschte um diese Zeit Flaute.

Sie waren mit Vincent zu einem späten Abendessen verabredet gewesen. Nachdem sie sich dann über ihr nächstes Ziel einig geworden waren, hatte die Fahrt zum Café noch etwas Zeit in Anspruch genommen. Der Essensansturm lag lange hinter ihnen. Mit dem Feierabend der Schichtarbeiter würde jedoch in ungefähr einer Stunde eine erneute Gästeflut hereinbrechen. Dazu kamen dann noch die Kneipenbesucher auf der Suche nach etwas Fettigem, um den Alkohol aufzusaugen.

„Du willst mich mein Essen bezahlen lassen indem ich koche?", rief Duncan und grinste, als John zusammenzuckte, bevor er herumwirbelte.

„Natürlich, du Bastard! Hier gibt's keine Extrawürste." John streckte die Hand durch die Durchreiche und umfasste Duncans Bizeps. Er drückte gerade fest genug, dass es wehtat. „Sandra, das ist Duncan. Er hat früher für uns gekocht, bevor er größenwahnsinnig wurde."

Duncan lachte. „Schön wär's. In letzter Zeit hatte ich genug damit zu tun, an Orten zu arbeiten, die mich nicht mit Kartoffelpuffern bezahlen."

John drohte ihm mit dem Finger. „Lügen."

„Vielleicht könnte ich im Brix für ein ausgeglichenes Betriebsergebnis sorgen, wenn ich die Angestellten mit Kartoffeln entlohne. Erzähl mir mehr", mischte sich Beck ein und streckte eine Hand aus. „Hi, ich bin Beck."

John schien irritiert über die Begrüßung zu sein. Duncan war jedoch ziemlich sicher, dass Sandra ins Schwärmen geriet. Wenn er es darauf anlegte, konnte Beck ein unglaublich charmanter Mistkerl sein.

„Wir sind uns bereits begegnet", erwiderte John, während er ihm so kurz wie möglich die Hand schüttelte. „Du hältst den Weltrekord als bester Trinkgeldgeber, den dieses Café je gesehen hat. Tu dir keinen Zwang an, zurückzukommen und dich jederzeit wie ein Arschloch zu benehmen, solange du ein derartiges Trinkgeld gibst."

Duncan warf John einen bösen Blick zu, doch Beck lachte nur.

„Um fair zu sein: Es war nicht allein meine Schuld", stellte Beck klar.

„Genau genommen lag es hauptsächlich an mir", sagte Duncan trocken. „An dem Tag habe ich mich wie ein Mistkerl verhalten."

„Oh, war das ein Tag, der auf *G* geendet hat?", wollte Beck mit fröhlicher Stimme wissen.

Duncan wand sich aus dem Griff und versetzte ihm einen leichten Stoß mit dem Ellenbogen in den Bauch. John brach in lautes Lachen aus und Sandra schien sich nicht entscheiden zu können, ob sie lachen oder lieber flüchten sollte. Für Fremde waren sie etwas viel auf einmal.

„Ich habe meine Meinung geändert. Du bist jederzeit willkommen", verkündete John. Dieses Mal klang es tatsächlich einladend. „Besonders, wenn du kochst. Bist du bereit, eine Schicht zu übernehmen? Ich habe heute sowieso einen Mann zu wenig, weil sich Ernie krankgemeldet hat. Außerdem feiert Stephen heute seinen Jahrestag. Ich hatte Mitleid mit ihm und habe ihn fortgejagt, als Duncans Nachricht kam, dass ihr unterwegs zu uns seid."

Beck schaute auf seine Schürze hinab und zuckte mit den Schultern. „Klar."

Der Tag war lang gewesen und die emotionale Szene mit Vincent hatte noch ihren Teil dazu beigetragen. Bevor sie sich daran machten, für einen großen Ansturm zu kochen, brauchten sie zuerst etwas Essbares. Duncan ging in den Kühlraum und holte Eier, Käse, Chorizo, Zwiebeln, Knoblauch, Paprikaschoten, einen Behälter mit Ranchero-Soße und einen großen Stapel Maistortillas heraus.

Die Speisekarte enthielt zwar keine Chilaquiles, aber sie ließen sich ganz einfach aus den Zutaten für Huevos Rancheros zusammenschustern. Duncan spritzte etwas Öl auf das Kochfeld und kippte eine großzügige Portion Chorizo darauf. Dann griff er nach einem Pfannenwender und begann daneben einen Haufen Gemüse zu braten. Das Aroma des Knoblauchs und der Zwiebeln wehte von der zischenden Kochplatte hoch. Duncan atmete tief ein. Bei dem vertrauten Geruch sanken seine Schultern noch etwas weiter hinab. Er war fast wieder der Alte. Wenn er eine anstrengende Schicht lang Eier und Speck gewendet hätte, würde er wieder ganz in Ordnung sein.

Und als Bonus durfte er beobachten, wie Beck direkt neben ihm klarkam. Obwohl ein großer Teil des Grundwissens übereinstimmte, stellten das Kochen im

Schnellimbiss und der Haute Cuisine zwei Paar Stiefel dar. Er freute sich darauf, zu sehen, wie sich Beck schlug.

„So, wir werden erst in ungefähr einer Stunde etwas zu tun bekommen", sagte Duncan, während er mit dem Pfannenwender die bratende Chorizo Wurst auseinanderbrach und auf dem Kochfeld hin- und herschob. Die Zwiebeln und Paprika bekamen nach einem Spritzer Öl die gleiche Behandlung. „Möchtest du dich umsehen und mit der Küche vertraut machen? John bewahrt irgendwo im Büro einen Ordner mit Rezepten auf. Wir beide können es aber auch zusammen tun. Dann übernimmst du die Eier und das Fleisch und ich stelle alles zusammen. Schließlich kenne ich die Speisekarte."

„Da dachte ich, wir lassen es langsam angehen, aber bei unserer ersten offiziellen vorgetäuschten Verabredung bittest du mich, es mit dir zu tun. Reizend."

Duncan goss einen ordentlichen Klacks Ranchero-Soße über die Chorizo und merkte, dass er vor dem großen Ansturm eine neue Ladung anbrechen musste. Die im Kühlschrank vorhandene würde nicht für die Frühstücksschicht morgen reichen.

„Ich habe so ein Gefühl, dass es mit dir so aufregend ist, dass ich keinen Dritten dabeihaben möchte", scherzte Duncan.

„Hast du schon mal?" Becks Stimme klang etwas eigenartig.

Duncan drehte sich um und fragte sich, ob Beck die Vorstellung eines Dreiers wirklich so verstörend fand. Der leichte Schweißglanz auf Becks Stirn ließ ihn seine Meinung ändern. Die Vorstellung stieß Beck keineswegs ab. Interessant.

„Bei einem flotten Dreier gleichzeitig mit zwei Männern Sex gehabt? Nein." Herausfordernd hob er eine Augenbraue. „Aber haben mich dabei schon mal zwei Männer gleichzeitig gefickt?"

Beck verschluckte sich und Duncan grinste triumphierend.

„Die Antwort darauf lautet ebenfalls nein. Aber es ist ein amüsanter Gedanke."

Er lachte, als Beck sich mit einem entrüsteten Schnauben darüber beschwerte, aufgezogen zu werden und wandte sich wieder dem Kochfeld zu. Das Gemüse war inzwischen schön weich und fing an zu karamellisieren. Daher fügte er es zu der Chorizo Mischung hinzu und schob sie zum Warmhalten in die äußerste Ecke der Kochplatte. Dann fummelte er an dem Salamander Ofen herum, um die gewünschte Grilltemperatur einzustellen.

„Mach dich nützlich", forderte er Beck auf und warf ihm die Tortillas zu. „Erst vierteln und dann frittieren."

Beinahe erwartete er, dass sich Beck gegen die Aufforderung sperrte, doch nachdem er sich am Spülbecken die Hände gewaschen hatte, befolgte er die Anweisungen. Keiner von ihnen hatte seine eigenen Messer dabei und Beck verzog das Gesicht, als er eins aussuchte und damit die Tortillas durchschnitt.

Duncan konnte ihn nicht mal wegen seines snobistischen Verhaltens aufziehen, weil er ihm absolut zustimmte. Die Küche war sauber und praktisch. Beim Anblick der Messer stand Duncan allerdings jedes Mal kurz vor einem Tränenausbruch. Sie entsprachen nicht seinen Anforderungen. Fairerweise musste man jedoch sagen, dass seine Anforderungen weitaus höher lagen, als für eine Küche wie die des Sunrise Cafés erforderlich.

Auch dass Beck keine Anleitung für die Bedienung der Fritteuse benötigte, beeindruckte ihn. Dazu musste man allerdings weiß Gott kein Genie sein. Aber das ältere Model unterschied sich höchstwahrscheinlich von den hypermodernen Fritteusen, mit denen Beck sonst arbeitete. Zu beobachten, dass er sie wie ein Experte bediente, jagte Duncan ein lustvolles Prickeln den Rücken hinunter.

Es war lächerlich, Kompetenz attraktiv zu finden, doch er tat es.

Nach Vincents voreiliger Schlussfolgerung war Beck schnell zu seiner Verteidigung herbeigeeilt und Duncan konnte sich noch gut an seine behutsam formulierten Antworten erinnern. Er hatte nicht gesagt, dass sie zusammen waren, aber klargestellt, dass er die Andeutung nicht abstoßend fand. Das bot Stoff zum Nachdenken. Möglicherweise würde sich alles in Wohlgefallen auflösen und morgen nichts über den Streit erscheinen. Darauf wollte sich Duncan jedoch nicht verlassen. Wie er gelernt hatte, gab es in Bezug auf die Presse selten glückliche Zufälle. Sie würden mit Lindsay eine Strategie besprechen müssen. Allerdings stellte sich ihm langsam die Frage, ob er vielleicht gerne wirklich mit Beck zusammen wäre, statt nur so zu tun als ob.

Ob Beck das wohl wollte? Duncan erdreistete sich, anzunehmen, dass die Antwort Ja lautete. Wäre es beknackt, ihn um ein Date zu bitten? Überschritt er damit eine Grenze? Becks Schweigen nach ihrer Nummer in der Dusche hatte die glasklare Botschaft übermittelt, dass für ihn etwas Ungezwungenes auf keinen Fall infrage käme. Daher hatte sich Duncan zurückgezogen, denn für ihn kam nichts anderes in Betracht. Allerdings hatte ihn Beck nicht völlig weggestoßen. Heute Abend war er für Duncan eingetreten wie noch nie jemand zuvor. Hieß das, dass für Beck eine Beziehung in Betracht kam, wenn Duncan soweit war? Aah, damit konnte er sich heute Abend nicht befassen. Immer nur eine existenzielle Krise auf einmal.

Als der Salamander prasselte und Duncans gefüllte Auflaufform in den Ofen konnte, war auch Beck fertig und hatte einen knusprigen Stapel Tortillachips für ihn zubereitet. Sie arbeiteten Hand in Hand, bedeckten die Chips mit noch mehr Ranchero-Soße und krümelten Feta darüber. Eigentlich sollte es Queso fresco sein. John, der Neandertaler, weigerte sich jedoch welchen zu bestellen, obwohl die Küchenbelegschaft wahrscheinlich mehrmals in der Woche Chilaquiles für sich selbst zubereitete.

Duncan stellte die Form zum Grillen in den Salamander und griff nach den Eiern. „Rühr- oder Spiegeleier?"

Blinzelnd überlegte Beck. „Spiegeleier, aber gewendet. Ich bevorzuge das Eigelb flüssig, das macht die Chilaquiles saftiger."

Je mehr er über ihn erfuhr, desto klarer wurde ihm, dass Beck möglicherweise der perfekte Mann war.

Duncan schlug einige Eier auf das Kochfeld und zog dann die Auflaufform aus dem Salamander. Der Käse war gebräunt und die Chips an den Ecken leicht verbrannt – genau so, wie er es gerne mochte. Er fügte die Chorizo und das Gemüse hinzu und bedeckte alles mit noch mehr Ranchero-Soße. Zum Abschluss krönte er das Ganze mit den Eiern. Da die Form brennend heiß war, legte er ein Handtuch auf den winzigen Tischen im hinteren Teil der Küche, bevor er die Chilaquiles darauf stellte.

„Hau rein", forderte er Beck auf, nachdem er zwei Gabeln aufgetrieben hatte und ihm eine davon reichte.

„Wir essen in der Küche? Verstößt das nicht gegen die Hygienevorschriften?"

Mit einem Zwinkern streckte Duncan die Hand aus und zog den Vorhang zu, den John mit seiner Hilfe vor Jahren angebracht hatte. Er trennte die Küche vom Gastraum, der sich direkt vor dem Büro befand.

„Ich glaube nicht, dass das den Vorschriften entspricht", zog ihn Beck auf.

„Es hat sich noch nie ein Kontrolleur beschwert. Außerdem willst du das hier bestimmt nicht vor den Augen aller Restaurantbesucher machen." Mit diesen Worten beugte er sich vor und gab ihm einen innigen, süßen, langsamem Kuss, der so gar nicht den hastigen, lustvollen Küssen entsprach, die Beck gewohnt war. Allerdings war es schön.

„Wofür war der?", fragte Beck mit belegter Stimme, nachdem Duncan den Kuss beendet und sich wieder hingesetzt hatte.

„Um dir für die Sache mit Vincent zu danken", erklärte Duncan mit einem Schulterzucken. „Dass du nicht weggerannt bist. Dass du dageblieben bist und mir die ganze Nacht lang hilfst in einer Kaschemme zu kochen, nur um sicherzugehen, dass ich okay bin."

In dem Licht der Neonröhren ließ es sich zwar nicht mit Sicherheit sagen, doch Beck schien rot anzulaufen und schenkte seinem Essen mehr Aufmerksamkeit als nötig. Irgendwie fand er das hinreißend. Ein merkwürdiger Gedanke. Duncan konnte sich nicht erinnern, jemals etwas anderes als Pandababys und Kätzchen hinreißend gefunden zu haben.

„Dafür musst du dich nicht bedanken. Mit Sicherheit hätten jede Menge von deinen vielen Bewunderern das Gleiche getan."

„Ich weiß nicht, warum du mich für eine Art gastronomischen Rockstar hältst, der jede Nacht ein anderes Groupie in seinem Bett hat", sagte Duncan mit einem abfälligen Schnauben. Er biss von den Chilaquiles ab und verbrannte sich prompt die Zunge. „Das bin ich übrigens nicht", stellte er klar, nachdem er den zu heißen Bissen hinuntergeschluckt hatte.

Beck schob sich eine Gabel voll in den Mund und begann mit nachdenklicher Miene zu kauen. „Der Feta ist nicht so schlecht, wie ich dachte."

„Ja, oder? Obwohl es mit Queso fresco bedeutend besser schmecken würde. Irgendwann werde ich es mal für dich machen und dann richtig."

Beck schenkte ihm ein etwas dümmliches Lächeln. „Das wäre schön."

Duncan erwiderte lachend: „Vorsichtig, sonst halte ich dich noch für einen dieser Groupies, die ich deiner Meinung nach habe. Du besitzt übrigens eigene Groupies, Beck. Wenn die Beziehungsgeschichte von heute Abend in den Blogs erscheint, werden überall im Land die Herzen der Frauen mittleren Alters brechen."

Beck zeigte mit der Gabel auf ihn. „Du bist ein Arsch."

„Aber du widersprichst nicht! Ich habe recht!", krähte Duncan.

„Laut Zuschauerstatistik von *King of the Kitchen* zeigt die Kurve bei der mittleren Altersgruppe tatsächlich nach oben, der Anteil der Männer und Frauen ist aber ziemlich gleichmäßig verteilt. Außerdem sind sich die Zuschauer mit ziemlicher Sicherheit alle darüber im Klaren, dass ich schwul bin. Die Fotoserie über mich im *Out Magazine* letztes Jahr hat so ziemlich jeder gesehen."

Jeder. Duncan besaß eine Kopie davon auf seinem Handy. Der neckische Gebrauch der Kochmütze war besonders anregend. Damals war Duncan überzeugt gewesen, dass man großzügig mit Photoshop nachbearbeitet hatte. Da er Beck aber inzwischen mit eigenen Augen nackt gesehen hatte, konnte er bestätigen, dass das nicht stimmte. Becks Körper sah tatsächlich so aus.

Obwohl die Vorstellung eines nackten Beck unterhaltsam war, gab es Wichtigeres zu besprechen. Duncan hatte es lange genug hinausgeschoben, Vincents Wutanfall zu erklären. Jetzt wollte er alles vor dem spätabendlichen Ansturm loswerden, um es vor dem Kochen aus dem Kopf zu bekommen.

Das zwischen ihnen stehende Essen half. In Duncans Leben war der Großteil der wichtigen Gespräche bei einem Teller Essen erfolgt. Es bot ihm etwas, auf das er sich konzentrieren konnte, und lieferte einen Vorwand, Augenkontakt zu vermeiden. Ihn kümmerte auch nicht, dass das ein klassisches Ausweichverhalten darstellte. Da er immer schon Schwierigkeiten gehabt hatte, seine Gefühle mitzuteilen, zählte seiner Meinung nach jede Unterstützung, die ihm half, es durchzustehen. Außerdem waren die Chilaquiles lecker und er hatte riesigen Hunger.

„Ich denke, ich schulde dir die Geschichte hinter Vincents Ausbruch. Wahrscheinlich kannst du irgendwo etwas darüber online finden. Das Internet vergisst schließlich nichts. Allerdings wäre es mir lieber, wenn du es von mir hörst", sagte Duncan schließlich.

„Du schuldest mir überhaupt nichts", widersprach Beck mit ernster Stimme. „Wirklich nicht. Und ich werde mir keine alten Artikel über dich anschauen. Ich respektiere deine Privatsphäre, Duncan. Ich weiß, wie es sich anfühlt, von einem Haufen Leute beobachtet zu werden, die nur auf einen Fehler von dir warten."

Hm. Darüber hatte sich Duncan nie Gedanken gemacht, aber vermutlich lag Beck richtig. Wenn jemand nachempfinden konnte, wie es sich anfühlte, im Schatten eines Promikochs aufzuwachsen, dann wohl Beck. Er hatte sich im Laufe der Jahre schließlich mit den gleichen Dingen rumschlagen müssen.

Ausgenommen Homophobie und Bigotterie. Christian war ein harter Hund, hatte sich jedoch immer in LGBT Angelegenheiten einbeziehen lassen und Beck unterstützt, wenn irgendein Kleingeist versucht hatte, dessen Sexualität aufzubauschen.

„Ich will aber, dass du es weißt", verkündete Duncan und zwang sich, ihn anzusehen. Beck schaute ihn mitfühlend und aufmunternd an. Es war kaum auszuhalten. Vielleicht war er dabei, sich in Beck zu verlieben. Fühlte man sich so in einer Beziehung? Dass man die Gewissheit besaß, immer jemanden an seiner Seite zu haben, der einem den Rücken stärkte und für einen eintrat, wenn man selbst dazu nicht in der Lage war?

„Wie auch immer. Wie du vermutlich weißt, habe ich, sobald ich das entsprechende Alter besaß, angefangen in Vincents Küchen zu arbeiten. Es hat mir wirklich Spaß gemacht, obwohl wir noch nie gut miteinander klargekommen sind. Als er mich mit siebzehn im Sommer zum Hilfskoch befördert hat, war ich echt begeistert. Der leitende Hilfskoch des Restaurants war unglaublich attraktiv und wir haben den ganzen Sommer geflirtet. Außerdem habe ich jede Menge von ihm gelernt. Abgesehen von Vincent selbst gehörte er zu meinen wichtigsten Mentoren.

In diesem Sommer wurde mir auch bewusst, dass ich bisexuell bin. Im Vorjahr hatte ich meine Unschuld an ein Mädchen verloren und es war fantastisch. Je mehr Zeit ich jedoch mit dem schwulen Hilfskoch verbrachte, desto klarer wurde mir, dass ich auch Männer mochte. Wir fingen etwas miteinander an. Nichts sonderlich Tiefgehendes. Es gab keine Liebesbezeugungen oder so etwas. Nichts Ernstes: miteinander rummachen, Spaß haben."

Beck nickte bestätigend. „So eine Beziehung hatten wir vermutlich alle mal."

„Genau. Aber wir waren nicht allzu clever, denn eines Abends nach Feierabend hat uns Vincent im Kühlraum überrascht. In meinem ganzen Leben habe ich noch nie eine derartige Angst verspürt. Ich dachte, er bringt den Mann um."

„War er sehr viel älter?"

Duncan schüttelte den Kopf. „Zwanzig, also schon etwas älter … aber nicht vierzig und Familienvater oder so. Es lag auch nicht am Alter, dass Vincent so schäumte. Er ist an die Decke gegangen, weil ich mit einem Mann zusammen war. Viel von seinem damals Gesagten entsprach dem von heute, jedoch mit mehr Flüchen und viel mehr Versprechen auf die ewige Verdammnis und das Höllenfeuer."

Duncan hatte noch nie jemandem von dem Vorfall damals erzählt. Nicht einmal seiner Mutter. Er hatte sich so lange deswegen geschämt und geglaubt, es jemandem zu erzählen, würde alles nur noch schlimmer machen. Und er war ja nicht ganz unschuldig. Ja, Vincents Reaktion war übertrieben gewesen, aber sie *hatten* sich am Arbeitsplatz befunden.

„Und was ist dann geschehen?"

Duncan zuckte mit den Schultern. „Er hat Kevin gefeuert. Ihn so schlechtgemacht, dass ihn keine Küche in Chicago mehr nehmen wollte. Ich weiß nicht, wohin er gegangen ist … hätte ich gekonnt, ich wäre so weit wie möglich vor Vincent weggelaufen. Ich kann es Kevin nicht verübeln, dass er ohne ein Wort verschwunden ist."

„Aber du als Minderjähriger konntest das nicht."

Duncan brummte zustimmend. „Ich war minderjährig. Da sowieso schon fast Ferienende war, kehrte ich nach Hause zu meiner Mom zurück und drückte mich die letzten Wochen vor der Küche. Im Sommer danach habe ich die Highschool beendet und bin an einem College in einem anderen Teil des Landes angenommen worden. Also habe ich ein Praktikum bei einem Molekularkoch aus dem Westen vereinbart und den Sommer dort verbracht. Meine Mom war nicht allzu begeistert. Ich glaube, es gefiel ihr, dass ich im Sommer weniger als eine Stunde von Chicago entfernt war. Zwischen Vincent und mir lief es aber mittlerweile ausgesprochen schlecht und vermutlich wusste sie, dass es besser war, mich nicht zu bedrängen."

„Warum ist es noch schlechter geworden?"

„Er begann mir Bibelsprüche zu schicken und bot an, mich in eines dieser Umerziehungslager zu schicken. Das hat meine Mom natürlich nicht zugelassen. Außerdem war ich inzwischen achtzehn und er konnte mich zu nichts mehr zwingen. Aber dann entschuldigte er sich und sie drängte mich immer wieder, ihm zu verzeihen. Bei meiner Rückkehr habe ich nachgegeben und angefangen, bei meinen Aufenthalten in der Stadt regelmäßig mit ihm Essen zu gehen."

„Das hat Zane also mit eurer regelmäßigen Verabredung gemeint?"

„Ja. Öffentliche Orte, um Szenen wie heute auf ein Minimum zu beschränken. Und wir reden nie, niemals über meine sexuelle Orientierung. Bis heute Abend."

„Bis heute Abend", wiederholte Beck leise. „Es tut mir leid, dass ich dafür verantwortlich bin."

„Ich habe dir schon gesagt, dass du dich nicht entschuldigen sollst. Ich meine, wir sind ja nicht zusammen. Er hat voreilige Schlüsse gezogen und das ist allein sein Problem."

„Und wenn die Geschichte über unsere Beziehung in der Presse erscheint? Was wird er dann tun?"

Duncan stieß den Atem aus. Der Stein in seinem Magen kehrte mit voller Macht zurück. „Ich weiß es nicht."

Beck lächelte verbissen. „Und was wirst du tun?"

Duncan zuckte mit den Schultern. Er hätte es am liebsten mit einem Lachen abgetan, doch der Moment war zu wichtig. „Ihnen die Wahrheit sagen? Dass ich sehr wohl Männer mag und überzeugt bin, dafür nicht in die Hölle zu kommen?

Dass du verdammt attraktiv bist und ich gerne eine Beziehung mit dir hätte, wenn ich auch nur die geringste Ahnung von Beziehungen hätte?"

Becks Augen weiteten sich. „Wirklich?"

„Du weißt, dass du gut aussiehst."

„Nicht das", sagte Beck abweisend. „Würdest du wirklich gerne eine Beziehung mit mir haben?"

Duncan schluckte angestrengt. „Ich glaube schon? Es war kein Witz, dass ich keine Beziehungen habe. Nach der Sache mit Kevin habe ich die feste Regel für mich aufgestellt, Arbeit und Vergnügen zu trennen. Im Übrigen arbeite ich fast immer, sodass die Anzahl der für eine Beziehung infrage kommenden Menschen sich in Grenzen hält."

„Und was hat sich geändert? Wenn du nie etwas mit einem Kollegen anfängst, was war dann das in der Dusche des Senders?"

„Ein Fehler", antwortete Duncan ehrlich. Ihm gefiel nicht, wie sich Beck in sich selbst zurückzog, doch er würde auch nicht lügen. „Ich habe mich von dir angezogen gefühlt und dachte, mit einem Quickie könnte ich dich aus dem Kopf bekommen. Und damit lag ich falsch. Aber angesichts meiner Vergangenheit will ich die Sache mit dir nicht noch mehr versauen, indem ich irgendeine Art von Beziehung zu dir eingehe."

„Deiner beziehungslosen Vergangenheit?"

„Genau. Du bist etwas Besonderes, Beck. Ich will dich nicht verletzen, kann dir aber nicht versprechen, dass es nicht doch passiert. Das ist alles Neuland für mich."

„Sollte ich nicht selbst entscheiden dürfen, auf was ich mich einlasse? Ich bin ein großer Junge, Duncan. Mein Herz wurde bereits gebrochen und ich hab's überlebt."

Bevor Duncan antworten konnte, drückte John auf die Klingel in der Durchreiche. „Ich hasse es, euch aus eurem wunderbar schrecklichen Gespräch reißen zu müssen, Gentlemen, aber wir haben eine Bestellung reinbekommen."

Duncan straffte die Schultern und lächelte Beck an. „Vergiss nicht, wo wir stehen geblieben sind, okay?"

DER SPÄTABENDLICHE Ansturm im Café hatte bis ungefähr drei Uhr morgens angehalten. Beck und er waren noch bis zum Schichtwechsel um vier geblieben. Obwohl sie beide todmüde waren, wollte Duncan die Sache nicht einfach so auf sich beruhen lassen.

Das schien Beck ebenso zu gehen. „Kommst du noch mit zu mir? Wir müssen sowieso in fünf Stunden im Sender sein. Da können wir genauso gut so lange zusammenbleiben."

„Für heute habe ich echt genug geredet", warnte ihn Duncan. In den letzten Stunden hatte er mehr über seine Gefühle mitgeteilt als im ganzen letzten Jahr und glaubte nicht, dass noch viel übrig war. Doch er wollte mit Beck zusammen sein. Irgendwie fühlte er sich in seiner Nähe geborgen. Er konnte es nicht recht erklären, aber nach einem Abend wie heute allein nach Hause zurückzukehren, klang nach einer schlechten Idee.

Irgendwo zwischen dem Einsteigen in Becks Auto in dem Vorort und der Ankunft vor Becks Wohnung in der Stadt, schlief er ein. Er konnte sich überhaupt nicht an die Fahrt erinnern, musste also ziemlich bald unterwegs weggetreten sein. Duncan hatte keine Ahnung, wo sie sich befanden. Wenn man jedoch in einer derart geräumigen und gut beleuchteten Garage aufwachte, musste der Ort nett sein.

„Komm, du kannst oben weiterschlafen", murmelte Beck, während er ihn aus dem Auto zog.

Duncan fühlte sich nach seinem Nickerchen wie aus Gummi und trunken vor Erschöpfung. Er ließ zu, dass Beck einen Arm um ihn legte und ihn zu den Aufzügen führte.

„Und wenn ich gar nicht schlafen will?", fragte er herausfordernd und ließ anzüglich den Blick über Beck gleiten.

Beck zögerte, schob ihn dann in den Aufzug und drückte den Knopf für das oberste Stockwerk. Protzig.

„Wenn du nicht schlafen möchtest, müssen wir das nicht. Aber ich werde ehrlich zu dir sein. Ich bin nicht auf der Suche nach einem weiteren unverbindlichen Fick."

Becks Tonfall war unbeschwert, sein Gesichtsausdruck jedoch angespannt. Duncan konnte sich vorstellen, welche Überwindung es ihn kostete, dieses Gespräch zu führen. Er hasste es, schuld an diesem Schmerz zu sein. Er schluckte und nickte. Als Beck ihm nach dem Sex im Sender aus dem Weg gegangen war, hatte er sich furchtbar gefühlt und wollte ihn nicht erneut in diese Lage bringen. „Das kann ich. Ich meine die nicht unverbindliche Sache. Zumindest glaube ich das. Ich kann es versuchen."

Während der Fahrt hinauf schwieg Beck und einen Moment lang fragte sich Duncan, ob er eingeschlafen war. Doch als er hinüberblickte, bemerkte er, dass Beck ihn nachdenklich ansah.

„Okay", sagte er, als sich die Aufzugtüren öffneten. „Okay."

Sobald Beck die Wohnungstür hinter ihnen geschlossen hatte, stürzte Duncan auf ihn zu, drückte ihn dagegen und küsste ihn gierig. Beim Sex waren für ihn noch nie Gefühle – abgesehen von gegenseitiger Bewunderung und Freundschaft – im Spiel gewesen. Mit einem kleinen Schock stellte er fest, dass es sich anders anfühlte. Es berührte ihn und die Liebkosungen schienen mehr Bedeutung zu haben. Es war eine ganz neue Gefühlswelt.

Auf dem Weg in Becks Schlafzimmer hinterließen sie eine Spur aus Kleidung und vor dem Bett angekommen, waren sie beide nackt.

Becks Blick glitt über Duncans nackten Oberkörper, den flachen Bauch hinunter und verweilte dann auf der Spur drahtiger Haare, die hinab zum halbsteifen Schwanz führte, der unter dem prüfenden Blick zuckte.

„Immer noch Zeit, deine Meinung zu ändern." Becks Stimme klang gepresst.

Duncan neigte den Kopf, sodass Beck eine Reihe aus Küssen seine Wange entlangziehen konnte. Dann kippte er seine Hüften und begann seinen Körper an Becks zu reiben. Ihre Erektionen streiften sich.

„Ich bedaure nichts", stellte er lachend klar, als Becks über seine Seiten streichenden Hände ihn kitzelten.

Nach einer kurzen Liebkosung, bei deren Unterbrechung Duncan protestierte, legte Beck die andere Hand auf Duncans Hüfte und drängte ihn auf das Bett hinunter. Duncan gab ein fragendes Geräusch von sich, doch bevor er auch nur irgendetwas sagen konnte, kniete Beck schon vor ihm. Die Füße rutschten über den Holzboden, als er sich bewegte, um mit dem Mund der Hand um Duncans Erektion Gesellschaft zu leisten.

Duncans Kopf fiel nach hinten auf die Matratze. Mit einem Mal war er sehr, sehr dankbar, dass Beck die Voraussicht besessen hatte, sie zum Bett zu führen.

Beck knabberte sanft an Duncans Schwanzspitze, zog dann den Kopf etwas zurück und glitt mit der Zunge über die gereizte Haut. Die Berührung ließ Duncan fast ohnmächtig werden.

Ein mit Spucke befeuchteter Finger glitt zwischen seine Hinterbacken und zog kleine, köstliche Kreise um seinen Eingang. Duncan konnte keinen klaren Gedanken mehr fassen und war völlig auf die Empfindungen konzentriert, als Beck seinen Schwanz tiefer in den Mund nahm. Wimmernd zwang sich Duncan auf die Ellenbogen und beobachtete, wie sein Schwanz in Becks Mund verschwand. Rosafarbene Lippen wölbten sich über scharfe Zähne, die den Schwanz hinauf- und hinabglitten.

Duncan rückte sich zurecht und spreizte seine Beine weiter auseinander, um Beck besseren Zugang zu gewähren. Er sah die Grübchen aufblitzen, als er um den Schwanz in seinem Mund lächelte. Das reichte fast aus, um Duncan rasend schnell den Gipfel erklimmen zu lassen. Er blinzelte fieberhaft, wollte nicht einen Moment dieses unglaublich erotischen Bildes – Beck, der ihm einen blies – verpassen. Himmel, war es so gewesen, als er Beck im Sender einen geblasen hatte? Kein Wunder, dass Beck regelrecht gequält ausgesehen hatte. Es war die köstlichste Folter und ganz anders als jeder Blowjob zuvor. Bei Beck kam ein extra Funken hinzu, den er bei keinem seiner anderen Partner verspürt hatte. Das Ergebnis war unglaublich.

Beck stieß den Finger leicht in Duncans Eingang. Das Brennen holte Duncan etwas vom Gipfel zurück. Er bedauerte, dass sie kein Gleitgel hatten, als Becks Finger sich zurückzog und sein Loch wieder von außen massierte. Er konnte an nichts anderes denken als daran, wie viel besser es mit Gleitgel wäre. Dann könnte es Becks Schwanz anstelle des Fingers sein …

Der Orgasmus überrolle ihn ohne Vorwarnung und er musste sich sehr zusammenreißen, um nicht wie rasend in die enge Hitze von Becks Mund zu stoßen, als er – die Hände in Becks Haaren vergraben – kam. Am Rande bekam er mit, wie jemand stöhnte und brauchte einen Moment, um zu realisieren, dass es sich dabei um ihn selbst handelte.

Während seines abklingenden Orgasmus rekelte Duncan sich kurz auf dem Bett. Daher bekam er erst kurz vor dessen Höhepunkt mit, dass Beck sich selbst unsanft einen runterholte. Das Geräusch der über die Haut reibenden Handfläche ließ sich selbst mit geschlossenen Augen nicht missverstehen. Mühsam öffnete er sie weit genug, um sehen zu können, wie Beck sich selbst streichelte. Halb kniete er, halb hockte er auf dem Bett. Als ihm bewusst wurde, dass er gerade dabei war, seine Chance auf eine Gegenleistung zu verpassen, packte Duncan Beck unter den Achselhöhlen und versuchte, ihn aufs Bett zu ziehen. Es funktionierte nicht – Becks Körper bestand aus fester Muskelmasse – doch Beck verstand den Wink und kletterte hinauf. Duncan drehte sich so, dass er mit dem Gesicht an Becks Erektion lag. Es war so nah, dass er, auch ohne sie zu berühren, die davon ausgehende Hitze spüren konnte.

Als er begann über die dünne Haut von Becks Innenschenkel zu lecken, entfuhr diesem ein langes Aufstöhnen. Duncan vergrub seine Nase in der Beuge von Becks Hüfte. Mit der Zunge zog er eine Spur abwärts, bis er die Lippen um die Hoden schließen konnte, einen von Becks Eiern in den Mund zog und zu saugen begann.

Beck legte die Hand um Duncans Nacken: so leicht, dass er sich ihr entziehen könnte, wenn er wollte. Gleichzeitig verriet sie jedoch Becks Ungeduld. Grinsend ließ Duncan den Hoden aus dem Mund gleiten und leckte sich zum Schwanz hoch. Oben angekommen tauchte er seine Zunge behutsam in die Spalte.

Als er den Schwanz ganz in den Mund nahm, wünschte sich Duncan bei Becks leisem Keuchen und Stöhnen wieder hart werden zu können. Ihm gefiel das schwere Gewicht in seinem Mund und neckend fuhr er quälend langsam die Erektion hinauf und hinunter.

Beck schob den Daumen über Duncans Wange, seine Hüften kippten vor und drohten, Duncan auf der verzweifelten Suche nach mehr Reibung zu erwürgen. Duncan gab nach, umschloss mit einer Hand Becks Penis und begann zu pumpen, während er gleichzeitig mit dem Mund hinauf und hinunterglitt. Die Reaktion kam postwendend. Becks Beine begannen zu zittern und als sich seine Augen schlossen, folgte Duncan seinem Beispiel und beschleunigte seine Handbewegung. Gleichzeitig nahm er Becks Schwanz so tief in den Mund, wie es möglich war, ohne aus dem Rhythmus zu kommen oder die Schwanzwurzel loszulassen.

Becks Penis begann zu pulsieren, doch Duncan wich nicht zurück, sondern saugte daran, bis Beck ihn wegstieß, den schlaff werdenden Schwanz herausgleiten und gegen Becks Oberschenkel fallen ließ.

„So, das wäre also erledigt", begann Duncan, stoppte jedoch, als Beck ein Auge öffnete und ihm einen heftigen Stoß mit dem Ellenbogen versetzte.

„Versau nicht das Nachglühen. Panik kannst du später noch bekommen."

„Ich werde keine Panik bekommen, ich …"

Beck rollte sich herum, schob Duncan aus dem Bett und dirigierte ihn ins Badezimmer. Natürlich war es gigantisch. Alles in Becks Wohnung schrie vor Geld und das zum Zimmer gehörende Bad bildete da keine Ausnahme. Selbst die Dusche war opulent. Wozu benötigte eine einzelne Person so viele Duschköpfe?

Den ihm auf der Zunge liegenden, abfälligen Kommentar schluckte er runter, als er unter den Duschstrahl trat. Seine eigene Dusche benötigte mindestens fünf Minuten zum Aufheizen. Becks dagegen war sofort brühend heiß. Die Strahlen aus den vielen Duschköpfen fühlten sich himmlisch an, und selbst als sich Beck hinter ihn drängte, blieb noch reichlich Platz.

Er schaffte es kaum, die Augen offen zu halten, besonders, als Beck begann, ihm das Haar zu shampoonieren. Das Gefühl war intimer als alles andere zuvor. Duncan gab sich der Empfindung hin und entspannte sich. Er konnte sich nur noch mit Mühe auf den Beinen halten und schaffte es kaum, Beck beim Abtrocknen behilflich zu sein, nachdem dieser ihnen beiden den Schaum abgespült und das Wasser ausgedreht hatte.

Duncan ließ sich zum Bett führen und widerstandslos zurechtschieben, bis sie in der Löffelchenstellung lagen.

„Ist das okay?"

Becks Frage erschütterte Duncan. *Das* fragte er tatsächlich? „Ich breche alle meine Regeln für dich", murmelte er schläfrig.

Falls Beck darauf etwas erwiderte, hörte Duncan es nicht mehr. Er war auf der Stelle eingeschlafen.

14

BECK HATTE fast erwartet, dass Duncan am Morgen verschwunden sein würde. Doch als sein Wecker zwei Stunden nachdem sie ins Bett gegangen waren klingelte, lag Duncan immer noch ausgestreckt und schnarchend neben ihm.

Wenn sie nicht bald losfuhren, würden sie die morgendliche Drehbuchbesprechung verpassen. Beck verspürte allerdings den starken Drang, sie sausen zu lassen und sich wieder an Duncan zu kuscheln. Nach der verrückten letzten Nacht hatten sie etwas Schlaf verdient.

Unglücklicherweise war das in Becks Leben nicht möglich. Er kämpfte mit ständiger Überlastung und wusste, wenn er sich gestattete, die Besprechung dieses eine Mal ausfallen zu lassen, könnte es ganz schnell zur Gewohnheit werden. Er stupste Duncan in die Seite, doch der murmelte nur etwas Unverständliches und drehte sich mitsamt allen Decken weg.

Sein im Schlaf entspanntes Gesicht wirkte so jung. Nicht, dass er normalerweise alt aussah. Doch Beck kannte Duncans Gesicht nicht im Ruhezustand und es verlieh ihm ein anderes Aussehen. Er wirkte verletzlicher und weniger abweisend. Wie Beck auf einmal klar wurde, diente die übertriebene Fassade als Schutzschild. So wie er selbst sich bei Aufregung hinter einer Maske höflichen Desinteresses versteckte. Auf Duncan traf jedoch das totale Gegenteil zu. Er war der Clown, der immer für einen Scherz zu haben war. Oder aber der Hitzkopf, der sich auf die Dinge stürzte, die ihn in dem Moment überforderten.

Beck hörte, wie die Eingangstür geöffnet wurde und eine Sekunde später rief Lindsay nach ihm.

„Beck? Du liegst besser im Sterben, du Arschloch! Ich bin den ganzen langen Weg hierhergefahren, nur weil du nicht an dein verdammtes Telefon gehst!"

Mist.

Da Duncan von dem Krach nicht aufgewacht war, glitt Beck aus dem Bett, griff nach seinem Bademantel, wickelte ihn eng um sich und schloss leise die Schlafzimmertür hinter sich. Besser, Lindsay erfuhr nicht, dass …

Er bog um die Ecke zum Wohnzimmer und erstarrte. Lindsay schob gerade mit dem Fuß zwei offenkundig verschiedene Garnituren Kleidung auf einen großen Haufen.

Verflucht. Sie würde zweifellos erraten, wem das T-Shirt zuoberst gehörte. Man musste kein Genie sein, um dahinterzukommen, dass sich in ihrem Bekanntenkreis nur eine Person in einem T-Shirt mit einem grinsenden Nudelholz und der Aufschrift „Bakers do it for the dough" zeigen würde. Ein geschicktes Spiel mit dem Wort „dough", das sowohl „Teig" als auch „Knete/Geld" heißen konnte.

„Ist das dein Ernst, Beck? Ich muss hierher rasen, weil du dich nicht damit abgibst, ans Telefon zu gehen, weil du immer noch mit Duncan im Bett liegst?"

Er griff nach der Hose, die er letzte Nacht getragen hatte und kramte sein Handy aus der Tasche. Der Akku war fast leer und es zeigte zehn entgangene Anrufe von Lindsay, plus zwei von Christian und einen von Campbell an. Verdammter Mist. Es war gerade mal sieben Uhr.

„Ich nehme an, Vincents Wutanfall ist in den Blogs angekommen?", fragte er, während er das Handy auf den Beistelltisch legte und in die Küche schlurfte. Wenn er schon aufstehen musste, dann brauchte er unbedingt Kaffee.

„Natürlich ist er das. Er hat es sogar in die überregionalen Nachrichten geschafft. Irgendjemand hat euch gefilmt. Das Video wurde bereits über 500.000 Mal auf YouTube geteilt."

Oh Gott. Duncan würde ausflippen.

„Was genau ist zu sehen?" Er wollte nicht mehr als notwendig enthüllen. Wer wusste schon, was sie mitbekommen hatten?

Lindsay öffnete das gegen die Brust gepresste Laptop und stellte es auf die Theke. In der Zeit fummelte Beck an seiner Kaffeemaschine herum.

„Warum holst du nicht Duncan, dann könnt ihr beide es sehen?"

„Weil er noch schläft und ich ihm nicht unnötig schon am frühen Morgen den Tag versauen will", fauchte Beck. „Zeig mir das verfluchte Video."

Es war körnig und offensichtlich mit einer Handykamera aus ein paar Tischen Entfernung aufgenommen. Obwohl Lindsay die Lautstärke aufdrehte, konnte man Vincents Stimme unter dem allgemeinen Restaurantlärm nur schwer verstehen. Sie hatten den Höhepunkt seines Tobsuchtsanfalls eingefangen und trotz der schwachen Belichtung und der Unschärfe ließ sich erkennen, wie rot er war. Becks und Duncans Gesichter sahen zwar ebenfalls rot aus, jedoch bei weitem nicht so schlimm wie Vincents.

Es dauerte nur dreißig Sekunden und zeigte hauptsächlich, wie Vincent ärgerlich mit den Händen herumfuchtelte und Beck seinen Arm um Duncan legte. Becks versteinerter und Duncans ausgesprochen gequälter Gesichtsausdruck ließen jedoch wenig Zweifel an Vincents Zorn.

„In einigen Blogs gibt es Mitschriften. Vermutlich entweder von einem Anwesenden oder jemandem, der besser Lippenlesen kann als ich", erklärte Lindsay. „Eigentlich hoffe ich ja, dass sie falschliegen. Hat er das alles wirklich zu Duncan gesagt?"

Beck knirschte mit den Zähnen und goss ihnen Kaffee ein. Nachdem er seinem Kaffeeweißer hinzugefügt und eine großzügige Portion Zucker drübergestreut hatte, reichte er Lindsay ihren schwarzen. „Was? Dass Schwule eine Abscheulichkeit sind und er nichts mehr mit ihm zu tun haben will, wenn er diese Phase nicht aufgibt? Ja, hat er. Er ist ein echter Widerling."

Lindsay sah aus, als wäre ihr übel. „Wie geht es Duncan?"

„Was glaubst du denn? Es wird ihm noch hundertmal schlechter gehen, wenn er mitbekommt, dass das hier überall die Runde macht", knurrte Beck.

„Hey, ich habe nichts damit zu tun. Ich bin diejenige, die um fünf Uhr morgens von zwei Anrufen geweckt und um eine Stellungnahme des Senders zu eurer Beziehung gebeten wurde."

Beck verzog das Gesicht. „Das hat sich also auch rumgesprochen?"

„Was, der Teil, wo du … Moment, ich habe es gleich." Sie sprang zwischen den Tabs hin und her, bis sie das Gesuchte gefunden hatte und begann vom Bildschirm abzulesen. „Eine anwesende Quelle berichtet, dass Beck von *King of the Kitchen* Vincent Walters die Worte im Mund umgedreht und beschützend den Arm um einen offensichtlich verstörten Duncan Walters geschlungen hat, um ihn sowohl von seinem Vater als auch von den Zuschauern abzuschirmen."

Beck verschluckte sich an seinem Kaffee. „Nein! Das habe ich nicht. Nun ja. Nein." Er schüttelte den Kopf, während er im Kopf den gestrigen Abend Revue passieren ließ. Er hatte Duncan unterstützend die Hand auf die Schulter gelegt und Duncan hatte ihn dazu gebracht, den Arm um ihn zu legen, sodass es wie eine Umarmung wirkte.

„Beck, ich muss das wissen. Bist du mit Duncan zusammen?"

Beck griff nach seinem Löffel und begann seinen Kaffee umzurühren. Er beobachtete, wie die milchige Flüssigkeit herumwirbelte. „Vielleicht?"

Lindsay gab ein frustriertes Geräusch von sich. „Mit einem ‚Vielleicht' kann ich nicht arbeiten, Beck. Ich brauche ein Ja oder Nein. Ich muss sowohl eine Erklärung des Senders als auch eine für dich herausgeben. Eventuell sogar eine von Duncan, falls er das möchte. Vincents Leute werden sich darum kümmern, wenn sie nicht schon dabei sind. Sie werden es als Missverständnis zwischen Vater und Sohn darstellen und Medien und Fans bitten, sich da rauszuhalten. Möchtest du das?"

Beck fuhr sich mit der Hand durch die Haare. „Eine Entscheidung darüber steht mir nicht zu, Lindsay! Es ist sein Leben. Diese Wahl werde ich nicht für ihn treffen. Ich persönlich würde der ganzen Welt liebend gerne mitteilen, was für ein grauenhafter, sturer Fanatiker sein Vater ist. Ich will, dass die Leute alle Restaurants von Vincent Walters boykottieren. Ich will, dass Big Gay ihnen einen Besuch abstattet und absolut negative Bewertungen auf seinen Bewertungsseiten hinterlässt. Klar ist das kleinlich, aber genau das will ich. Ich hasse, was er Duncan antat und dass er Duncan dazu gebracht hat, sich seiner selbst zu schämen."

Lindsay schnalzte zustimmend mit der Zunge. „Ihn in Schutt und Asche legen? Das kann ich tun."

„Nein!" Er schloss krampfhaft die Augen und wünschte sich, immer noch zusammengerollt neben Duncan im Bett zu liegen. Es wäre schön gewesen, wenn sie dieses Gespräch erst miteinander, statt mit jemand anderem hätten führen können. „Das ist seine Entscheidung."

137

„Dann weck ihn, Beck."

Er holte tief Luft und zählte bis fünf, bevor er antwortete. „Nein. Es wird einer der schlimmsten Tage seines Lebens werden, wenn er aufwacht. Gestern Abend hat er sich geschämt, weil die Leute Vincent gehört haben … Wenn er erfährt, dass es im Internet ist, wird er völlig am Boden sein. Daher werde ich ihn schlafen lassen."

Sie seufzte. „Gut. Dann kümmern wir uns um deinen Teil. Wie nahe stehst du Duncan?"

Schnaubend erwiderte er: „Offensichtlich ziemlich nahe. Ich habe mit ihm geschlafen."

„Ach tatsächlich", erwiderte sie gelangweilt.

Er blickte auf und starrte sie an. „Zweimal. Vor ein paar Wochen im Sender und dann gestern Nacht hier."

Sie betrachtete ihn mit zusammengekniffenen Augen. „War es schlecht?"

„Was? Nein!"

Sie runzelte die Stirn, beugte sich vor und stützte den Kopf auf die Faust. „Nun, normalerweise ist das der einzige Grund, wenn zwei Erwachsene, die im gegenseitigen Einverständnis miteinander in der Kiste waren, sich danach wie die Pest meiden. Das muss der Grund für euer Zerwürfnis nach der ersten Sendung gewesen sein."

„Es war großartig. Wolltest du das hören? Genau genommen zu gut. Ich dachte nämlich, es hätte mehr bedeutet. Für ihn hat es sich aber nur um eine zwanglose Sache gehandelt. Daher bin ich ihm aus dem Weg gegangen. Ich war der Sache nicht gewachsen und wollte nicht, dass dadurch die Sendung beeinträchtigt wird. Dann kamen die Ereignisse gestern Abend und tja, da wären wir."

„Über was reden wir hier genau? *Willst* du eine Beziehung?"

Seufzend schaute er auf. „Ich weiß nicht. Ich habe ihm gesagt, dass etwas Zwangloses für mich nicht infrage kommt. Für ihn war das in Ordnung, aber bis jetzt haben wir noch nicht darüber gesprochen."

Sie nickte. „Okay. Erster Tagesordnungspunkt: DTR."

„DTR?"

„Define the relationship – zu deutsch: Definiere die Beziehung", erklärte sie übertrieben langsam.

„Entschuldige bitte, dass ich nicht die Chatsprache elfjähriger Mädchen beherrsche", schnappte er.

„Zweiter Tagesordnungspunkt", fuhr sie fort, als wäre sie überhaupt nicht unterbrochen worden, „Entwicklung eines Medienkonzepts für alle Eventualitäten."

„Kann ich nicht einfach abwarten, bis sich das hier totgelaufen hat? Müssen sich du und deine Lakaien wirklich darum kümmern?"

„Nein, das kannst du nicht." Sie seufzte. „Hör mal, es tut mir leid. Ich weiß, dass Beziehungen schwer sind. Verdammt, die Kerle halten es nie lange mit mir aus. Vielleicht weiß ich es also doch nicht. Keine Ahnung. Der springende Punkt ist aber, dass Duncan und du in der Öffentlichkeit steht. Und was noch schwerer wiegt, ihr steht in der Öffentlichkeit und repräsentiert den Sender. Was also, wenn mir zwei meiner Hauptdarsteller mitteilen, dass sie eine Beziehung eingehen wollen? Dann brauche ich auf jeden Fall ein Konzept. Ganz besonders, wenn die Öffentlichkeit Wind von der Sache bekommt. Ich muss wissen, ob ihr die Geschichte vor der Öffentlichkeit bestätigen oder dementieren wollt. Ich muss wissen, was ihr im Falle einer Trennung tun wollt. Wäre Duncan eine Frau, bräuchte ich einen Plan für den Fall einer Schwangerschaft. Du kannst dankbar sein, dass wir das auslassen können."

Beck rieb sich stöhnend das Gesicht. „Ich weiß. Ich … ich mag ihn einfach. Er ist unmöglich und nervig, aber ich mag ihn."

Ihre Stirn glättete sich. „Er steht eindeutig auf dich, Beck. Sicher, ihr beide streitet ständig, aber ich glaube, eigentlich handelt es sich um Flirten. Und ihr seid beide Besserwisser, aber das wird sich nicht ändern." Mit einem Lachen quittierte sie Becks empörtes Schnauben. „Ich habe ihn mit Menschen gesehen, die er nicht mag. Mein Vater zum Beispiel. Dann wird er ganz still und angespannt. Du hättest ihn an dem Morgen sehen sollen, als sie auf direkten Konfrontationskurs gegangen sind. Ich dachte, er würde den Tisch mit seinem Blick durchbohren. In deiner Nähe ist er ganz anders. Ich bin mir ziemlich sicher, dass ihr das hinbekommt."

„Und wenn nicht?"

„Und wenn nicht werde ich auch für den Fall ein Medienkonzept haben", verkündete sie frech und duckte sich, als er eine Büroklammer nach ihr warf. „Können wir jetzt Duncan wecken?"

„Nicht nötig", antwortete Duncan und kam in die Küche geschlurft. „Ihr seid nicht gerade leise. Lindsays Stimme ist … nennen wir es … durchdringend."

Sie streckte ihm die Zunge heraus. „Willst du sagen, ich bin schrill?"

„Nein, aber ich widerspreche dir auch nicht." Er goss sich eine Tasse Kaffee ein, kippte fast den Inhalt des halben Zuckerstreuers hinein und klaute anschließend Becks Löffel zum Umrühren. „Spuck's schon aus."

„Ich könnte einfach nur zum Frühstücken gekommen sein."

„Oder aber du könntest vor vierzig Minuten hereingestürmt sein und losgekreischt haben. Ich habe eine Menge mitbekommen. Einschließlich deines Versuchs, mich noch eine Weile davor zu bewahren. Das weiß ich echt zu schätzen", sagte er an Beck gewandt und drückte ihm einen Kuss auf die Schläfe.

Beck schmolz fast vor Erleichterung, als sich Duncans Hand mit seiner verschränkte. Er drückte sie.

„Dein gestriger Streit mit deinem Vater wird sich heute wahrscheinlich wie ein Lauffeuer in den Medien verbreiten", kam Lindsay gleich zur Sache. „Jemand hat es aufgenommen und auf YouTube veröffentlicht. Dagegen können wir überhaupt nichts unternehmen." Sie hob eine Hand, als Duncan den Mund öffnete. „Wir bemühen uns um Schadensbegrenzung. Was soll der Sender, was Beck und was du der Öffentlichkeit mitteilen? Ich kann dir bei all dem helfen."

Duncan blickte zu Boden und schluckte. „Das Video …"

„Ziemlich viel", fiel ihm Beck ins Wort. Duncan sollte es nicht aussprechen müssen. „Alles Wichtige ist drauf."

Duncans Schultern sackten herab. „Und was sagen die Leute?"

Lindsay erschauderte. „Dass Vincent ein schwulenfeindliches Arschloch ist und seine Restaurants keinen Penny ihres Geldes verdienen. Dass Beck Douglas und Duncan Walters sich ihrer selbst schämen und auf Vincent hören sollten, weil er schließlich ein gottesfürchtiger Mann ist, der sich nur um ihre Seelen sorgt. Außerdem soll niemand *King of the Kitchen* anschauen, weil die Sendung Sodomie begünstigt. Querbeet also."

Oh Mann. Christian hatte wahrscheinlich einen Anfall bekommen. Er unterstützte ihn immer, hasste es jedoch, wenn die Sendung oder seine Restaurants in irgendetwas mit reingezogen wurden. Auf der anderen Seite hasste er Vincent *wirklich*. Vielleicht würde Christian sich daher darüber freuen, dass Beck in den Medien war, weil er sich gegen ihn zur Wehr gesetzt hatte. Das ließ sich schwer sagen.

„Was möchtest du?", fragte Lindsay leise.

Duncan hatte den Blick nicht von seinem unberührten Kaffee genommen. „Eine Erklärung abgeben, denke ich. Ihnen mitteilen, dass ich mir jede Menge Gedanken gemacht und nach einem jahrelangen Gewissenskampf beschlossen habe, die Verbindung zu meinem Vater für immer zu kappen. Dass seine bigotten Ansichten rückständig und verletzend sind und ich mich bei allen entschuldige, denen er damit wehgetan hat."

Beck drückte seine Hand.

„Und in Bezug auf die Beziehung zu Beck?", ermutigte ihn Lindsay.

Da hob Duncan den Blick und schaute Beck an. „Gestern Nacht habe ich gesagt, ich würde es versuchen. Bist du immer noch dazu bereit?"

Becks Magen machte einen Satz. „Ja?" Er beobachtete Duncan genau. „Wenn du dir sicher bist, dann ja."

„Und, habt ihr euch mit Vincent getroffen, um ihm mitzuteilen, dass ihr zusammen seid, oder nicht?", wollte Lindsay wissen.

„Haben wir nicht. Bis gerade eben waren wir ja auch noch gar nicht zusammen."

Lindsay gurrte: „Wie süß. Jetzt. Weiter. Ich muss wissen, was die Leute erfahren dürfen, was die Leute noch nicht über dieses Riesenchaos wissen und wovon sie auch weiterhin nichts wissen sollen. Und worauf ich achten muss."

Beck stöhnte auf. „Das könnte eine Weile dauern."

Lindsay holte ein Notizbuch hervor, zog die Kappe von einem Stift und sah ihn mit erwartungsvollem Lächeln an. „Dann ist es ja gut, dass ich sämtliche Vormittagstermine abgesagt habe."

Endlich trank Duncan einen Schluck seines Kaffees. „Das hier wird mir nicht gefallen, oder?"

„Nicht das kleinste bisschen", bestätigte Beck düster.

15

DUNCAN HATTE gehofft, dass die Aufregung nach Veröffentlichung von Becks und seinem Statement nachlassen würde. Sein Vater und er waren Köche, verflucht noch mal. Wer interessierte sich schon für sie? Das Interesse für Beck konnte er nachvollziehen, schließlich erschien er im überregionalen Fernsehen. Vincent besaß jedoch keine Restaurants außerhalb des Mittleren Westens. Warum sollte sich jemand in Kalifornien oder New York über ihn Gedanken machen?

Doch ganz offensichtlich taten die Menschen das. Oder vielleicht hatte das Video, in dem ein fundamentalistischer Vater seinen bisexuellen Sohn beschimpfte, im richtigen Moment direkt ins Schwarze getroffen; sodass es gar keine Rolle spielte, wer Duncan und sein Vater waren, sondern nur, dass sie sich wegen seiner sexuellen Orientierung stritten und dabei gefilmt worden waren.

Eine Woche später hatte die Aufregung immer noch nicht nachgelassen. Duncan bekam Anrufe von der *Today Show* und *Ellen*, die ihn um einen Auftritt in ihren Sendungen baten. Vincents Geschäftsführer hatte wegen der Anfeindungen gegen ihn alle Social Media Konten eingefroren. Die Gunst der Öffentlichkeit galt hauptsächlich Duncan. Einige Moderatoren von rechts eingestellten Talkshows hatten Vincent jedoch zu seinem richtigen Vorgehen – seinen Sohn wegen dessen sexueller Neigung zu verstoßen – gratuliert. Viele der anfänglichen Reaktionen waren gemischt gewesen, doch mittlerweile stand man Duncan wohlwollend gegenüber.

Vor einigen Tagen hatte er sich auf den Weg zu seiner Mom in den südlichen Teil des Bundesstaates begeben müssen. Da sie ebenfalls Anrufe von der Presse erhalten hatte, war er gezwungen gewesen, ihr die ganze Geschichte zu erzählen. Es war schrecklich gewesen. Die gute Nachricht war, dass sie nicht versuchte, ihm Schuldgefühle einzureden, weil er sich nicht mit Vincent versöhnen wollte. Einige der Worte aus ihrem Mund hatte er noch nie zuvor von ihr gehört. Sie wirkte entsetzt, als sie hörte, was mit dem Hilfskoch passiert war, als Duncan siebzehn war. Mit ähnlicher Verärgerung nahm sie Vincents Worte in Zanes Restaurant zur Kenntnis.

Beck hatte ihn begleitet und auch das war grauenvoll. Seiner Mutter alles zu offenbaren und seine bessere Hälfte zum ersten Mal mit nach Hause zu bringen, stellten zwei nervenaufreibende Erfahrungen dar, die er nie wiederholen wollte.

Beck und er hatten den Vormittag freigenommen, um eine Stunde oder zwei für sich zu haben. Genauer gesagt hatte Beck den Vormittag freigenommen.

Duncan arbeitete immer noch als Vertretung in der Bar Rio. Da die Arbeit jedoch keinerlei Führungsaufgaben beinhaltete, gehörten die Vor- und Nachmittage ganz ihm. Letzte Woche hatte er die meisten davon damit verbracht, Beck zu begleiten und sich dabei vor den Reportern in Becks Büro im Sender oder in der Küche des Brix versteckt.

Eigentlich hätte das Desaster vorprogrammiert sein müssen. Eine Beziehung inmitten einer Medienkampagne zu beginnen, war schon verrückt genug, aber dann auch noch praktisch jeden Tag gemeinsam zu verbringen? Noch vor ein paar Wochen hätte Duncan nur Mitleid für jeden armen Kerl in einer derartigen Situation empfunden. Jetzt fand er jedoch Gefallen daran. Nicht an dem Teil mit der Presse, sondern an dem Teil mit Beck. Zeit miteinander zu verbringen, in denen sie hirnverbrannte Dinge taten; einfache Mahlzeiten in Becks Wohnung zu kochen, bevor sie schlafen gingen; ungesund früh am Morgen aufzustehen, damit Beck zur Arbeit gehen konnte. Duncan hatte den Sprung ins kalte Wasser gewagt und zu seiner großen Überraschung ging er nicht unter. Sie befanden sich auf dem Weg in den Sender, um in zwanzig Minuten mit den Filmaufnahmen zu beginnen und er freute sich tatsächlich darauf. Der Regisseur gestattete während der Aufnahmen keinerlei Störungen, sodass es keine Anrufe von Reportern und auch gut gemeinte Besuche von Freunden geben konnte. Er war mehr als bereit für die Pause zum Luftholen.

„Kommst du mit dem Script klar? Ich will nicht, dass du das Intro aus dem Stegreif hältst", sagte Lindsay und tippte weiter heftig auf ihrem Handy herum. Ihr Büro machte seit Bekanntwerden des Skandals Überstunden, um mit dem Ansturm an Interviewanfragen und weiteren Dingen Schritt zu halten. Sogar ein anderer Sender hatte angefragt, ob Beck und er sich eine Reality TV-Serie über ihre Beziehung vorstellen könnten. Verrückt.

„Ja. Ich habe bereits mit meinem Blut unterschrieben, dass ich mich an das Intro halten werde", murrte Duncan.

Die Autoren hatten gemeinsam mit Lindsay ein kurzes Statement verfasst, in dem den Fans für die Anteilnahme gedankt und um ihr Verständnis gebeten wurde. Er glaubte nicht, dass das sehr helfen würde, aber es konnte mit Sicherheit auch nicht schaden.

„Wenn du es nicht tun möchtest, kann ich das auch übernehmen", bot Beck an. Er legte ihm die Hand in den Nacken. Die Wärme ließ etwas von der Spannung aus seinen Schultern sickern und Duncan entspannte sich ein wenig.

„Nein, ich mache es. Und dann kochen wir", verkündete er und zeigte Beck das unechte Lächeln, das Lindsay ihn vorher gezwungen hatte, einzustudieren. Gleichzeitig hatte sie ihm das Statement mit den sorgfältig gewählten Worten eingetrichtert.

„Nett." Beck kämpfte gegen ein Grinsen an. Duncan war sogar süß, wenn er bockig war.

„Alles bereit?", fragte Bob und ließ den Blick über die Bühne gleiten.

Beck nickte. „Ja. Will Christian den Gewinner der letzten Woche bekannt geben oder machst du das wieder?"

„Das mache ich, weil ich es auch die anderen Male übernommen habe. Wir sind übereingekommen, dass Beständigkeit am besten ist", erklärte Bob.

Duncan bezweifelte, dass das Gespräch so abgelaufen war. Doch nur zu, wenn Bob den Mut hatte, sich gegen Christian zu behaupten. Duncans Achtung für ihn war im Laufe der letzten Woche gestiegen. Er hatte nicht nur Lindsay eine Erklärung abgeben lassen, dass er Becks und Duncans junge Beziehung unterstützte, sondern Duncan auch eine leitende Position in einem seiner Restaurants angeboten. Duncan hatte zwar abgelehnt, doch es war eine nette Geste gewesen.

Der Regisseur klatschte in die Hände. „Wir sind auf Sendung in drei, zwei, eins, los!"

„Danke, dass Sie *King of the Kitchen* eingeschaltet haben", sagte Beck. Duncan ergriff unter der Theke seine Hand und Beck erwiderte den Druck. „Wir befinden uns in Woche drei unseres Kochwettkampfes und es wird langsam interessant."

Die Kamera machte einen leichten Schwenk und Duncan vergewisserte sich, dass er auf seiner Markierung stand. „Bevor wir loslegen, benötige ich noch ein paar Minuten. Ich möchte den Zuschauern für ihre Anteilnahme in der letzten Woche danken. Beck und ich haben uns über all die netten Nachrichten gefreut. Ihre Unterstützung bedeutet uns unglaublich viel, aber wir bitten um etwas Privatsphäre. Es ist nicht einfach, eine Beziehung zu beginnen. Das gilt insbesondere dann, wenn man es unter den Augen der Öffentlichkeit tut", sagte er mit einem selbstkritischen Lächeln.

Sie hatten entschieden, Vincent und die Auseinandersetzung überhaupt nicht zu erwähnen, obwohl unwahrscheinlich war, dass irgendein Fan der Sendung nichts davon mitbekommen hatte. Lindsays Worten zufolge bestand der beste Umgang damit darin, nur das Positive zu erwähnen und Duncan konnte nur wenig Positives über seinen Vater sagen.

„Und Sie brauchen sich keine Sorgen zu machen, dass unsere Beziehung den Wettkampf beeinflussen könnte. Ich werde es ihm nämlich nicht leicht machen, nur weil er süß ist", fügte Duncan hinzu und zwinkerte Beck zu.

„Das nehme ich dir übel. Vielleicht bin ich ja derjenige, der es dir leicht macht."

Lachend trat Bob zwischen sie und legte jedem eine Hand auf die Schulter. „Bevor wir heute anfangen, möchte ich noch den Gewinner der letzten Woche verkünden. In der ersten Woche hat sich Duncan den Sieg erkämpft und letzte Woche sind beide Gerichte sehr gut angekommen. Den Zuschauern hat jedoch Becks Beitrag besser gefallen. Daher geht ihr zwei Gentlemen Kopf an Kopf in den heutigen Wettkampf."

Beck machte eine feierliche Verbeugung und Duncan versetzte ihm lachend einen leichten Klaps. „Glückwunsch."

„Danke." Becks Grinsen reichte von einem Ohr zum anderen. „Heute widmen wir uns der Shepherd's Pie, auch bekannt als Cottage Pie. Für alle, denen dieses herzhafte Gericht nichts sagt: Für gewöhnlich handelt es sich dabei um eine mit Gemüse gefüllte Fleischpastete mit einer Kruste aus Kartoffelpüree."

Duncan stellte mit einem *Rumms* eine fertige Shepherd's Pie auf die Theke. „Wenn Beck ‚herzhaft‘ sagt, meint er in Wirklichkeit *schwer*. Haben Sie das Geräusch beim Abstellen gehört? Es wiegt einige Pfund."

„Und das wirst du vermutlich ändern?", fragte Beck und blickte ihn an.

„Das werde ich. Heute werde ich Rindfleisch mit der Sous Vide Methode zubereiten. Durch diesen Koch-Stil behält das Fleisch alle natürlichen Säfte und kann wunderbar garen. Das Ganze werde ich mit Kartoffel-Espuma und Rotweinkaviar kombinieren."

Beck hob fragend die Augenbrauen. „Rotweinkaviar?"

„Du wirst abwarten müssen, bis du es zusammen mit allen anderen zu sehen bekommst."

„Na gut. Ich werde dieses klassische Gericht aufwerten, indem ich es umkrempele. Statt eine Kruste aus Kartoffelpüree zuzubereiten, werden wir Rindermedaillons in ein knuspriges Kartoffelkörbchen legen. Dem fügen wir Möhrenpüree und eine schöne Rotweinsoße hinzu."

„Ein Körbchen? Ist das ein anderes Wort für ein Kartoffelnest?"

„Mehr oder weniger."

„Das gefällt mir", verkündete Duncan kopfnickend. „Legen wir los. Wir werden unser Fleisch auf der Außenseite leicht anbraten, es einpacken und dann vakuumgaren. Dabei wird mithilfe eines Tauchsieders das Wasser schonend auf eine konstante Temperatur erhitzt, in der das Fleisch dann langsam und gleichmäßig gart."

Er überprüfte den Dampfgarer und legte das bereits in den Plastikbeutel eingeschweißte Fleisch hinein. „Ein Espuma ist lediglich eine andere Art von Schaum mit einer etwas festeren Konsistenz. Stellen Sie es sich wie eine Art warme Mousse vor. Während ich die Kartoffeln dafür vorbereite, wird Ihnen Beck mehr über seine Körbchen erzählen."

Er sah zu, wie Beck Kartoffeln rieb und sie auf das Backblech legte, nachdem er sie zuvor zwecks Formgebung in Auflaufförmchen gedrückt hatte. Als Beck sich daran machte, seine Möhren zu kochen und die Rindermedaillons in die Pfanne zu befördern, nahm Duncan den Rotwein und die für den „Kaviar" benötigten Zutaten.

„In Ordnung. Der Rotweinkaviar ist einfachste Molekularküche und sehr eindrucksvoll. Er lässt sich problemlos mit den richtigen Zutaten zu Hause zubereiten. Dazu nehmen wir einen guten Rotwein und zwei chemische Zusatzstoffe, mit deren Hilfe wir ihn in winzige kaviarähnliche Kugeln formen. Beim Essen zerplatzen sie auf der Zunge und setzen den Wein frei. Bei den Zusatzstoffen handelt es sich um Kalziumchlorid und Natriumalginat."

„Gesundheit", spottete Beck. Duncan warf ihm einen bösen Blick zu.

„Wer auch immer dir gesagt hat, dass du witzig bist – er hat gelogen, Beck."
Duncan drehte sich zur Kamera. „Wir sollten ihn nicht ermuntern. Wie gesagt, die
Zubereitung ist unglaublich einfach. Wir müssen eine Schüssel mit 530 ml Wasser
vorbereiten. Die wird Beck für mich holen als Buße für seinen schlechten Scherz.
In der Zeit zeige ich Ihnen, was mit dem Wein passiert.

Wir mischen das Natriumalginat vorsichtig in den Wein und achten darauf,
dass es sich gut verbindet, da es zur Klumpenbildung neigt", erzählte Duncan,
während er das Pulver hineingab und verquirlte. Beck stellte die Schüssel neben
ihm ab. „Danke, ich verzeihe dir", erklärte Duncan mit einem Lachen, als Beck
verzweifelt den Kopf schüttelte. „Nun mischen wir das Kalziumchlorid in das
Wasser. Mit dessen Hilfe werden unsere kleinen Kaviarkugeln geformt, wenn der
Wein auf das Wasser trifft."

Er füllte den Wein in eine kleine Spritze, die er über das Glas hielt. „Die
Höhe, aus der Sie es tropfen lassen und die Menge, die Sie mit einem Mal
hineintun, bestimmen die Form und Größe ihrer Kügelchen. Versuchen Sie, dabei
so gleichmäßig wie möglich vorzugehen, denn am eindrucksvollsten sehen sie aus,
wenn alle die gleiche Größe besitzen."

Er tropfte etwas von dem Wein ins Wasser und umgehend bildete sich ein
Tropfen. Diesem ließ er zur Verdeutlichung des Prozesses noch einige weitere
folgen. Dann legte er die Spritze beiseite und holte die Kügelchen mit einem Sieb
aus der Flüssigkeit.

„Nachdem wir sie abgespült haben, sind sie fertig."

Beck nahm eine vom fertigen Haufen und warf sie sich in den Mund. Als
sie auf seiner Zunge zerplatzte, erschauderte er leicht. „Ich weiß nicht, warum ich
erwartet habe, dass es nicht nach Wein schmeckt, denn das tut es. Es ähnelt … Hast
du als Kind mal diese Fruchtbonbons gegessen?"

Duncan lachte. „Gushers?"

Beck hob bestätigend den Finger und nickte. „Genau! Das Gefühl im Mund
ist fast das gleiche."

„Vermutlich hast du recht. Und das ist auch eine gute Warnung. Die Perlen
hier sehen wie Süßigkeiten aus. Das kann ein Vorteil sein, wenn Sie die Technik
nutzen wollen, um Gemüse in coole Kugelform zu bringen, damit Ihre Kinder es
essen. Bei unserem Rotweinkaviar ist der Alkohol nicht verkocht, daher sollten Sie
ihn nicht Ihren Kindern geben."

Während Beck seine Kartoffelkörbchen zusammenstellte, zog Duncan das
Fleisch aus dem Dampfgarer. Unter der Theke lag ein bereits für das Anschneiden
vorbereitetes Stück, das er nun hervorholte. „Das Fleisch ist zart und perfekt gegart",
erklärte er und hielt das Schneidebrett in die heranschwenkende Kamera.

„Oh, aber es ist nicht karamellisiert und außen perfekt angebraten, so wie
das hier", warf Beck ein und zeigte seine Rindfleischmedaillons. Wie Duncan
zugeben musste, sahen sie ziemlich gut aus. „Jetzt nehmen wir diese Möhren,

pürieren sie mit etwas Rinderbrühe im Mixer und schmecken sie ab. Dann sind wir bereit, rüberzugehen. Wie sieht's bei dir aus, Duncan?"

„Ich bereite alles für unseren Kartoffelschaum vor. Das Entscheidende hierbei ist, die Kartoffeln so gut wie möglich zu zerstampfen. Dann werden wir sie durch einen Chinois streichen, damit die Masse so fein wie möglich wird. Chinois ist lediglich ein hochtrabendes Wort für Spritzsieb. Danach fügen wir Sahne hinzu und würzen die Kartoffeln. Anschließend füllen wir die Mischung in unseren Siphon und stellen unseren Espuma her."

Der Schaum war dick und ganz genau so, wie er ihn haben wollte. Duncan grinste in die Kamera. „Jetzt legen wir nur noch unsere Fleischscheiben und den Rotweinkaviar darauf und dann sind wir fertig!"

Schwungvoll stellte er seinen Teller neben den von Beck.

„Es ist fast zu schön zum Essen", stellte Beck mit einem Blick auf Duncans Teller fest.

„Und wie isst man deins? Zerschneidet man es oder nimmt man das Körbchen in die Hand?"

Beck schnaubte. „Du bist ein Banause. Man zerschneidet es, du Neandertaler!"

Beide nahmen einen Bissen. Duncan war überrascht, wie gut Becks Rindermedaillons schmeckten. Das musste er ihm lassen; eine derartige Geschmacksvielfalt hatte er mit seinem Sous Vide Garen nicht erreicht. Das würde er jedoch keinesfalls den Zuschauern erzählen.

„So, für heute ist unsere Sendezeit abgelaufen. Danke, dass Sie uns in Ihre Küche eingeladen haben und vergessen Sie nicht, abzustimmen!" Beck deutete auf die Theke, an der die Einzelheiten eingeblendet werden würden. „Die Telefonnummern und Internetadressen unserer Wohltätigkeitsorganisationen müssten jetzt auf dem Bildschirm erscheinen. Diese Woche gibt es eine zusätzliche Überraschung: Sie können außerdem wählen, welchem Gericht wir uns nächste Woche widmen sollen. Die Wahl dazu läuft bis Dienstag, also gehen sie schnell online und teilen Sie uns Ihren Wunsch mit. Bis nächste Woche!"

Sobald die Kamera ausgeschaltet war, schnappte sich Duncan noch ein Stück von Becks Fleisch. „Das schmeckt köstlich."

Beck grinste selbstgefällig. „Ich weiß. Aber ich denke, dein stylisher Rotweinkaviar wird gewinnen." Er stupste gegen eine Kugel und sie rollte vom Teller. „Ich denke, ich ziehe Gushers vor."

Lachend erwiderte Duncan: „Ich auch. Aber das hier ist die klassische, moderne Küche. Daher konnte ich nicht widerstehen."

„Dann wirst du mich nicht als altmodisch bezeichnen, weil ich meinen Wein lieber trinke, anstatt ihn zu kauen?"

„Nee, in dem Fall bin ich zufällig mit dir einer Meinung."

„Hast du Lust, etwas essen zu gehen?", fragte Beck auf dem Weg zurück nach oben in die Büros.

„Ich kann nicht. Navien hat irgendetwas furchtbar klingendes. Soor? Keine Ahnung. Es betrifft ihre Nippel und Schuld daran ist das Baby. Ehrlich gesagt habe ich sie unterbrochen, bevor sie es genauer erklären konnte. Lieber übernehme ich drei Zwölf-Stunden-Schichten, als Näheres darüber zu erfahren. Ich schließe heute Abend für sie ab statt in der Bar Rio."

Beck verzog das Gesicht. „Verstehe. Dann also bis morgen?"

„In aller Frühe", jammerte Duncan. Die frühmorgendlichen Meetings brachten ihn noch um.

16

„WIR HABEN die Zuschauer das Gericht für diese Woche wählen lassen", sagte Lindsay. Ihrer nervösen Unruhe nach zu urteilen, kam noch etwas, das Beck überhaupt nicht gefallen würde.

Nachdem sie es im letzten Meeting besprochen hatten, war Duncans und sein Konzept dann in der Show vorgestellt worden. Die letzte Sendung würde live ausgestrahlt, sodass währenddessen gewählt werden konnte. Der Gewinner des heutigen Wettbewerbs sollte dann am Ende verkündet werden.

Da es sich um die letzte Sendung handelte, hatten sie vier Gerichte zur Auswahl gestellt, aus denen die Zuschauer eins wählen konnten. Das Siegergericht war Beck allerdings nicht vertraut. Das stellte aber kein großes Problem dar, weil die Testküche es vor ein paar Tagen zubereitet hatte, um Duncan und ihm die Möglichkeit zu geben, es vor der Planung ihres eigenen Menüs zu probieren.

„Ich war dabei", erklärte er ihr. „Und?"

Lindsay presste die Lippen zusammen und versuchte ein Lachen zu unterdrücken. „Nun, Bob kam der Gedanke, diese Woche etwas mehr Spannung hineinzubringen und ein Thema für das Bühnenbild zu bestimmen."

Das klang nicht sonderlich schlimm. Es würde also noch etwas nachfolgen. Das unheilvolle Funkeln in Lindsays Augen verhieß nichts Gutes.

Bevor sie jedoch mehr sagen konnte, kam Carlie mit einem farbenfrohen Bündel Stoff auf dem Arm hereingerauscht.

„Es gibt zwei Möglichkeiten. Ihr könnt die gleichen haben", erklärte sie und wedelte mit einer Stoffgarnitur, „oder aber ihr nehmt unterschiedliche Karostoffe", beendete sie ihren Satz und schwenkte den anderen Stapel mit den grelleren Farben.

Lindsay klatschte in die Hände. „Ooh, ich denke nicht, dass sie zusammenpassen sollten. Schließlich ist es doch ein Wettkampf, oder? Da tun wir lieber so, als ob sie unterschiedlichen Clans angehören."

Beck musterte den Stoff mit zusammengekniffenen Augen. Wie von Carlie verkündet, waren es Karostoffe. Der Stoff war dick, aber er konnte nicht erkennen, um was es sich handelte. Zuoberst lagen außerdem einige der Standard-Kochuniformen der Sendung.

„Ich habe mir gedacht, dass ihr vielleicht schauen wollt, wie sie zusammen wirken, ehe ihr eine Entscheidung trefft", sagte Carlie. Sie ließ den Stoff auf den Besprechungstisch fallen und breitete ihn aus. Es waren Kilts.

Was zum Teufel ging hier vor sich?

DAS WAR vor drei Stunden gewesen. Lindsay hatte sich durch keine noch so gewichtigen Argumente davon abbringen lassen, dass er das Ding anzog. Daher stand Beck nun mitten im Studio und trug etwas, das einem schweren, wollenen Rock ähnelte. Zusammengehalten wurde es von einem dicken Ledergürtel, an dem eine Schwertscheide hing, in die Carlie einen Schneebesen gesteckt hatte.

Duncan hatte das morgendliche Meeting verpasst, weil er eine Schicht in Johns Café übernommen hatte. Christian war fuchsteufelswild gewesen, doch zu diesem Zeitpunkt spielte das keine Rolle. Die Planungen für die Folge waren abgeschlossen und Duncan kannte den Ablauf im Studio. Sie hatten den Probelauf absolviert und waren am Tag zuvor ihre Hinweise und Stichworte durchgegangen.

Die größte Veränderung bestand darin, dass sie live sein würden. Das hatte jedoch keine Auswirkungen auf Duncan oder Beck. Während des gesamten Wettkampfs waren sie live gefilmt worden. Die Techniker mussten sich Gedanken machen, wie sie die Grafiken rechtzeitig einblendeten. Außerdem musste das Ausblenden in die Werbepausen manuell durchgeführt werden.

Durch das Versäumen des Meetings hatte Duncan jedoch auch die Kleidungsoffenbarung verpasst. Als er daher eine knappe Stunde vor Drehbeginn am Set erschien, wirkte er merklich verblüfft, Beck in einem Kilt dort stehen zu sehen.

„Du ... du ... das ist ...“

Beck verschränkte die Arme und schaute ihn ausdruckslos an. Prompt brach Duncan in schallendes Gelächter aus.

„Lass es nur raus. Lindsay hat dafür gesorgt, dass auch einer für dich da ist“, teilte ihm Beck trocken mit und hielt den unter der Theke versteckten Kilt hoch.

Becks Kilt bestand aus einem dezenten blau-grauen Karostoff. Das andere Modell in einem übertriebenen leuchtenden Grün-gelb verfügte über so viele Zierschnallen, dass Duncan wie ein Goth-Kobold aussehen würde.

Duncans Gelächter erstarb sofort. Sein Blick wanderte über den knallbunten Kilt.

„Beck“, sagte er zerknirscht mit flehentlicher Stimme. „Entschuldige, dass ich gelacht habe. Lass uns darüber reden. Lindsay hat eindeutig den Verstand verloren.“

Dem stimmte Beck zu. Allerdings hatte er diesen Kampf bereits verloren und daher machte es keinen Sinn, ihr jetzt noch geschlossen gegenüberzutreten.

„Die Zuschauer wollten eine Mottoshow“, erklärte er schulterzuckend. „Außerdem ist dir das Anziehen alberner Sachen ja keineswegs fremd.“

Duncan blickte auf sein T-Shirt hinab, auf dem ein sehr besorgt aussehender Haufen Comicgemüse in Piratenkostümen in einer ausgehöhlten Kartoffel segelte. Im Ausguck stand eine Porreestange und darunter prangte der Aufdruck: „Captain, there's a leek in the boat!" Ein Wortspiel mit der Aussprache des Wortes Leak – Porree. Tauschte man das a gegen ein e, wurde daraus ein Leck.

„Das ist nicht albern", schmollte er.

Beck hielt ihm den Kilt entgegen. „Stell dir vor, wie gut das zusammenpassen wird."

Den Gnadenstoß sparte er sich für ganz zuletzt auf. Wie er wusste, würde er bei Duncan genauso gut funktionieren, wie Lindsays Einsatz bei ihm.

„Ich bezweifle sowieso, dass deine Wohltätigkeitsorganisation die zusätzlichen Fünftausend nötig hat", verkündete Beck und legte den Kilt auf die Theke.

„Das ist doch wohl ein Scherz", knurrte Duncan. „Der Sender blecht mehr Geld, wenn wir diese Ungetüme tragen?"

„Genau genommen blecht der Hersteller das Geld. Du bezeichnest es in der Sendung also besser nicht als Ungetüm. Aber, ja. Wenn wir sie in der Sendung tragen, bekommen unsere Organisationen zusätzliche Fünftausend. Also kneif die Pobacken zusammen, Süßer."

Duncan starrte auf das kräftig gefärbte Bündel. „Warum leuchtet meins praktisch in der Dunkelheit und deins nicht?"

„Weil ich pünktlich hier war?"

Duncan knipste sein Megawatt-Lächeln an, das die Fans zu der Überzeugung gebracht hatte, dass er der ultimative Playboy war. „Tauschen wir?"

Beck gab vor darüber nachzudenken, schüttelte dann aber den Kopf. „Nie im Leben."

„Arsch."

„Los, geh dich umziehen. Andre möchte mit uns die Hinweise durchgehen."

Mit einem lauten Seufzer schnappte Duncan den Kilt und stürmte hinter die Bühne. Der erheiternde Anblick machte die Peinlichkeit, selbst einen Kilt tragen zu müssen, mehr als wett.

TATSÄCHLICH WAR es sogar bequem. Auf der Bühne herrschte durch die ganzen Leuchten und Kochfelder eine ziemliche Hitze. Mit dem Kilt ließ sich die Temperatur jedoch gut aushalten. Nicht, dass er das zugeben würde.

Beck hantierte mit Andre am Set herum, überlegte, wann er Pfannen für Nahaufnahmen austauschen musste und wie sich sein Timing verbessern ließe. Extra für ihn würde es hinter der Bühne eine Uhr geben. Das half jedoch nur, wenn er wusste, welches Ziel er anvisieren musste. Andre machte einen großartigen Job und hatte ihm ein Blatt mit einer Auflistung gegeben, welche vorbereiteten Gerichte er zur Hand hatte und wann die magischen Wechsel erfolgen mussten, damit es für die Zuschauer nahtlos wirkte. Es entsprach dem Scriptteil mit den Regieanweisungen für die Bühne, nur ohne die Stichworte.

Noch vor einem Monat hätte ihm die Vorstellung, eine Sendung in dieser Art zu moderieren, Herzrasen verursacht. An Duncans Seite aus dem Stegreif zu sprechen, fiel ihm jedoch leicht. Die Zuschauer hatten kommentiert, wie viel ungezwungener er wirkte und wie viel lustiger die Sendung seit Duncans Beteiligung war. Dem stimmte Beck zu. Früher hatte er die Filmaufnahmen gehasst, nun freute er sich darauf. Nach Erfüllung von Duncans Vertrag für die vier Sendungen, würde er nur mit Schwierigkeiten wieder zur alten Routine zurückfinden.

Ein paar Minuten später trat Duncan zu ihnen. Beck hatte kaum Zeit, zu bewundern, wie sich der Kilt um die Hüftknochen schmiegte – und das alberne T-Shirt betonte, das er angelassen hatte – als Andre Duncan auch schon wegzog, um mit ihm die Stichworte durchzugehen.

In der Hektik kurz vor Beginn der Filmaufnahmen, bot sich für Beck keine Möglichkeit viel mit Duncan zu reden. Erst während des einminütigen Countdowns bis zum Intro fiel ihm auf, wie sehr Duncan in seinem Kilt herumzappelte.

Sie standen Schulter an Schulter an der Theke und Duncans ständige Bewegungen störten ihn.

„Hör auf, daran herumzuziehen!", flüsterte er. Schuldbewusst ließ Duncan die Hände sinken.

„Es kratzt", jammerte er.

„Es ist Wolle, natürlich …" Beck stoppte, sein Blick schoss zu Duncans Taille. Er beugte sich näher und seine Schultern streiften das Tablett in Duncans Händen. „Sag mir, dass du etwas darunter trägst, Duncan."

Duncan zuckte zusammen.

„Ich trage definitiv nichts darunter." Er begann erneut zu zappeln, seine Wangen färbten sich rot. „Keine gute Idee, wie ich zugeben muss."

„Oh Mann", murmelte Beck. Sein Blick wurde von Duncans langen, schlanken Fingern angezogen, die begonnen hatten, sich langsam zur Vorderseite des Kilts zu bewegen, um den Stoff erneut von seiner Haut wegzuziehen.

„Als ich mich in deinem Büro umgezogen habe, kam es mir noch wie eine gute Idee vor."

Beck stieß den Atem aus. Seine Lippen zuckten. Er wusste nicht, was er erregender fand: die Vorstellung eines nackten Duncans in seinem Büro oder dass dieser unter dem Kilt nackt war. Beides löste jedoch einen ungünstigen Effekt unter seinem eigenen Kilt aus.

„Mist", hauchte er und musterte aufmerksam Duncans Kilt. Er reichte bis zum Knie und saß völlig korrekt. Es war nichts zu sehen, was nicht zu sehen sein sollte und niemand würde vermuten, dass er nichts darunter trug.

„Oh Gott. Hör auf, mich so anzuschauen. Du machst es nur noch schlimmer", stieß Duncan hervor. Behutsam zog er den Stoff von seinem Schritt. Allerdings lenkte das nur die Aufmerksamkeit auf seinen halbsteifen Schwanz.

„Dann hör auf, daran herumzuzupfen."

„Wir gehen in fünfzehn Sekunden auf Sendung, Gentlemen", rief der Regisseur.

Beck blickte auf, entdeckte die richtige Kamera und trat ein paar Schritte näher, sodass sein Knie Duncans berührte. Duncan erschauderte leicht. „Das wird echt ätzend werden", flüsterte Duncan.

In vielerlei Hinsicht. „Wahrscheinlich", murmelte Beck zurück.

„In fünf, vier, drei, zwei, eins … und wir sind auf Sendung", rief der Regisseur.

Beck verbannte den Gedanken an Duncans Schwanz aus seinem Kopf – so gut ihm das eben gelang, wenn der Mann direkt neben ihm stand und in die Kamera mit dem blinkenden roten Licht lächelte. Sie waren live.

„Danke, dass Sie *King of the Kitchen* eingeschaltet haben. Diese Woche führen wir unseren Kochwettkampf mit Duncan Walters fort. Er ist insbesondere durch seine Ausflüge in das Feld der Molekularküche bekannt", übernahm Beck die Einleitung. „Ich bin Beck Douglas."

„Bekannt wegen seines verwegen guten Aussehens und außerdem einer der jüngsten Köche, der jemals einen James Beard Award gewonnen hat."

Beck stieß ihm einen Ellenbogen in die Seite. „Und das aus dem Mund des zweimaligen Gewinners von Zagats 30 unter 30", spottete er. „Wenn Sie diese Sendung in den letzten drei Wochen verfolgt haben, wissen Sie, dass wir klassische Gerichte neu interpretieren. Letzte Woche haben wir die Zuschauer gebeten, das Gericht zu wählen, das wir uns heute vornehmen sollen. Wir beenden unsere einmonatige Wettkampfreihe also mit einer Cock-a-Leekie-Soup – der inoffiziellen schottischen Nationalsuppe."

Duncan trat hinter der Theke hervor und breitete die Arme weit aus. Die Kamera zoomte heran, während er sich dramatisch um die eigene Achse drehte. Beck riskierte einen kurzen Blick und stellte erleichtert fest, dass sich bisher noch alles an Ort und Stelle befand.

„Die netten Leute von Great Lakes Kilts haben den Einsatz für diese Woche erhöht und uns je fünftausend Dollar für unsere Wohltätigkeitsorganisation angeboten, wenn wir die hübschen Kilts tragen, die sie uns zur Verfügung gestellt haben", erklärte Duncan. Dann gesellte er sich wieder zu Beck hinter die Theke und warf ihm die Arme um den Hals. „Ein ziemlich gutes Geschäft. Er ist nämlich so bequem, dass ich ihn auch umsonst getragen hätte."

„Aber erzählen Sie das bloß nicht den Leuten bei Great Lakes Kilt", fügte Beck mit einem übertriebenen Zwinkern hinzu. „Wir sind ihnen natürlich sehr dankbar für ihre großzügigen Spenden. Und auch bei allen unseren Zuschauern möchten wir uns für die Wahl mit ihren Dollars danken. Bisher sind vierundvierzigtausend Dollar für Waste Not, Want Not und achtundvierzigtausend für Healthy U …"

„Was bedeutet, dass ich *gewinne*", krähte Duncan.

Beck drehte sich zu ihm und sah ihn gespielt böse an. „Was bedeutet, dass er vorne liegt. Aber ich werde ihn daran erinnern, dass es noch nicht vorbei ist."

„Dann lass uns mit unserer heutigen Aufgabe beginnen, damit ich meinen Vorsprung auf drei zu eins ausbauen kann", forderte ihn Duncan auf und klatschte in die Hände.

„Die traditionelle Cock-A-Leekie-Soup ist eine herzhafte Suppe auf Basis einer Hühnerbrühe. Sie enthält Lauch, Huhn, Reis und wird mit Thymian gewürzt. Gesüßt und etwas angedickt wird sie mit Pflaumen. Das gibt ein eher ungewohntes Geschmacksbild für unsere amerikanischen Zuschauer ab", sagte Beck.

„Die Pflaumen sorgen nicht nur für die Süße, sie verfügen über eine Geschmackskomplexität, die sich in einem herzhaften Gericht ausgezeichnet entfaltet", erklärte Duncan. „Heute werde ich das Gericht als eine Napoleontorte – eine Schichttorte aus Blätterteig – neu interpretieren: mit selbst gemachten Keksen aus braunem Reis, knusprig frittiertem Lauch, einem Mus aus Thymian, gegrilltem Huhn und eingelegten Pflaumen."

Beck schüttelte naserümpfend den Kopf. „Eingelegte Pflaumen und Hühnchenmus – ich habe den Sieg praktisch schon in der Tasche! Ich werde heute eine Wachtel mit Lauch, Reis, Thymian und Pflaumen füllen. Die Wachtel ähnelt dem Huhn, das Fleisch ist intensiv im Geschmack, aber nicht so fett wie das der Ente. Durch das großzügige Begießen mit Butter und Hühnerbrühe während des Bratvorgangs wird es ausgesprochen knusprig und lecker."

Und dann legten sie los. Der Nervenkitzel entsprach zwar nicht ganz dem beim Zubereiten eines Gerichts von Anfang bis zum Ende, kam dem aber sehr nahe. Da gab es die unbestreitbare Hektik beim Versuch das Tempo beizubehalten, weil sie während der Arbeit ja reden mussten. Es stellte eine erstaunliche Herausforderung dar, über eine Sache zu reden und dabei etwas völlig anderes zu kochen. Beck hatte Monate gebraucht, um das zu beherrschen. Duncan dagegen hatte es, natürlich völlig selbstverständlich, übernommen.

Das war jedoch gut, da es ihre Zeit auf der Bühne ungemein erleichterte. Nie entstand ein peinliches Schweigen oder merkwürdige Übergänge, weil sie ihre Scherze und Neckereien die ganze Zeit beibehielten und mit Leichtigkeit alle Lücken füllten.

Mit einem Co-Moderator, der die Hälfte der Zeit mit der Zubereitung seines eigenen Gerichts füllte, flog der Kochteil nur so dahin. Wenn die Kameras wegschwenkten, um etwas an dem Duncan gerade arbeitete aus der Nähe aufzunehmen, konnte Beck in der Zeit Pfannen austauschen oder Sachen aus dem Kühlschrank oder unter der Theke verborgenen Speisewärmern holen.

Die Stunde verging wie im Flug und im Handumdrehen hielt Beck Duncan eine Gabel voll Wachtelfleisch zum Probieren hin.

Er beobachtete, wie sich Duncans Lippen um die Gabel schlossen. Nur das Zucken in Duncans Augen verriet, dass gleich etwas kommen würde. Bei Duncans dramatischem Aufstöhnen strömte das Blut in Becks Schwanz, der sich bis dahin benommen hatte.

„Wie ich zugeben muss, ist das echt gut", gestand Duncan, nachdem er geschluckt hatte. „Obwohl alles von Beck Zubereitete gut ist. Ich nehme alles von ihm Angebotene ohne zu zögern in den Mund."

Beck verschluckte sich an dem Stück Torte, das er von ihm bekommen hatte. Die Zweideutigkeit war perfekt auf sein Schlucken abgepasst gewesen. Mit einem unschuldigen Grinsen reichte Duncan ihm die von einem Bühnenhelfer zugeworfene Wasserflasche.

„Danke", stieß er keuchend hervor, nachdem er etwas getrunken hatte. „Obwohl ich mich daran verschluckt habe, hat es mir geschmeckt. Die säuerliche Süße der eingelegten Pflaumen unterstreicht das Brataroma des Hühnchens. Du wirst mich jedoch nie davon überzeugen können, Fleisch zu pürieren."

Duncan lachte. „Es geht darum, Erwartungen umzuwerfen. Dein Gehirn ordnet bestimmten Lebensmitteln eine bestimmte Konsistenz zu. Beim Spiel damit kann man ein ganz neues Geschmackslevel entdecken."

„Das muss ich dir wohl glauben, schließlich bist du derjenige mit mehreren naturwissenschaftlichen Abschlüssen", sagte Beck. Auf einen Hinweis des Regisseurs deutete Beck nach unten. Auf den Fernsehbildschirmen der Zuschauer würden dort die Informationen zur Abstimmung eingeblendet werden. „Bedauerlicherweise haben Sie nicht die Möglichkeit, die Speisen zu probieren. Sie können jedoch für Ihr Lieblingsgericht abstimmen. Wie in den letzten Wochen entscheidet auch dieses Mal Ihre Geldbörse über das Wahlergebnis. Sie haben die Nummern und Internetadressen, um Ihre Spende per Anruf, schriftlich oder online zu tätigen. Für Duncans Schichttorte nehmen Sie diese Informationen für eine Spende an Healthy U. Für meine gefüllte Wachtel gelten diese Informationen hier drüben", auf ein Zeichen des Regisseurs deutete er in die linke Bildschirmseite, „für eine Spende an Waste Not, Want Not."

„Ganz egal, wer von uns beiden diese Woche gewinnt, die großen Sieger sind diese zwei wunderbaren Wohltätigkeitsorganisationen. Ihre Arbeit ist außerordentlich wichtig und wir fühlen uns geehrt, ihre Anstrengungen unterstützen zu dürfen", teilte Duncan mit. „Das bedeutet natürlich nicht, dass ich mich nicht über einen Sieg freuen würde. Diese Schichttorte ist nämlich ein klarer Sieger."

Beck blickte in die Kamera, verdrehte die Augen und schüttelte nachdrücklich den Kopf. „Damit ist die heutige Folge beendet. Duncan und ich werden jedoch in einer Stunde zurück sein und den Sieger bekannt geben. Sie haben also nur bis zwanzig Uhr Zeit Ihre Stimme per Anruf oder online durch eine Spende an eine dieser Organisationen abzugeben. Danke, dass Sie uns in Ihre Küche eingeladen haben. Wir sehen uns in einer Stunde – nach *Cooking with Joy*!"

Sie lächelten beide in die Kameras, bis das blinkende Licht ausging. „Das war's!", rief der Regisseur.

Beck machte einen kleinen erschreckten Hüpfer, als Duncan nach seinem Hintern griff. Bei der unerwarteten Berührung stieß er seine Wasserflasche um.

Bühnenhelfer kamen herbeigeeilt und halfen ihm beim Aufwischen. Becks Wangen liefen tiefrot an. „Du bist ein Arsch", flüsterte er Duncan zu, der aus der Reichweite des Wassers getänzelt war. Die Vorderseite von Becks Kilt war durchnässt, sodass die schwere Wolle an seiner Unterhose klebte und seinen Schwanz ungünstig betonte.

Das hatte seine Erektion nicht abklingen lassen, was ein ganz eigenes Problem darstellte, jetzt, da der Kilt nichts mehr verbarg.

„So, meine Arbeit hier ist erledigt", erklärte Duncan mit einem selbstzufriedenen Grinsen. Er warf einen vielsagenden Blick auf Becks Schritt und zwinkerte ihm zu. „Bis später."

Beck nahm eins der Geschirrtücher, die er zum Abwischen der Theke benutzte und hielt es sich vor die Leistengegend. Hoffentlich würden alle glauben, dass er sich nur für den feuchten Fleck genierte.

Da anscheinend jeder noch mit ihm über die Sendung reden wollte, konnte er Duncan nicht sofort folgen. Er brauchte volle zehn Minuten, um sich durch die Spötteleien über den Kilt und die Glückwünsche für die erfolgreichen Filmaufnahmen zu arbeiten.

Christians Abwesenheit vom Set hatte anscheinend bei allen die Stimmung gehoben. Das ausgelassene Gelächter von der Bühne wurde langsam leiser, als sich Duncan den Gang hinunter entfernte. Bei der Vorstellung des unter seinem Kilt nackten Duncans geriet sein Blut in Wallung. Es hatte ihn fast umgebracht, von Crewmitgliedern aufgehalten zu werden, als Duncan von der Bühne geschlüpft war. Er wusste jedoch, dass sein Freund irgendwo auf ihn warten würde. Die Stunde voller Neckerei hatte auf Duncan die gleiche Wirkung gehabt, sodass er mit ziemlicher Sicherheit nicht ohne Beck gegangen war.

Es war ihm gelungen, die Sendung durchzustehen, indem er sich auf das Kochen und ihr Wortgeplänkel konzentriert hatte. Jetzt aber, da es nichts mehr gab, was ihn ablenkte, wuchs seine Erektion – trotz des unangenehmen Gefühls der feuchten Unterwäsche – zu voller Pracht an.

Zu dieser Tageszeit würde in der Umkleide reger Verkehr herrschen, daher rannte er die zwei Etagen zu seinem Büro hinauf. Wie erwartet, wartete Duncan dort auf ihn. Um zumindest für die Illusion von Privatsphäre zu sorgen, schloss Beck die Tür ab. Da aber die Hälfte der Angestellten über einen Schlüssel verfügte, würde es genau genommen niemanden davon abhalten, hereinzukommen.

„Ich kann nicht glauben, dass du die ganze Zeit ohne Unterwäsche rumgelaufen bist", stieß Beck, atemlos durch das Hinaufrennen der Treppe und seine Vorfreude, hervor.

Er drängte Duncan gegen den Schreibtisch, küsste ihn und schob eine Hand das Bein hinauf unter den Kilt. Tatsächlich war Duncan darunter komplett nackt. Sowohl Beck als auch Duncan stöhnten auf, als die Hand über weiche Haut glitt.

Sex im Sender schien allmählich zur Gewohnheit zu werden und das war völlig unprofessionell. Die ganze Arbeit, die Beck in seinen guten Ruf investiert hatte, hatte keine Chance gegen den verzweifelten Drang, mit mehr als nur seinen Händen Duncans nackten Hintern zu berühren.

Die Gefahr, entdeckt zu werden, steigerte die Erregung nur noch. Wie Beck gehört hatte, sollten unerlaubte Schäferstündchen angeblich berauschende Glücksgefühle auslösen. Vor Duncan war er jedoch noch nie mit jemandem zusammen gewesen, der das Risiko wert gewesen wäre. Er war Beck unter die Haut gegangen wie keiner zuvor.

Duncan wand sich aus seiner Umklammerung und drehte sich um. „Ich dachte, es gefällt dir vielleicht, wenn ich mich vorbeuge …" Er stützte die Ellenbogen auf den Tisch und spreizte seine Beine so weit wie möglich auseinander. „… und das hier tue."

Mit diesen Worten griff er nach hinten, zog den rauen Stoff hoch und entblößte seinen Hintern. Bei dem Anblick entfuhr Beck ein Aufstöhnen. Er hob die Hände und glitt mit den Handflächen über Duncans Haut, zeichnete die Kurve nach. Beck bemühte sich, die durch die raue Wolle gerötete und gereizte Haut mit sanften, leichten Streichelbewegungen zu beruhigen.

„Ja." Keuchend ließ Duncan den Kopf auf den unordentlichen, papierbedeckten Schreibtisch fallen und streckte den Hintern noch höher.

Beck wünschte, sie hätten mehr Zeit als nur für eine schnelle Nummer. Liebend gerne hätte er Duncan noch länger ausgebreitet auf seinem Schreibtisch liegen gehabt, ihn geleckt, bis er stöhnend um mehr bettelte und ihn dann direkt an Ort und Stelle heftig gefickt.

Das hatten sie bis jetzt noch nicht getan. Becks Büro in einem öffentlichen Gebäude stellte für den Versuch allerdings nicht den geeigneten Ort dar.

Beck ignorierte seinen eigenen pochenden Schwanz und widmete sich ganz den neckenden Liebkosungen, die Duncan zum Erschaudern und Zusammenzucken brachten. Mit jeder Bewegung glitten seine Hände ein kleines bisschen tiefer, bis er schließlich mit den Daumen Duncans Hoden streifte. Duncan schrie leise auf.

„Mist, wir sollten das hier nicht tun. Wir müssen in vierzig Minuten zurück sein", murmelte Beck. „Ich kann nicht fassen, dass du im Fernsehen Blowjobs erwähnt hast. Das ist ganz allein deine Schuld."

Duncan drehte sich grinsend um. „Habe ich nicht. Ich habe nur gesagt, dass ich alle deine Speisen mag. Du solltest mir danken."

Beck versetzte seinem Hintern einen festen Klaps. „Sagtest du danken oder spanken? Ich finde nämlich nicht, dass ein Dank hier angebracht ist."

Lachend drückte sich Duncan gegen Becks Handfläche. „Ich bin offen für ein Spanking."

Himmel.

„Wir kommen darauf zurück", verkündete Beck heiser. Er hatte noch nie etwas anderes als gewöhnlichen Blümchensex ausprobiert, stellte jedoch zunehmend fest, dass nichts an Duncan gewöhnlich war.

„Du solltest lieber endlich in *mir* kommen", sagte Duncan und stieß aufreizend nach hinten gegen Becks Schritt. „Nur ohne den Kilt, nasse Wolle ist nicht sehr sexy."

„Deine Wortspiele auch nicht", zischte Beck, trat jedoch zurück, um die Aufforderung trotzdem zu befolgen. Nachdem er seine feuchte Unterwäsche über die Hüften gestreift hatte, stieg er raus und ließ den Kilt folgen.

Er richtete seine Hüften auf Duncans ungeschützten Hintern aus. Erregung durchschoss ihn, als seine feuchte Haut auf Duncans warme traf. Zuvorkommend stieß Duncan nach hinten und rieb sich an ihm.

Er drehte den Kopf und schaute nach hinten zu Beck. „Du hast vermutlich kein Gleitgel?"

„Das hier ist mein Büro! Natürlich habe ich kein Gleitgel hier."

Duncan schnalzte missbilligend mit der Zunge und schüttelte den Kopf. „Tja, jetzt wäre es ganz schön praktisch, oder, Mr Perfect?"

Beck beugte sich vor und drückte das Gesicht in Duncans T-Shirt, um sein Lachen zu ersticken. Duncan zu ermutigen, würde alles nur noch schlimmer machen.

„Du bist ein Promi. Du hast doch bestimmt irgendetwas. Augencreme? Im überregionalen Fernsehen kann man schließlich nicht mit Augenringen auftreten."

Beck knabberte durch das dünne Material an Duncans Rücken. „Ich benutze keine Augencreme. Und ich bin kein Promi."

„Du spielst also nur einen im Fernsehen?", zog Duncan ihn auf. Seine Schultern zuckten vor Lachen.

Normalerweise turnten Beck Unterhaltungen beim Sex ab. Der Schlagabtausch mit Duncan dagegen erregte ihn. Wer hätte das gedacht?

Beck presste nach vorne und brachte Duncans Gekicher zum Verstummen, als er seinen Schwanz in Duncans Spalte versenkte. Duncan wackelte ermunternd mit den Hüften.

„Lotion? Teures Olivenöl von Werbekunden, die dich für sich gewinnen wollen? Irgendwas?"

Beck stieß ein Lachen aus, das sich in ein Stöhnen verwandelte, als seine Schwanzspitze gegen Duncans Hintern glitt. „Niemand versucht, mich für sich zu gewinnen. Schau mal in der obersten Schublade nach. Lindsay hat mir letzten Winter eine Lotion gegeben. Sie meinte, meine Nagelhaut wäre in einem katastrophalen Zustand. Was auch immer das bedeuten mag."

Duncan beugte sich vor und zog die Schublade auf. „Als ob du nicht jede Woche zur Maniküre gehen würdest. Ich kenne Typen wie dich." Triumphierend begann er zu tänzeln, als er eine Flasche Lotion entdeckte. „Das wird reichen."

„Das Kochen hat grauenhafte Auswirkungen auf French Nails", erklärte Beck und grinste, als Duncan erneut in Lachen ausbrach.

Dann nahm er Duncan die Flasche ab und drückte eine großzügige Menge in seine Handfläche. Immerhin hatte Lindsay die Weitsicht besessen, ihm etwas

Unparfümiertes zu geben. Nachdem er seinen Schwanz großzügig damit befeuchtet hatte, stieß er ohne Ankündigung nach vorne und zog seinen Penis die Unterseite von Duncans Hoden entlang.

„Oh Gott", wimmerte Duncan.

Beck drückte erneut nach vorne und biss sich auf die Lippe, als Duncan erwidernd die Oberschenkel zusammenpresste und so die Reibung noch köstlicher werden ließ. Mit zusammengebissenen Zähnen legte er eine Hand auf die raue Wolle, die Duncans unteren Rücken bedeckte, um das Gleichgewicht zu halten. Da er leichte Schwierigkeiten hatte, seine Stöße nach oben auszurichten, steigerte er den Kontakt zu Duncans Eiern. Duncan wölbte sich erneut gegen ihn zurück. Der Stapel Papiere, auf dem sein Kopf lag, dämpfte sein Stöhnen nur geringfügig.

„Schh", zischte Beck. Als Duncan ruhig war, begann sich Beck erneut zu bewegen und stieß beinahe hektisch zu. Wegen der merkwürdigen Position konnte er Duncans Schwanz nicht erreichen, spürte aber, dass Duncan sich selbst streichelte. Sein Körper zuckte gegen Becks, während er sich selbst befriedigte.

Beck schloss die Augen und krallte die Hand Halt suchend in Duncans Kilt. Duncans Atem war laut in dem kleinen Büro zu hören. Eine Sekunde lang klang er besonders abgehackt, stoppte dann ganz, der Körper spannte sich an und Duncan kam.

Beck zog sich zurück und bearbeitete sich grob mit der Hand, bevor er sich nach ein paar Bewegungen auf die geröteten – perfekt vom Kilt eingerahmten – Arschbacken ergoss.

„Ich wünschte, du könntest das sehen", sagte er und zog eine Hand durch die Sauerei. Duncan sah so unglaublich verdorben aus: Die Beine weit auseinandergespreizt, Becks Sperma die Kurve seines Hinterns hinabtropfend, der lächerliche Kilt immer noch hochgezogen.

„Vielleicht nächstes Mal. Wie viel Zeit haben wir noch?"

Beck schaute auf die Uhr neben der Tür. „Zwanzig Minuten, aber wir müssen auch noch in die Maske."

Mit ziemlicher Sicherheit würde die Crew genau wissen, was sie während ihrer Pause getrieben hatten. Das ließ sich jedoch nicht ändern. Beck zog einige Papiertücher aus dem Karton auf dem Schreibtisch, wischte zuerst sein Sperma von Duncans Hintern und säuberte sich dann selbst.

„Zieh dir um Gottes willen bitte deine Unterhose wieder an, bevor wir zurück ins Studio gehen", bat er.

„Und wenn ich heute gar keine angehabt habe?"

Himmel. Duncan brachte ihn noch um. „Ich habe eine Ersatzunterhose in meiner Sporttasche. Die kannst du nehmen."

Duncan stöhnte auf. „Wenn ich während der Sendung deine Unterhose trage, landen wir mit großer Wahrscheinlichkeit in einer Stunde wieder hier. Ich habe selbst eine." Er begann in dem Haufen Kleidungssachen auf Becks Stuhl herumzuwühlen und wand sich unter Verrenkungen unter dem Kilt hinein.

„Hey", sagte Duncan, während sie aus der Tür hetzten. „Erinnerst du dich noch an unsere Wette?"

„Unsere Wette?"

„Der Gewinner darf um eine sexuelle Gefälligkeit bitten?"

Wie hatte Beck das nur vergessen können? „Und?"

Duncan grinste. „Nichts. Ich wollte dich nur dran erinnern", verkündete er und legte beim Gang durch die Tür die Hand auf die Vorderseite von Becks inzwischen größtenteils trockenen Kilt.

17

DUNCAN KONNTE immer noch nicht fassen, dass er heute verloren hatte. Becks Gericht war zwar gut gewesen, aber seins war *fantastisch*! Was das Ganze noch schlimmer machte: Obwohl es genau genommen unentschieden stand, lag Beck mit den Spenden vorne und war daher von Bob zum Gesamtsieger erklärt worden.

„Schmollst du immer noch?" Beck drückte die Fingerspitzen in Duncans Wangen und zwang seine Lippen in ein Lächeln. „Sieh es ein – Amerika ist einfach noch nicht bereit für eingelegte Pflaumen und püriertes Hühnchen."

„Aber es war genial! Und die Konsistenz perfekt!"

Beck ließ die Hände sinken und drückte Duncan einen Kuss auf die Stirn. „Ich fand es ziemlich toll. Wenn sie es hätten probieren können, wärst du vielleicht der Sieger."

Duncan rümpfte die Nase. „Du willst mir nur schmeicheln."

„Soll ich lieber sagen, dass mein Gericht völlig verdient gewonnen hat? Oder dir die Wahrheit mitteilen, dass dein Menü zwar äußerst gut durchdacht und tadellos zubereitet war, man es aber nicht ohne weiteres nachkochen kann? Und das ist das, was die Zuschauer wollen."

Dieses Mal hoben Duncans Mundwinkel sich von allein. „Wer sagt denn bitte solche Dinge wie ‚äußerst gut durchdacht'? Wer bist du? Ein Restaurantkritiker der *New York Times*?"

„Das wäre möglich. Man kann nie wissen. Kritiker erscheinen normalerweise inkognito", erklärte Beck und hob die Nase in die Luft.

„Glaub mir, du würdest nie einen guten Restaurantkritiker abgeben."

Beck runzelte die Stirn. „Beleidigst du gerade meinen Geschmackssinn?"

„Nein. Ich spreche dir ein Kompliment aus, Arschloch. Du bist zu attraktiv, um nicht im Gedächtnis zu bleiben. Du würdest auffallen. Ich wette, du erhältst wegen dieser Wangenknochen eine Sonderbehandlung."

Beck wirkte beleidigt. „Ich bekomme keine Sonderbehandlung wegen meines *Gesichts*."

„Streiten wir tatsächlich gerade ernsthaft gerade darüber, wie attraktiv du bist? Tun wir das wirklich? Du wirst nämlich verlieren."

„Natürlich tun wir das nicht. Das ist Schwachsinn!"

Lindsay kam in den Pausenraum gerauscht und pikste Duncan in die Seite. „Er hat recht, es ist Schwachsinn." Sie fütterte den Automaten mit einer Handvoll Vierteldollars und vollführte einen kleinen Freudentanz, als die Packung

Flamin' Hot Cheetos in den Auffangbehälter fiel. Beck wusste nicht, warum sie sich überhaupt Sorgen machte, sie könnten ausverkauft sein – schließlich war sie die einzige Abnehmerin, weil die übrigen Angestellten in dem Gebäude funktionierende Geschmacksknospen besaßen. „Und Duncan hat ebenfalls recht. Für deine Attraktivität gibt es keine Worte, Beck."

Sie warf sich einen giftig aussehenden roten Cheeto in den Mund und hielt Duncan einladend die Tüte entgegen. Er verzog nur das Gesicht und schüttelte den Kopf. „Gut, mehr für mich", stellte sie schulterzuckend fest. „Jedenfalls bist du echt heiß, Süßer. Und ich muss es wissen, meine Abteilung bearbeitet schließlich deine E-Mails. Du wirst pausenlos um Dates gebeten. Selbst Heiratsanträge sind eingegangen."

Duncan frohlockte händereibend. „Waren auch Penisfotos dabei? Mach mich glücklich und sag ja, Lindsay. Bitte sag ja."

Lindsay grinste. „Nein, aber an deiner Stelle wäre ich lieber nicht so süffisant. Für dich bekommen wir inzwischen auch jede Menge E-Mails. ‚Ist Duncan Single?'", fragte sie mit Sing-Sang-Stimme. „Wie sieht's mit einer Show aus, in der Duncan und Beck sich zugunsten eines wohltätigen Zwecks versteigern? Und meine Lieblingsfrage: verschiedene Variationen, ob Duncan und Beck ein heimliches Liebespaar sind. Die Mühe, die zu beantworten, können wir uns schenken. Die Katze ist schließlich schon aus dem Sack."

Duncan warf Beck einen Blick zu. Bei Lindsays letzter Stichelei war dieser dunkelrot angelaufen. „Es zählt nicht, wenn die Frage von Beck stammt", zog er ihn auf.

Beck lief noch röter an, als es Duncan für möglich gehalten hätte.

„Als ob du einer Wohltätigkeitsorganisation nicht jede Menge Geld zahlen würdest, um ihm an die Wäsche gehen zu dürfen", schoss Lindsay zurück.

Duncan biss sich auf die Lippe und gab vor, über die Frage nachzudenken. Dann griff er in die Tasche und holte seine Geldbörse hervor. „Nicht, dass ich dazu an einem Wettbewerb teilnehmen müsste, aber über welchen Betrag reden wir hier?"

Beck blieb still, doch Lindsay brach in wildes Gegacker aus. „Nun, es würde sich um eine Auktion handeln. Ich wette, einige seiner Gönner verfügen über ziemlich dicke Brieftaschen."

Duncan kommentierte ihre Wortwahl mit einem Schnauben. Er wäre auf jeden Fall liebend gerne ein Gönner.

„Okay, ruf mich sofort an, falls du jemals zu dem Entschluss kommst, diese spezielle Idee weiterzuverfolgen", bat er und warf Beck ein anzügliches Grinsen zu, um dann Lindsay zuzuzwinkern.

„Ich will keine Details hören", sagte sie lachend. „Und wenn auch nicht in Bezug auf eine Dating Auktion, du *wirst* einen Anruf vom Sender bekommen … wegen dieser Sendung, von der Bob gesprochen hat, Duncan. Da bin ich mir ganz sicher."

„Und wenn das eintrifft, soll ich ihm doch bestimmt sagen, dass du die Verhandlungen für mich übernimmst, stimmt's?"

Sie grinste. „Ganz genau. Ich kümmere mich um dich, Baby."

„So wie du dich um mich kümmerst?", fragte Beck trocken. „Wo war denn deine Sorge um deinen Schützling, als du mich an den hier verkauft hast?" Er zeigte auf Duncan.

„Das hat dir doch perfekt in die Karten gespielt, also behaupte nicht das Gegenteil." Sie knüllte die leere Tüte radioaktiver Cheetos zusammen und warf sie in den Mülleimer. „Ich kann nichts dafür, dass du in aller Öffentlichkeit einen Streit mit jemandem angefangen hast, für den du schon seit Jahren schwärmst. Allerdings bin ich froh, dass alles gut ausgegangen ist."

Sie hauchte ihm einen Kuss zu und schlenderte hinaus. Stumm starrten sie ihr hinterher.

Duncan wirbelte zu Beck herum. „Du hast für mich geschwärmt? Echt?"

„Lass mich in Ruhe. Es war eine Schwärmerei für deine Speisen", murmelte Beck und senkte den Blick.

„Das ist eine solche Lüge. Du hasst mein Essen", stellte Duncan klar. Seine Augen weiteten sich. „Moment, immer noch? Ich meine, jetzt, da wir etwas miteinander haben, schwärmst du da immer noch für mich? Soll ich darauf warten, dass Campbell mir ein Zettelchen zusteckt?"

Beck spannte den Kiefer an. „Tu das nicht."

„Tu was nicht?"

„Mach dich nicht darüber lustig."

Duncan verzog spöttisch das Gesicht. „Du scheinst mich überhaupt nicht zu kennen. Ich mache mich über alles lustig, Beck. Das kann nicht neu für dich sein. Und ich werde diese Schwärmerei gnadenlos ausschlachten."

„Es ist keine Schwärmerei." Becks Nervosität war bezaubernd. Duncan konnte sich nicht stoppen.

„Mir ist klar, dass ich ein Anfänger in Sachen Beziehungen bin, aber ich denke, so funktioniert das. Du schwärmst für mich, ich für dich und wir sind zusammen."

Beck kämpfte gegen ein Grinsen an. Sein Gesichtsausdruck bestand aus einer komplizierten Mischung aus Empörung und Erheiterung. „Ich schwärme nicht mehr für dich."

„Tust du nicht? Ist bereits die Luft aus unserer Beziehung raus?", fragte Duncan neckend.

„Nein, du Idiot. Schwärmerei ist ein oberflächliches Gefühl. Ich schwärme nicht mehr für dich, weil es inzwischen mehr ist als das. Du bist frustrierend und kannst ein echt blöder Sack sein, aber ich bin trotzdem dabei, mich in dich zu verlieben."

Duncan stockte der Atem. Er wusste nicht, was er darauf erwidern sollte. Daher griff er auf seine alte Stütze – Humor – zurück. „Tut mir leid, aber ich habe nur ‚Sack' und ‚Liebe' mitbekommen."

Glücklicherweise schien Beck zu begreifen, dass das im Moment noch zu viel für ihn war. „Ich liebe deinen Sack tatsächlich", erklärte er feierlich und nickte bestätigend. „Und die anderen Teile von dir vermutlich auch."

Duncan lachte. „Ich liebe deinen Sack ebenfalls. Und das mit dem Rest bekomme ich auch noch hin. Es könnte eine Weile dauern, aber ich werde es hinbekommen."

Beck strahlte. „Das sollten wir feiern."

„Unsere Liebe für den Sack des anderen?", fragte Duncan skeptisch. „Und wie soll das aussehen? Stell dir nur den Gesichtsausdruck des Konditors vor, wenn wir um die Aufschrift ‚Gratulation, dass du dich in meinen Sack verliebt hast', bitten."

Becks Lachen war ansteckend. „Nein, ich meinte, lass uns irgendwo feiern gehen. Ich habe gewonnen und will meinen Preis einlösen."

„Oh. Sex. Ja. Nichts wie los."

Beck schüttelte den Kopf. „Nein. Wir haben abgemacht, dass der Gewinner sich etwas wünschen darf. Ich wünsche mir ein Date mit dir."

„Ein Date?"

„Ja. Wir hatten nie eins. Ist dir das eigentlich klar? Daher möchte ich meinen Preis einlösen und dich ausführen. Und ich meine wirklich ausführen. Nicht in eins von Christians Restaurants oder in eins, dessen Besitzer wir kennen. Nein, irgendwohin, wo wir gemeinsam essen können. Nur wir zwei. Ohne Störungen. Wie ein echtes Date. Ich will mit dir angeben."

Das klang wirklich großartig. Der letzte Monat war so hektisch gewesen. Ein entspanntes Essen wäre wunderbar. Duncan war begeistert, weil Beck ihre Beziehung öffentlich machen wollte. In einem gewissen Maß war sie das zwar bereits, doch das war etwas anderes. Das hier taten sie zu ihren eigenen Bedingungen und das stellte einen himmelweiten Unterschied dar.

„Dir ist doch klar, dass wir nicht lange unter uns bleiben werden, oder? Wir werden bestimmt bemerkt und ich habe vor, über dich herzufallen. Dafür sind Dates doch da, oder? Mit Sicherheit werden Leute da sein, die das erste Foto von unserem ersten echten Date schießen wollen."

Beck hob fragend eine Augenbraue. „Du bist also dabei?"

„Voll und ganz."

Beck zog ihn zu einem Kuss zu sich heran. Als er zurückwich, war Duncan atemlos. „Bobs Worten zur Publikumsbeteiligung nach zu urteilen, bekommen wir vielleicht einen gemeinsamen Vertrag angeboten. Das würde eine ständige Zusammenarbeit bedeuten. Ich weiß, dass du Vorbehalte deswegen hast. Bist du trotzdem noch dabei?"

Duncan wusste nicht, in welche Richtung er sich karrieretechnisch gerade bewegte. Die Beziehung zu seiner Familie lag in Scherben. In den letzten Wochen hatte er die meisten seiner Freunde nicht zurückgerufen, weil er so beschäftigt gewesen war. Im Grunde hing alles in der Schwebe und nichts war sicher.

Es schien ein großartiger Zeitpunkt zu sein, den Riesenschritt zu einem Neuanfang zu wagen.

„Wie ich dir schon mal gesagt habe, scheine ich für dich all meine Regeln zu brechen. Ich bin immer noch dabei", erklärte er und lachte auf, als Beck ihn erneut zu küssen begann.

Rezepte

MIR DEN Kopf zu zerbrechen, welche Speisen Duncan und Beck in den Sendungen zubereiten könnten und sie in die Küchenszenen einzubauen, waren für mich ehrlich gesagt das Highlight beim Schreiben dieses Buches. Ich liebe es, zu kochen und besonders liebe ich es, in der Küche zu experimentieren. Manchmal läuft es nicht so wie geplant und endet damit, dass meine Familie Cornflakes zum Abendbrot essen muss. Zu anderen Zeiten entstehen dagegen neue Lieblingsgerichte aus meinen verrückten Kochversuchen.

Hier sind einige der Gerichte, die Duncan und Beck in *King of the Kitchen* zubereitet haben. Darunter ist für die experimentierfreudigen unter Ihnen auch Duncans Rotweinkaviar. Wie ich gestehen muss, erfordert die Zubereitung jedoch einigen Aufwand und Sie benötigen dazu spezielle Zutaten, die im Internet bestellt werden müssen. Mein Sohn und ich hatten jedoch einen Mordsspaß beim Nachmachen!

KÜHLSCHRANK-KLETT FRITTATA

DIES KANN mit so ziemlich allem aus Ihrem Kühlschrank zubereitet werden. Daher ist das Rezept sehr vielseitig. Die Frittata passt großartig zum Frühstück, lässt sich aber auch bestens zum Abendessen – in Verbindung mit einem frischen Salat und knusprigem Brot – essen.

Ich habe absichtlich keine bestimmten Gemüsesorten, Eiweißquellen und Kräuter angegeben, damit Sie das gerade Vorhandene nehmen können. Sie können wirklich nichts falsch machen!

Zutaten:
8 Eier, gequirlt
60 ml Milch
55 g Käse (Parmesan, Mizithra oder Gouda gehören zu meinen Favoriten, aber nehmen Sie einfach, was Sie dahaben.)
270 g gekochtes, klein geschnittenes Gemüse (drücken Sie die Flüssigkeit aus flüssigkeitsreichem Gemüse, wie zum Beispiel Spinat)
150 g gegartes, klein geschnittenes Fleisch (Bohnen funktionieren auch)
½ Teelöffel gemahlener schwarzer Pfeffer
½ Teelöffel grobes Salz
2 Esslöffel ungesalzene Butter oder Olivenöl
1 Esslöffel frische, gehackte Kräuter oder ½ Esslöffel getrocknete Kräuter

Ofen auf 180 Grad Celsius vorheizen. Eier, Salz, Pfeffer, Milch, Käse und Kräuter in einer Schüssel vermengen.

Eine backofengeeignete, antihaftbeschichtete Bratpfanne mit einem Durchmesser von 26 cm bei mittlerer Hitze erwärmen. Die Butter oder das Öl hinzufügen, dann das Gemüse und das Fleisch kurz anbraten, bis es warm ist. Die Ei-Mischung hinzugeben und rühren, bis sie sich gleichmäßig verteilt hat. 4 bis 5 Minuten braten lassen. Sobald die Ränder beginnen, fest zu werden, mit einem Pfannenwender zurückschieben, damit auch die Eiermischung in der Mitte den Rand erreicht und gar wird.

Stellen Sie die Pfanne ohne Abdeckung für 12 - 15 Minuten oder bis sie in der Mitte fest ist, in den Ofen. Einige Minuten abkühlen lassen und dann zum Servieren in Stücke schneiden.

BECKS ROSENKOHL
MIT BALSAMICO-REDUKTION

ZUTATEN:

1 Pfund Rosenkohl, gewaschen und geputzt
350 g Strauchtomaten
3 Esslöffel Olivenöl
grobes Salz
gemahlener Pfeffer
120 ml Balsamico Essig

Ofen auf 200 Grad Celsius vorheizen

Den Balsamico Essig auf dem Herd langsam erhitzen und ohne Deckel sanft kochen lassen. Dabei oft umrühren, bis das Wasser verkocht und die Flüssigkeit um etwa die Hälfte reduziert ist. Die Konsistenz sollte Sirup-ähnlich sein und ist fertig, wenn sie an der Rückseite des Löffels oder Pfannenwenders haften bleibt. Von der Herdplatte nehmen und beiseitestellen (die Menge reicht aus, um den Rosenkohl sparsam zu glasieren. Wenn Sie Balsamico Glasuren gerne mögen und sich daher eine dickere für den Rosenkohl wünschen, nehmen Sie einfach 240 ml Balsamico Essig).

Den Rosenkohl und die Strauchtomaten längs durchschneiden (durch den Strunk). Alle gelben Blätter des Rosenkohls entfernen. Wünschen Sie sie extra knusprig (Liebling meiner Familie!), teilen Sie die größeren Röschen. In Olivenöl schwenken und gleichmäßig auf einem großen Backblech verteilen. Den Rosenkohl und die Tomaten für eine bestmögliche Karamellisierung mit der Schnittfläche nach unten drehen. Großzügig mit grobem Salz und, nach Belieben, Pfeffer bestreuen. Zwanzig Minuten backen. Nach der Hälfte der Zeit auf verkohlende Stellen überprüfen und, falls nötig, umrühren.

Der Rosenkohl ist fertig, wenn er eine schöne karamellbraune Farbe besitzt. Da die Größen von Öfen (und Rosenkohl) variieren, behalten Sie sie im Auge und passen Sie falls nötig die Kochzeit an. Wenn sie gar sind, in der Balsamico-Reduktion schwenken und servieren.

Duncans Rotweinkaviar

DER KAVIAR lässt sich mit jeder nicht übermäßig säurehaltigen Flüssigkeit zubereiten. Gut geeignet sind die meisten Rotweine. Wenn Sie es mit Saft probieren wollen, bilden Apfel- und Traubensaft einen guten Anfang. Sie benötigen Chemikalien, damit es funktioniert. Im Internet gibt es jede Menge Molekularküchen-Websites, auf denen sie bestellt werden können. Sollten Sie etwas herumexperimentieren wollen, empfehle ich Ihnen die Anschaffung eines Sets. Damit haben Sie alles benötigte für Spielereien zur Hand und können überlegen, ob Sie später noch mehr Geld für die Ausrüstung und größere Mengen Chemikalien ausgeben wollen.

Zusätzlich benötigen Sie noch einige spezielle Werkzeuge: eine Spritze, eine Plastikpipette oder einen Strohhalm und einen Schaumlöffel oder ein kleines Sieb.

Zutaten

235 ml Wein oder Saft
1/3 Teelöffel Natriumalginat
530 ml Wasser
½ Teelöffel Calciumchlorid
Geeignete Lebensmittelfarbe (optional)

Den Wein oder Saft in eine Schüssel gießen und, falls gewünscht, einen oder zwei Tropfen der Lebensmittelfarbe hinzufügen. Ich persönlich mag die zusätzliche Intensität, die durch die Lebensmittelfarbe erreicht wird, es ist jedoch nicht zwingend notwendig. Streuen Sie das Natriumalginat hinein und rühren Sie sofort mit einem Pürierstab um, da das Alginat zur Klumpenbildung neigt. Sollten Sie keinen Pürierstab besitzen, können Sie stattdessen auch einen normalen Mixer benutzen. So lange rühren, bis sich das Alginat vollständig aufgelöst hat.

Schütten Sie das Wasser in eine weite Schüssel und rühren Sie mit dem Schneebesen das Calciumchlorid hinein. Es dauert etwas, bis es sich auflöst. Nachdem es sich komplett aufgelöst hat, mit der Pipette etwas von der Saft- oder der Weinmischung aufnehmen. Sollten Sie den Strohhalm benutzen, den Finger auf dem oberen Ende liegen lassen, damit eine Kontrolle der Tropfen möglich ist.

Die Tropfen nicht länger als eine Minute liegen lassen und dann behutsam mit dem Schaumlöffel oder dem kleinen Sieb herausfischen. Vorsichtig mit kaltem Wasser abspülen.

Achtung: Falls der Kaviar mit Alkohol zubereitet wurde, können Sie ihn nicht an Kinder geben, da er nicht gekocht wurde.

BRU BAKER erhielt den ersten Vorgeschmack auf das Autorenleben im zarten Alter von vier Jahren. Damals begann sie eine wöchentliche Zeitung für ihre Familie herauszugeben. Was ihre Angehörigen als Neugier bezeichneten, nannte sie einen Riecher für Neuigkeiten. Niemanden überraschte es, dass sie sowohl einen Abschluss in Journalismus als auch einen in Politikwissenschaften machte und eine Karriere als Journalistin begann.

Über zehn Jahre lang hat Bru für Zeitungen geschrieben, ehe sie zur Romanliteratur wechselte. Inzwischen arbeitet sie in einer Bücherei im Mittleren Westen der USA in der Abteilung Nachschlagewerke und Leserberatung. Es fällt ihr immer noch schwer, zu glauben, dass jemand sie dafür bezahlt, den ganzen Tag über Bücher zu reden. An den meisten Abenden macht sie es sich zusammengerollt mit einer Tasse Tee, flauschigen Socken und einem E-Book gemütlich. Ob sie nun ihre eigenen Charaktere entwirft oder sich von denen eines anderen Autors fesseln lässt – vertieft in eine Geschichte ist Bru einfach am Glücklichsten. Da sie und ihr Mann zwei Kinder haben, werden viele ihrer Bücher an den verschiedensten Spielfeldrändern geschrieben.

Website: www.bru-baker.com
Blog: www.bru-baker.blogspot.com
Twitter: @bru_baker
Facebook: www.facebook.com/bru.baker79
Goodreads: www.goodreads.com/author/show/6608093.Bru_Baker
E-mail: bru@bru-baker.com

Von BRU BAKER

König der Kochkunst

Veröffentlicht von DREAMSPINNER PRESS
www.dreamspinner-de.com

Gletschergold

WORLD
OF LOVE

CRYSTEL GREENE

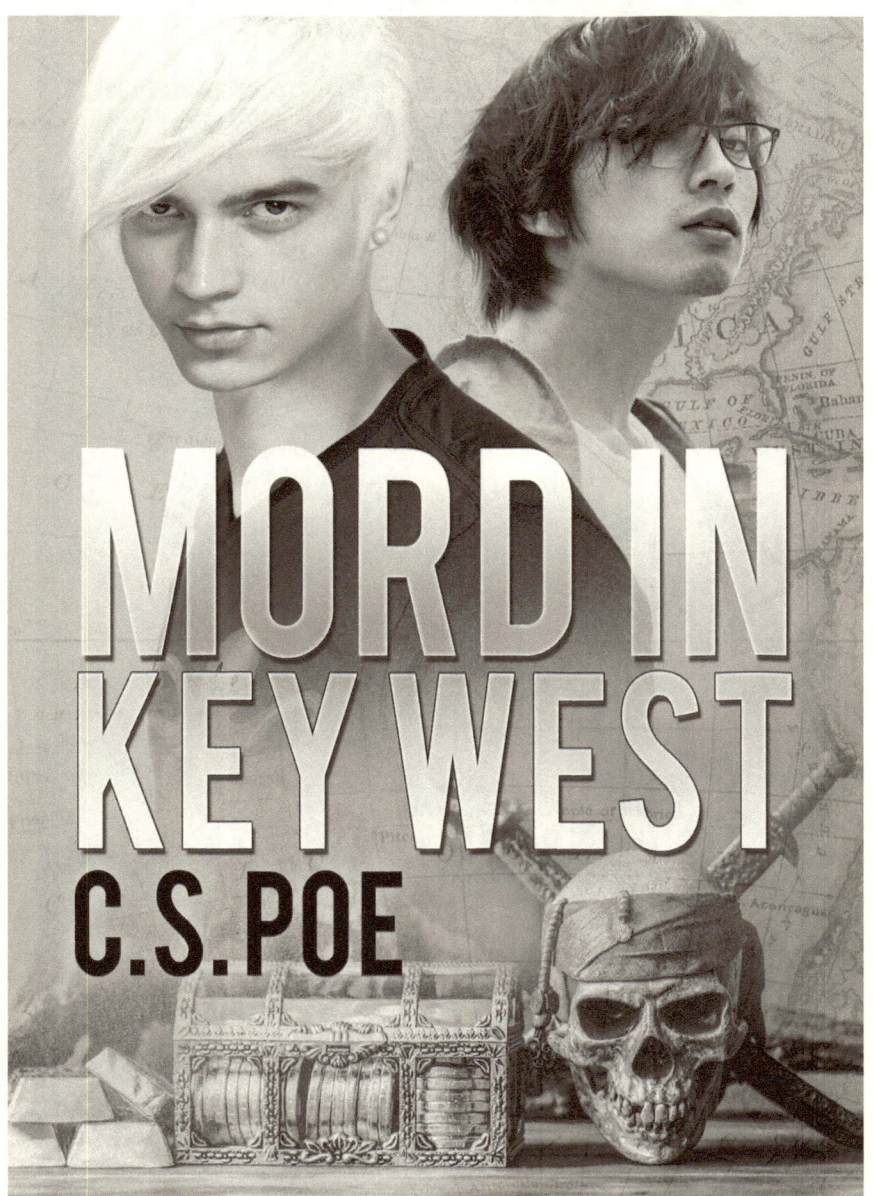

MORD IN KEY WEST

C.S. POE